사람은
　　길을 내고
　　길은
　　역사를
　　　쓴다

백천 김재근 두 번째 에세이

# 사람은
# 길을 내고
# 길은
# 역사를
# 쓴다

인문MnB

5월 하순이다. 추위에 몸을 떨었던 시간이 어제 같은데 생명들은 자연의 기운과 계절의 변화를 어김없이 알아차린다. 눈치 빠른 나무들은 꽃을 피운 지 얼마 지나지 않았는데도 벌써 열매를 쏟아낼 준비를 하고 자연은 거대한 녹색 수채화를 그려 놓는다.

우리는 하루라도 자연을 떠나서는 살 수 없다. 일상이 바빠도 푸른 자연을 보면 마음이 안정되는 느낌을 받는다. 특히 세계적으로 유행하고 있는 코로나로부터 불안한 마음을 지우고 자연의 기운을 받기 위해 푸른 숲이 우거진 곳을 찾아서 자연과 대화하고 건강도 거기에서 찾는다.

몸이 아파본 사람은 건강의 소중함을 안다. 평소에 마라톤도 했는데 척추관 협착증으로 50m도 걷지 못하던 때, 그때 걸을 수 있는 사람이 얼마나 부러운지 깨달았다. 걸을 수 있는 행복, 그건 건강에서 비롯된다는 것을.

산은 자연의 보고(寶庫)다. 산을 오르면서 삶의 인내를 배우고 계곡의 흐르는 물소리, 이름 모를 새들의 지저귐, 싱그러운 잎들이 햇살에 반짝이며 나누는 영혼의 말을 가슴으로 듣는다. 천천히 걷거나 명상을 하며 자연에 귀를 기울이면 눅눅한 감정은 저절로 녹아 없어지는 무념무상의 시공간을 느끼게 된다.

길이나 산은 정직하고 가식이 없다. 걷거나 산을 오르는 길, 그 길은 자신의 땀과 노력이 있어야 가능하다. 걷는다는 말은 결국 자신의 삶을 되돌아보고 앞으로의 방향과 자신을 확인하기 위한 과정이자 방법이다.

우리 국토는 수천 년의 역사가 살아 숨 쉬고 있고, 조상들이 살아온 철학과 곳곳에 숨은 비경이 널려 있다. 필자는 그동안 우리 자연을 찾으면서 느낀 소감을 모아 부족하지만 책으로 엮고자 한다. 바쁜 일상에서 잠시나마 마음의 여유를 드릴 수 있었으면 하는 바람이다.

끝으로 격월간지 《여행작가》에서 2015년 7.8월호부터 2019년 1.2월호까지 3년 6월에 걸쳐 소중한 지면에 연재할 수 있게 배려해 주신 유한근 주간님과 지리산 둘레길 등에서 함께 답사하며 각종 편의를 제공해 주신 김용훈 회장 및 회원들에게 감사드리며 책을 발간해 주신 인문엠앤비(인문MnB) 이노나 대표에게 감사드린다.

2021. 8.

백천 김재근

| 차례 |

책을 내면서 … 4

제1부  길에서 만나는 풍경

 제2부  역사기행

 제3부 산성, 그 역사 이야기

 제4부 섬, 그곳의 발자취

 제5부 서울, 부산 둘레길

 제6부 지리산 둘레길

1 부

길에서 만나는 풍경

# 짙푸른 나무숲
## – 문경새재와 도리표(道里表)

　어릴 때 지도에 관심이 많았다. 우리나라 지도를 펼쳐놓고 도면으로 미지의 세계 여행을 좋아했다. 경부선을 따라 부산도 가 보고 서울도 방문해 보았다. 도중에 도청 소재지, 시청 소재지, 군청·읍 소재지까지 두루 섭렵하고 강원도 발원지에서 강화도 해역에 이르는 한강도 가 보고, 강원도에서 발원하여 경북을 거쳐 부산 낙동강 하구까지도……. 지도상으로 하는 여행은 재미있었다. 우리나라 큰 산이 어디에 있는지 평야는 어디에 있는지도 지도상으로 찾아보고, 불국사나 해남 대흥사도 도면에서 보았다. 그래서 그런지 여행을 하고 산을 찾는 것은 자연스런 생활이 되었다.

　일 년 중 가장 상쾌한 날씨가 오늘 같다. 붉은 사과가 햇살에 윤기가 나고 코스모스가 한층 더 출렁이며 멋을 부린다. 가뭄과 태풍도 지나고 오랜만에 웃는 얼굴들이다. 아직도 코로나가 사람들의 일상을 억누르며 얼굴을 감추게 하지만 자연은 언제나 자신의 할 일을 말없이 수행한다. 오늘은 문경새재로 가는 길, 짙푸른 나무숲 사이로 햇살이 내려와 춤을 춘다. 바람이 나무를 흔들고 햇볕도 어지러워 견디기 어려웠나 보다.

조선 시대 영남과 중원을 통해 한양으로 통하던 옛길, 문경새재를 찾아볼 기회가 있어 현장을 답사하는 길이다. 문경새재는 괴산군 연풍면의 신선봉 입구 주차장에서 제3관문을 지나고 제2관문인 조곡관에 이어 마지막 제1관문인 주흘관으로 이어지는 길이다.

신선봉 주차장에 내리는데 문경새재로 이어지는 옛길이 어떻게 조성되었는지 기대와 설렘으로 가득하다. 숲속에는 펜션들과 조령산 휴양림이 자연과 조화된 모습으로 과객을 기다리고 있다.

먼저 간 일행을 뒤따라 가는데 곳곳에 방향 표지판과 거리가 표시된 이정표가 있어 길을 잃을 염려는 없다. 자동차 통행이 없는 호젓한 길, 울창한 수림 속으로 이어진 정취가 그대로 한 폭의 그림이다. 연풍 주차장에서 50분을 걷고서야 제3관문인 조령관이 나온다. 성벽과 성문이 고색창연하다. 마치 서울의 창의문이나 숙정문을 연상할 수 있는 곳으로 이곳이 조선 시대 국토방위의 요새지임을 말없이 대변하고 있다. 조령관을 지나고 나면 동화원이다. 동화원은 옛날 출장 관리나 이동객들이 잠을 자고 식사를 할 수 있는 휴식처다. 이어서 제2관문인 조곡관이 계곡을 마주하고 있다. 지형을 이용한 효율적 방어를 위한 지혜가 보인다. 이이, 이퇴계, 정약용 등 옛 선인들이 새재를 넘나들며 회포를 노래한 시들을 감상하며, 맑은 물이 흐르는 계곡을 따라가다 보면 용추폭포 위에 교귀정이 나오는데 경상 감사 교체 시 신구감사가 인장을 교환하던 유서 깊은 곳이라 한다. 다시 왕건 촬영 세트장을 지나면 영남에서 중원으로 통하는 첫 번째 관문이자 충청에서 영남으로 가는 마지막 관

문인 주흘관이 늠름하게 버티고 서 있다. 임진왜란 때 동래를 거쳐 침
략한 왜군이 물밀 듯이 올라왔을 때 천연요새인 이곳 주흘관과 조곡관,
조령관에서 장졸들이 결사 항전했다면 7년 전쟁의 사정이 달라졌으리
라. 그런데 당시 조정은 태평 시대로 유비무환의 대비태세가 되어 있지
않았다. 갑자기 당한 국난에 수많은 생령들이 도륙되고 국토가 유린되
었다. 국가의 가장 큰 의무는 국민의 생명과 재산을 보호하는 것이다.
이런저런 생각으로 주흘관을 지나 문경새재 '옛길박물관'에 이른다. 마
침 기획 전시가 있어 없는 시간을 쪼개어 관람에 들어갔다.

문경새재 '옛길박물관'에서 옛날 지도를 본다. 도리표(道里表)를 보니
이곳 문경에서 한양까지 380리로 기록되어 있다. 옛날 우리 선조들이
괴나리봇짐을 메고 한양 길에 오르는, 선비들의 모습이 상상으로 보인
다. 부산 동래에서 며칠을 걸어 올라온 과객들이 문경새재 숲길에 어둠
이 찾아오자 이곳 주막을 찾아 몸을 풀고 따뜻한 밥에 술 한 잔 걸치고
자리에 눕는다. 몇 푼의 노잣돈과 짚신, 그리고 갈아입을 옷 몇 가지 등
을 가지고 다녔을 우리 선조들은 어떻게 여행을 했을까? 요즈음은 자
동차로 2시간이면 충분한 거리지만 그 옛날은 말[馬]이 아니면 도보로
걸어야 했다. 몇 날 며칠을 새워가며 걷는 길은 먹고 자고 또 걸어야 하
는 고달픈 일과의 연속이었을 것이다. 요즈음처럼 내비게이션도 없고
인가조차 드물었던 시절, 집을 나서는 것은 여간 큰 모험이 아니었을
것이다.

하지만 그 옛날에도 오늘의 내비게이션 같은 것이 있었다. 소위 요즈
음 말로 조선의 내비게이션인 도리표(道里表)다. 도리표는 조선 태조가

문경새재 제2관문인 조곡관

나라를 세우고 효율적인 통치를 위하여 전국의 도로를 9개의 대로로
구분하고, 대로는 다시 지선으로 정리하였다고 한다. 《세종실록》에 의
하면 1441년에 기리고차라는 수레를 이용하여 거리를 측정하였다는 기
록이 있고, 《세종실록 지리지》에 본 읍을 중심으로 사방 4개 읍 사이에
거리를 표시하였고, 이후 군현 사이의 거리를 정리한 도리표가 작성되
었다고 한다.

　우리나라에 지도가 처음 등장한 것은 1402년(태종 2년) 〈혼일강리역대
국도지도〉라고 한다. 이 지도는 중국 지도에 조선 지도를 붙여 만든 것
인데 조선의 지도가 실제보다 크게 그려진 것이 주목된다. 이후에도 여
러 과정을 거쳐 지도가 제작되었고, 1861년 김정호가 드디어 〈대동여지

도〉를 완성하게 되었다. 이 〈대동여지도〉는 전국의 지도를 접어서 가지고 다니면서 볼 수 있도록 제작된 것이 특징이라 한다.

도리표에는 10리마다 이정표와 주막의 표시가 있어 여행객이 휴식처에 대한 정보를 모을 수 있었고, 여행지로 가는 일정을 예측할 수 있어 오늘의 내비게이션 역할을 톡톡히 하였으니 선인들의 지혜를 알 수 있다.

일상에서 벗어나 미지의 세계를 찾아보고 몸과 마음을 휴식하는 여행은 삶의 또 다른 에너지 충전이다. 문경(聞慶)은 좋은 소식, 아름다운 소식을 듣는다는 말이다. 산과 물과 사람들이 좋은 곳에서 좋은 소식, 아름다운 소식을 듣고 살 수 있는 곳이면 무엇을 더 바랄 것인가.

사과의 고장 문경에서 붉게 철이든 상큼한 사과 한입에 온몸이 즐겁

교귀정. 조선 시대 새로 부임하는 경상 감사가 전임 감사로부터 업무와 관인(官印)을 인수 · 인계받던 곳이다.

다. 옛길의 역사가 있는 곳, 오미자가 제철인 가을의 문경은 온통 오미자 천지다. 더하여 오미자 연구소. 오미자 와인도 있다는 걸 여기 와서 알았다. 문경새재의 역사와 수려한 자연의 도립공원이 휴식이 필요한 길손들의 마음을 너그럽게 달래주는 넉넉한 휴식처로 손색이 없는 곳이다. 오늘 하루 이곳의 맑은 기운이 한층 더 아름답게 느껴진다.

# 한국인이 가고 싶은 곳
## - 신안군 증도

　고향은 타향에서 살아가는 사람들의 마음의 안식처다. 어릴 때 부모님, 그리고 친구들과 함께 생활하면서 일생을 살아갈 수 있는 마음의 양식과 삶의 토양을 제공해 준 곳이기 때문이다. 신안군 증도는 일명 짱뚱어의 고향이라 해도 틀리지 않을 만큼 짱뚱어로 이름난 곳이다. 또한 증도는 어릴 때부터 오늘에 이르기까지 성장의 토양을 마련해 준 조선덕 국장의 고향이기도 하다. 사람이 일생을 살아감에 있어 가족과 직업, 건강 그리고 친구의 중요성은 누구나 절감하고 있을 것이다. 마음을 나누고 고락을 함께한, 더구나 한 직장에서 십여 년을 같이 근무했던 벗들과 1박 2일의 일정으로 산행 겸 여행에 나선다.

　먼 거리에도 승합차를 손수 운전하며 여행을 주선한 김용훈 회장의 노고에 감사해하며, 11명이 함께 정담을 나누며 가는 여행이 즐겁기만 하다. 먼저 전남 영암에 있는 국립공원 월출산 정상에 올랐다. 바위로 구성된 산세의 위용과 호남의 금강산이라 불릴 만큼 아름다운 우리 국토의 아름다움을 몸으로 체험하고, 전남 신안군에 위치한 섬 증도로 간다.

신안 해저유물 발굴 현장 및 주변 풍경. 이곳 바다 한가운데에 중국 송나라, 원나라 시대 수많은 보물을 건져 올렸다.

　증도로 가려면, 예전에는 목포에서 배를 타고 몇 시간을 이동하여야 도착할 수 있던 곳이었다. 하지만 지금은 섬과 섬을 연결한 다리 덕분으로 자동차로 거뜬히 갈 수 있다. 지도읍을 지나고 넓게 펼쳐진 갯벌 그리고 바다에 놓인 증도대교 다리를 건너 오늘의 목적지 증도에 도착한다. 월출산 정상을 타고, 자동차로 두 시간을 넘게 달려온 증도다.

　먼저 이곳의 명물, 짱뚱어탕과 낙지비빔밥으로 저녁을 하고, 신안 해저유물 발굴 기념탑이 있는 곳으로 간다. 해송과 해당화, 바다와 섬들이 서로 포개어지고 덧대어 펼쳐지는 모습이 보기만 해도 시원한, 아름다운 섬이다. 이곳 바다 한가운데에서 중국 송나라, 원나라 시대 해저유물인 도자기만 2만 점을 비롯, 동전 28톤 800만 개, 금속제품 등 수많은 보물을 건져 올린 곳이다. 주변 경치도 아름답지만 일몰 또한 장관이다.

　오늘의 숙소이자 조선덕 국장의 정든 고향 집에 도착한다. 그가 가끔

신안 갯벌센터. 슬로시티 센터가 이곳 중도에 있다. 갯벌에 관한 모든 것이 전시되어 있다.

와서 머무르는 곳이기는 하지만 정갈하게 잘 꾸며 놓은, 정성이 가득한 곳임을 한눈에 알아보겠다. 여장을 풀고 나니 이곳의 명물 갯벌 낙지가 등장한다. 고향의 맛을 보이기 위해 미리 이웃 주민에게 부탁한 낙지가 도착한 것이다. 날것으로 먹는 것이 부담스러운 친구들을 위하여 적당하게 삶은 낙지 수십 마리가 일행들의 얼굴을 환하게 한다. 정성이 가득 담긴 증도 갯벌의 낙지다. 귀한 대접으로 받은 맛이 일품이다. 밤이 깊어간다. 이웃에서 침구를 빌려 오고, 빌려준 이웃사촌 간의 정이 아름답다.

　이른 새벽에 일어나 한반도를 닮은 이곳의 명물 해송 숲길을 산책한다. 4개 코스에 거의 10km에 달하는 거리로 이곳에는 짱뚱어광장과 우전해수욕장, 시비, 운동시설, 정자, 전시관, 엘도라도 리조트 등 다양한 시설이 갖추어져 있다.

　숲은 생명의 고향이다. 해송들이 하늘을 향해 힘차게 뻗어 오르는 기운들의 집합이 들리고, 바다에서 불어오는 바람과 함께 해송이 숨 쉬는 상쾌한 공기, 여기저기에서 꿩들이 합창을 하고, 뻐꾸기들이 짝을 찾는 애절한 소리……. 모두가 생명의 소리이자 생의 기쁨으로 넘치고 있다. 고운 모래가 지천으로 널린 곳, 바다를 노래한 김남조 시인의 시를 비롯한 시비들이 줄지어 늘어선 곳, 천천히 걸으면서 시 한 수 감상 할 수 있는 산책길, 바다에서 일어난 안개가 푸른 해송 숲 사이를 조용히 감싸 안고 도는 이른 아침이다. 아시아 최초 슬로시티로 지정되었고 2009년 유네스코 생물 보전지역으로 지정되었다는 증도다. 신안 갯벌 센터, 슬로시티 센터가 이곳 증도 우전리에 위치해 있다. 갯벌에 관한 모든 것이 전시되어 있는 곳이다. 이 센터가 이곳에 자리 잡은 것은 증도의 갯벌이 그만큼 중요하고 또 유명하다는 뜻이다.

힘차게 오른 아침 해를 보면서 짱뚱어다리 위를 걸어본다. 갯벌 위를 가로질러 설치한 짱뚱어다리는 이곳 갯벌 생태의 보고인 짱뚱어를 형상화하여 만든 다리다. 일출과 일몰의 명소다.

엘도라도는 이곳의 대표적인 휴양시설이다. 국력이 늘어나고, 섬 곳곳이 다리로 연결된다. 증도에도 다리가 놓이고 휴양시설이 많이 설치된다. 이곳에서 해수목욕을 하고, 아침을 먹고, 증도 선착장으로 가 본다. 이제 다리가 놓이기 전 수시로 드나들었을 배의 모습이 없다. 이 섬에 다리가 놓이고부터 선착장으로서 기능이 쇠퇴하기는 하였지만, 변함없는 바다와 한가로운 섬의 여유가 나그네들의 마음까지 넉넉하게 한다.

신안은 천혜의 소금 생산지로도 명성이 높다. 자연이 베풀어주는 자원에다 사람들의 노력의 결과이다. 끝을 알 수 없을 정도로 펼쳐진 염전, 전국 소금 생산량의 6%를 차지하고 있다는 태평염전, 소금박물관이 있고, 맞은편으로 넓은 갯벌이 펼쳐져 있는 곳이다.

　육지의 객들이 증도 바다를 다시 살펴본다. 짱뚱어들이 눈을 들어 갯벌 세상을 보고 게들이 부지런히 기어가는, 생태의 보고가 눈앞에서 일어나고 있다. 사람과 자연이 함께 공존하는 세상, 증도는 바다와 섬, 그리고 숲이 조화를 이루는 섬이다. 수많은 생명들의 터전이자, 수천 년의 시간이 흐르면서 자연이 조성한 느림의 상징인 갯벌이 넓게 펼쳐지는 곳, 저녁에 도착하여 아침에 출발하는 짧은 시간이었지만 우리나라에서 가장 가 보고 싶은 곳 2위에 오른 섬이다. 아름다운 친구들이 있어 삶이 넉넉하고 즐겁게 느껴지는 오늘이다.

# 작은 것이 아름다운
## — 남해 가천 다랭이마을

  서울에서 장장 4시간 이상을 숨 가쁘게 달린 버스가 한려수도의 아름다운 바다 위에 걸쳐진 남해대교를 지나고 선구마을 당산나무 아래에서 멈춘다. 한반도의 남쪽 끝, 좁은 바다가 육지와 갈라놓은 섬, 남해군이다.

  천 길 낭떠러지 칼바위 능선을 지나고 응봉산을 지나서 설흘산으로 가는데 산 아래 계곡마다 마을들이 잠자는 듯 조용히 숨어 있다. 멀리 광양 제철소 방면으로 대형 배들이 쉴 사이도 없이 지나가고 고깃배들도 물 위에 조용히 떠 있는 풍경이 한 폭의 그림 같다. 아늑하고 조용한 바다와 어우러진 풍경이 마치 낙원 같은 평화롭고 아름다운 삶의 터전으로 다가온다.

  바다가 어머니처럼 감싸고 있는 섬들과 섬들이 사이좋게 어울려 있고 양지바른 곳엔 집들이 옹기종기 모여서 형제처럼 다정하게 보이는 풍경들. 섬 가운데 파고든 바다. 앵강만 건너편에도 산들이 아늑한데, 풍광 좋은 곳에 자리 잡은 보리암이 바다를 내려다보고 있다. 그곳은 금산이라 한다.

다랭이마을. 양보 없는 설흘산 가파른 기슭에 계단식 논을 만들고 그 가운데 마을이 들어섰다.

　지금은 한없이 평화로운 이곳도 우리 역사의 아픈 흔적을 가지고 있
다. 조선 선조 때 일어난 임진왜란의 처절했던 역사의 현장이 이곳이었
다. 왜적이 침탈한 임진왜란 7년 전쟁 당시 조선의 바다를 철통같이 지
켜서 백성들과 이 나라 국토를 보전하게 한 성웅 이순신 장군의 관음포
유적이 이곳에 있다. 설흘산 정상의 봉수대는 돌을 성처럼 쌓아 올려
만든 폭 7m, 높이 6m, 둘레가 20여m이다. 단일 봉수대로는 가장 큰
규모로, 이곳의 중요성을 말하고 있다.

　왜적의 침입을 제일 먼저 알렸을 이곳을 생존의 터전으로 삼았던 우
리 선조들, 수시로 출몰하는 왜구들을 물리치고 현장을 지켰던 임진성
을 비롯한 당시 흔적들이 역사를 증명하고 있어 이곳의 아픔을 짐작하
게 한다. 국토와 국가, 국민들의 생존과 재산을 보호하고 지키는 일은
옛날이나 지금이나 아무리 강조해도 모자람이 없다.

가천 다랭이마을에 도착한다. 남해 설흘산이 바다 끝까지 발을 디미는 바람에 급해진 경사면에 마련된 생존의 터전이다. 양보 없는 설흘산 가파른 기슭에 계단식 논을 만들고 그 가운데 마을이 들어섰다. 곡식이 생명의 전부이던 시절, 한 뼘의 땅도 소중했다. 먹을 것이 없어 밥 굶기를 밥 먹기처럼 하던 때, 한 톨의 쌀이라도 더 생산해야 하던 시절이었다. 좁디좁은 땅에 둑을 쌓고 물을 끌어들여 농사지을 땅을 만들어야 했다. 삽과 괭이로 나무뿌리를 캐어내고 무거운 돌을 골라 둑을 만들었다. 만들고 보니 땅의 폭은 좁은데 모양이 마치 뱀처럼 굽었다. 그것도 경사지에다 만들었으니 산을 오르내리며 농사짓는 것이 얼마나 힘들 것인가. 그래도 천금같이 소중한 생명의 터전이었다. 다랭이 논을 세다가 한 뙈기가 없어 다시 살펴보니 모자 밑에 있더라는 말과 같이 좁은 공간들이 계단을 이루며 바다 입구까지 이어지고 있다. 이곳 사람들은 한 톨의 곡식이라도 심을 땅이 있으면 열심히 일구고 가꾸었다. 그래도 생산량은 한정되고 배가 고팠다. 보리가 익기 전에 식량이 바닥났다. 그래서 생겨난 것이 보릿고개다. 현재 전국의 논밭은 바둑판처럼 정연한데 이곳만큼은 아직도 다랭이 논으로 옛날 방식 그대로다. 기계가 들어갈 만한 넓이의 농지가 아니기 때문이다.

시대가 변하니 이런 다랭이마을이 오히려 새로운 관심사로 떠오른다. 설흘산과 남해 바다 그리고 다랭이 논이 어우러진 아름다운 풍광이, 옛 정취의 향수가 그리운 관광객들을 불러 모으고 있다. 이제는 힘든 농사보다 민박 등 여행객을 위한 서비스가 대세로 정착된 곳이다.

이곳에는 색다른 또 하나의 상징물이 자리하고 있다. 다산과 풍요를 상징하는 암수바위가 마을 가운데 위치하고 있어 관광객들의 호기심을 자극한다. 남성을 상징하는 바위와 아기를 임신한 여성처럼 생긴 바위가 그것이다. 현지 안내에 의하면 조선 영조 시대 이곳 현감의 꿈에 노인이 나타나서 "내 몸 위로 우마차가 지나가서 불편하니 꺼내어 주면 좋은 일이 있을 것"

수바위. 다산과 풍요를 상징하는 암수바위 중 하나. 암바위는 수바위에서 조금 떨어진 곳에 임신한 여성의 모습으로 비스듬히 누워 있다.

이라는 계시를 하여, 노인이 말한 곳을 파 보았더니 암수바위가 나왔다. 이를 미륵불로 봉안하면서 논 다섯 마지기를 바치고 제사를 지냈다는 전설이다. 그 이후 바다에 나가는 사람들은 이곳에서 정성을 드리고, 자식을 원하는 사람들도 이곳에서 기원을 드린다고 한다.

옛날 가축과 사람의 힘으로만 농사를 지을 때, 가족의 많고 적음이 한 가정의 힘이 된 적이 있었다. 어린 시절, 한 동네에 아들 13명이 있는 집과 딸 8명이 있는 집이 있었는데 아들 13명이 있던 집은 농사일은 물론 다른 일도 저희들끼리 모두 해결하여 동네의 부러운 집으로 이름이 났다. 하지만 딸 8명이 있는 집안은 항상 아들 하나 얻기를 소원하였으나 결국 그 뜻을 이루지 못하였다. 당시 간절했을 그 마음이 이곳에 오니 다시 떠오른다.

남해는 해산물이 풍부한 바다로 둘러싸인 섬이다. 특히 남해 바다는 멸치로 유명한데 마침 멸치가 나는 철이다. 금강산도 식후경이라 했던 옛말처럼 식당에 이른다. 싱싱한 멸치무침에 시선이 집중된다. 봄기운이 기운을 돋우고 있는 대파와 미나리에다 초고추장이 조화를 이루는 감칠맛이 한 상 가득하다.

남해 바다를 가로 질러 놓아진 아름다운 창선대교 위에 붉은 해가 숨을 고르듯 서산 위에 걸려 있다. 바다가 화려한 옷으로 붉게 물들이는 곳, 남해 바다 죽방렴이 석양과 조화를 이루며 저물고 있다. 아름다운 국토의 비경이 보석처럼 숨어 있는 곳, 이곳이 남해다. 좁은 국토지만 아기자기한 경치로 어느 나라에 빠지지 않는 명승지가 손짓하는 곳이다.

# 삶의 가치와 문학
## − 금병산과 김유정문학촌

춥다고 어깨를 움츠리던 때가 어제 같은데 벌써 5월 초가 되었다. 생명을 가진 온갖 식물들이 저마다 독특한 모양과 향기로 봄의 향연을 펼치고 있다. 춘천 신동면에 있는 김유정문학촌과 김유정 문학의 배경이 되었던 금병산을 답사하기 위해 집을 나선다.

유유히 흐르는 북한강변을 보여주던 열차가 일행을 김유정역에 내려놓는다. 김유정문학촌의 대명사가 된 실레마을, 금병산에 둘러싸여 있는 마을 모습이 마치 떡시루처럼 움푹 파인 모습이라 붙여진 이름이라 한다. 중1리 마을 쉼터에 이르니 김유정이 낙향하여 주민들을 가르치던 금병의숙과 당시의 느티나무, 김유정 기적비가 위치하고 있다. 산으로 오르자 철쭉을 비롯하여 딸기꽃, 아기 붓꽃 등이 땀 흘려 오르는 산행객들을 반갑게 맞이하고 있다. 금병산 삼림욕장에서 벤치에 누워 잠시 휴식을 취한다. 나무 사이로 하늘이 열려 있다. 평소 잘 보지도 않던 하늘이 다른 세상처럼 느껴진다. 피톤치드의 맑은 공기가 폐부 깊숙하게 들어온다. 잣나무 숲으로 구성된 삼림욕장은 자연 속에서 자연과 동화되어 혼자 명상하거나 건강을 다지는 장소로 그만이다. 이곳 출신인 김

김유정 기념전시관. 일제 암흑의 시대, 고향 실레마을을 배경으로 소설을 쓰면서 금병의숙을 세워 문맹퇴치 운동을 벌리며 농촌을 사랑했던 소설가 김유정이다.

유정도 이곳을 산책하면서 작품을 구상하거나, 고향의 정취를 가슴에 새겼을 것이라는 생각을 하게 된다. 삼림욕장을 지나고 소설의 제목이 자 울창한 숲길 능선인 '산골나그네길'을 따라 오른다. 산세가 유순하고 오르는 내내 바위가 보이지 않는 흙으로 구성된 아늑한 산이다.

'산골 나그네'는 김유정 소설의 제목이다. 싸늘한 바람이 낙엽을 흩뿌리는 산골의 늦가을, 밤은 깊은데 메주 뜨는 퀴퀴한 냄새나는 방안을 희미하게 비추는 등잔불이 문틈으로 들어오는 바람에 일렁인다. 시골에서 소출이 부족한 농사와 허름한 술집을 하는 노모, 그리고 떠꺼머리 총각이 사는 집이다. 밤이 깊도록 술꾼 한 사람 찾지 않는 이런 집에 "쥔어른 계셔유."하며 찾는 이가 있다. 살펴보니 맨발에 짚신짝을 신은 남루한 옷차림의 아낙네가 "하룻밤만 드새고 가게 해 주세유."라고 한다. 들어오라 해서 늦은 저녁을 먹이고, 사정 이야기를 들어 보고 하룻

김유정문학촌. 소설가 김유정은 인간에게 삶의 가치와 문학이란 무엇인가를 생각하게 한다.

밤 잠을 재웠다. 그 아낙네는 몸 붙일 곳 없이 떠돌아다니는 신세였다. 노모는 그 아낙네가 잠을 자고 떠나려는 것을 만류하고 일부러 술값을 받으러 나가면서 집을 지키도록 하고, 돌아와서 방아도 함께 찧었다. 하는 모양이 지극히 사랑스러워 며느리로 삼고 싶은 생각이 들었다. 주인이 밖에 나갔다 온 사이 아들과 일이 벌어졌다. 늦도록 장가가지 못한 아들과 결혼시켜 며느리로 삼고 싶었다. 동네잔치를 하고 아들 덕돌이와 혼인을 시켰다. 며칠 지나고, 며느리가 된 나그네는 한밤에 집을 나갔다. 졸지에 아내가 없어진 덕돌이와 황망한 어머니가 며느리를 찾아 나서고, 집 나온 며느리는 외진 오막 물방앗간에 누워 있던 병(病)든 자신의 남자와 급하게 떠나는 내용이다.

〈산골 나그네〉의 무대가 된 이곳에서 나그네가 덕돌이와 시어머니를 남겨두고 병든 남편과 떠났을 그 어느 곳을 생각하면서 금병산 정상에 올라 춘천 시가지를 내려다보는데 아쉽게도 미세 먼지가 시야를 흐린다. 호반 도시 의암호도 희미하고 주변을 둘러싼 산세도 확인하기 어렵다.

정상에서 쉬다가 김유정의 단편소설 〈동백꽃〉 길을 따라 내려온다. 소설 〈동백꽃〉은 마름의 딸인 점순이와 같은 또래인 소작농 아들의 닭싸움 이야기로 시작된다. "오늘도 또 우리 수탉이 막 쪼이었다."로 시작되는 〈동백꽃〉, 그 발단은 점순이가 좋아하는 소작농 아들에게 주려고 맛있게 구워 온 감자를 상대가 거절하면서부터다. 어느 날 점순이가 구운 감자를 행주치마에 싸 가지고 와서 아무도 모르게 먹으라고 내민다. "느 집엔 이거 없지?", "남이 보면 큰일날 테니 어서 먹어라."고 건네지만 "난 감자 안 먹는다, 너나 먹어라."고 일하던 손으로 그 감자를 도로 밀어 버린다. 그러자 점순이 얼굴이 홍당무처럼 되면서 눈에 독을 올리고 나중에는 눈물까지 흘리고 논둑으로 휑하니 달아나는 그 장면을 이곳 동백꽃길에서 떠올려 본다.

김유정은 열 살 미만에 어머니와 아버지를 모두 잃고, 자신도 지병으로 29세에 요절한다. 짧은 생애를 살면서도 〈소낙비〉, 〈노다지〉, 〈산골나그네〉, 〈솥〉, 〈봄봄〉, 〈동백꽃〉 등 주옥같은 많은 작품을 세상에 남긴다. 그가 태어난 한적하던 곳이 이제 많은 사람들이 찾는 문학촌이 되었고, 경춘선의 구 신남역도 김유정역으로 개명되었다.

일제 암흑의 시대, 고향 실레마을을 배경으로 소설을 쓰면서 금병의 숙을 세워 문맹퇴치 운동을 벌리며 농촌을 사랑했던 소설가 김유정. 오늘 금병산과 문학촌을 돌아보고 전철이 다니던 이전의 역사 앞에 위치한 춘천 막국수 집에서 메밀 싹이 더해진 메밀 막국수로 춘천의 맛을

본다. 소설가 김유정에게서 인간에게 삶의 가치와 문학이란 무엇인가
를 생각하는 하루다.

# 구름처럼 바람처럼
— 마대산과 김삿갓

인간은 언제나 새로운 상상력으로 미지의 세계를 꿈꾼다. 여행도 새로운 세계를 꿈꾸는 일종의 자연스러운 욕구다. 친구들과 약속하고 함께 떠나는 날, 미세먼지로 인해 하늘의 해가 보이지 않을 만큼 시야가 흐리다. 청정지역인 강원도 영월군에 위치한 해발 1,052m의 마대산을 찾는다. 한여름 청정하던 숲으로 가득하던 곳, 겨울의 마대산도 만만하지 않다. 서울에서 가는 동안 내내 온 세상이 뿌연 먼지로 덮여 있다.

김삿갓문학관. 시선(詩仙) 김병연의 위대한 힘은 사람들의 마음을 적시는 시라는 문학에서 탄생했다.

영월 시가지를 지나고 새벽부터 서둘러 달려간 그곳, 높은 산들 사이 계곡이 전부인 첩첩 산골로 들어선다. 사람이 살 수 없을 것같이 좁은 일명 김삿갓계곡에 사람들의 흔적이 있다. 산이 높아서 햇볕도 잠깐 동안 거쳐 가는 곳에 용케도 도로를 개설하고 사람들이 찾아들어 터를 잡고 집들이 엎드려 있는 현장, 그곳에 난고 김삿갓의 문학관이 있다.

문학관 주차장에 차를 세우고 주위를 살펴보니 마침 월요일이라 문학관은 휴관인데, 주변 조형물이 대신 반갑게 맞아 준다. 산 입구에 위치한 유적지의 꼬마 신랑 상을 잠깐 둘러보고 포장이 잘 된 도로를 따라 한참을 오르다보니 삼거리다. 좌측으로 1.4km 거리에 김삿갓 주거지가 있지만 우리는 우측 처녀봉 방면으로 방향을 틀었다. 조금 오르니 집은 보이지 않고 개가 짖는 소리만 들린다. 사람은 각자 생각대로 살아간다지만 사람의 그림자도 없는 이곳에서 개들과 함께 터를 잡은 사람은 무슨 사연인가 싶기도 하다.

계곡을 따라 오르다가 상수원보호구역 팻말 위 처녀봉이란 방향 표지판을 따라가니 철계단이 나오고 본격적인 산행이 시작된다. 급경사도 있고 완경사도 있는 사람의 한평생이 굽잇길 같은 삶이라는 것을 미리 알려주는 듯하다. 겨울에도 등에 땀이 느껴질 시간이 되니 드디어 처녀봉이다. 표지석은 없고 방향 표지판만 있다. 아름드리 소나무를 비롯하여 우뚝 솟아 늠름한 나무들의 위용이 하늘로 향하고 있다. 정상까지 30분이라는 안내표시다.

나무들도 혼자 사는 것은 외로운지 한겨울에 연두색 겨우살이들이 참나무 가지에 주렁주렁 매달려 있다. 오늘은 땀으로 겨울바람도 시원

난고 유적지 조형물

하게 느껴지고, 산행의 맛을 느낄 때쯤 해서 보니 1,052m의 마대산 정상이다. 조망을 살펴본다. 길게 이어지는 능선과 계곡이 미세먼지로 시야가 흐려 아쉽다.

나무들이 모두 옷을 벗어 깊은 산중의 정취가 감소된다. 아름다운 꽃들과 울창했을 여름의 숲을 상상하며 경사진 곳을 따라 약 2km 정도를 내려오니 초옥의 난고 김삿갓 주거지가 나타난다. 방랑시인 김삿갓으로 유명한 난고 김삿갓이 생전에 자랐고 거주한 곳이다.

김삿갓이 5세 때 평안도 홍경래 난으로 선천부사였던 조부 김익순이 반군에게 붙잡혀 항복한 죄로 능지처사를 당하자 집안은 멸족되고 아버지는 화병(火病)으로 죽었다. 당시 노복의 구원으로 형과 함께 황해도 곡산에 숨어 살다가, 조정에서 죄는 본인에게만 묻는다는 결정이 내려지자 모친과 함께 광주, 이천, 가평, 평창을 거쳐 이곳 첩첩 산골 영월에 정착, 은둔하게 되었다. 이런 가운데에서도 양반가의 가풍과 안목을 갖춘 모친은 가족의 사연을 감추고 자식들에게 글을 가르쳤다. 김병연의 나이 20세 때 영월부에서 시행한 과거에 응시하여 조부를 비판하는 글로 장원급제하였다. 후에 어머니로부터 집안 내력을 전해 듣고 조상을 욕되게 하고 폐문한 집안의 자손이라는 멸시와 깊은 자책감으로 인해 22세에 처자식을 두고 방랑의 길을 나섰다. 이때부터 하늘을 볼 수 없는 죄인이라 하여 죽장을 짚고 삿갓을 쓴 채 전국을 떠돌아다니면서 풍자와 해학으로 서민들의 애환을 담은 시를 지으며 57세의 일기로 전남 화순의 동복에서 생을 마감한다.

이곳 자료에 의하면 화전촌의 집은 보통 통나무로 짓는데, 이 집 본채의 천장보, 기둥 등은 모두 정교하게 다듬은 것이었다고 한다. 이곳의 생활이 어떠했을지는 충분히 짐작하고도 남는다. 변변한 밭 한 뙈기 없는 산골 지형으로, 초근목피(草根木皮)뿐이었을 이런 형편에서 공부하여 장원급제하였다는 사실이 믿어지지 않을 만큼 놀랍다.

김삿갓 묘소. 천재 시인으로 수많은 일화를 남기고 세상에 아무런 미련 없이 살다 간 그의 묘소는 약 30여 년 전에야 알려졌다.

생가를 거쳐 내려오는 길에 천재 시인이자 시선(詩仙)으로 이름이 올려진 난고 김삿갓, 그의 묘소를 찾는다. 그가 하늘을 볼 수 없는 죄인임을 자처하면서 처자식을 두고 홀로 방방곡곡을 다니며 문전걸식으로 일생을 방황했던 그의 심정을 어떻게 말로 다 표현할 수 있을까. 그가 세상을 떠난 3년 후 아버지를 찾아 전국을 헤매던 차남이 그를 이곳에 안장한다.

평생을 남루한 의복에 죽장에다 삿갓 하나로 욕심 없이 살았던 그다. 한 끼 밥도, 매일 매일 잠자리도 그에겐 큰일이었지만 대수롭지 않게 생각했다. 비를 피할 수 있는 곳이면 헛간이든 어디든 개의치 않았고, 인심 사나운 집에 밥 한 술 구걸하다 문전박대당하고 쫓겨나도, 먹지도 못할 쉰밥을 주는 몰 인심에도 시 한 수로 마음을 달랬던 그였다.

다음은 그가 인심을 시로 달랜 시 한 수를 인용한다.

二十樹下三十客(이십수하삼십객)/ 四十家中五十食(사십가중오십식)
人間豈有七十事(인간기유칠십사)/ 不如歸家三十食(불여귀가삼십식)
스무나무 아래 서러운 객이요/ 망할 집에서 쉰밥이라
세상에 어찌 이런 일이 있으리오/ 집에 돌아가 설은 밥 먹는 것만 못하리라

천재 시인으로 수많은 일화를 남기고 세상에 아무런 미련 없이 살다 간 그의 묘소도 약 30여 년 전에 알려졌다고 한다. 구름처럼 바람처럼 흔적 없이 살던 그에게 후세 사람들은 그냥 두지 않았다. 서민들의 애환과 마음을 시로 담아 오늘날까지 전해준 그가 이곳에 영면하면서 그는 시선(詩仙)이 되었다. 행정구역 명칭도 김삿갓면으로 개칭되고 문학

관도 세워져 후세에 이름을 남기고 문학의 진흥을 위해 힘쓰고 있다. 억지로 이름을 날리려고 하는 오늘의 세상과는 다르게 모든 것을 내려 놓고 살다 간 그다. 보석은 숨어 있어도 보석인 것이다. 김삿갓으로 이름 지어진 詩仙 김병연의 위대한 힘은, 사람들의 마음을 적시는 시(詩) 라는 문학(文學)에서 탄생했다.

# 깨달음의 길
— 화암사 숲길과 낙산사

한겨울 눈이 무릎까지 쌓인 강원도 산을 추위에 떨면서 다니던 때가 어제 같은데, 벌써 7월 하순이다. 무더위에 모든 생명들이 지쳐 있지만 들판에는 벌써 벼 이삭이 출수하여 가을이 저만큼 와 있음을 실감하게 한다.

태백준령인 설악산 자락 황철봉과 상봉 사이 고개 미시령을 지나면 속초로 가는 길에 금강산 화암사로 가는 숲길이 나온다. 예전 같으면 구불구불한 산길을 따라가야 할 길을 곧게 뚫은 미시령 터널을 통하여 다니니 한결 수월하다. 국력의 신장을 실감하면서 화암사 입구 주차장에 내려 일주문을 지난다.

이곳 화암사는 금강산이 시작되는 신선봉 아래 위치하고 있고, 금강산 남쪽에서 시작되는 첫 봉우리, 첫 암자로 신라 혜공왕 때 진표율사가 창건했다고 한다. 일주문 안으로 전개되는 화암사 경내 풍경은 늘어선 시비(詩碑)가 시선을 먼저 사로잡는다.

이 땅을 거쳐 간 고승들의 선시(禪詩)다. 숲속 포장된 도로 양측으로 선시가 줄지어 있어 내방객들이 사색과 명상을 할 수 있도록 배려하고 있다. 여기 새겨진 비문에 의하면, 화암사로 들어가는 길은 오도송(悟道頌)의 비를 세우고, 나오는 길에는 열반송(涅槃頌)을 세웠다. 한마디로 올라가는 길은 깨달음을 배우고, 내려오는 길은 내려놓고 비우는 지혜를 통해 자신을 뒤돌아보게 하기 위한 목적이라 한다.

이 가운데 성철 스님의 오도송을 인용해 본다. "황하는 역류하며 곤륜산을 후려치니/ 해와 달은 빛을 잃고 대지는 잠기네/ 넉넉히 웃으며 고개 돌리고 서 있나니/ 청산은 옛날 그대로 흰 구름 속에 있네."로 되어 있고, 일타 스님 열반송은 "하늘의 밝은 해가 참된 마음을 드러내니/ 만리에 맑은 바람 옛 거문고를 타는구나/ 생사와 열반이 일찍이 꿈이려니/ 산은 높고 바다 넓어도 서로 방해롭지 않구나."

마음의 종교인 불교, 중생들의 아픔인 생로병사의 고통을 극복하기 위해 불도에 정진하며, 깨달음과 열반의 기쁨을 노래한 수십 명 고승

화암사. 금강산이 시작되는 신선봉 아래 있으며 금강산 남쪽에서 시작되는 첫 봉우리, 첫 암자로 신라 혜공왕 때 진표율사가 창건했다.

들, 이분들의 오도송과 열반송이 후세를 살아가는 나그네의 마음을 숙연하게 한다.

산으로 오르는 숲길, 수바위로 향하는데, 수바위는 "욕심 없이 살라"는 교훈을 주는 전설이 있는 바위다. 전설에 의하면 화암사는 민가와 멀리 떨어져 있어 스님들이 시주를 청하기 어려운 처지였다. 어느 날 스님 두 분의 꿈에 백발노인이 나타나 "수바위에 조그만 구멍이 있으니 그곳을 찾아 끼니때마다 지팡이로 세 번 흔들라."라는 말씀이 있었다. 아침 일찍 수바위에 올라 노인이 말씀하신 내용으로 했더니 두 사람분의 쌀이 나왔고, 그 이후로는 걱정 없이 불도에 열중하였다고 한다. 그후 몇 년이 지나 화암사를 찾은 객승이 이를 듣고 여섯 번 흔들면 네 사람의 쌀이 나올 것을 기대하고 흔들었는데, 쌀이 나왔던 구멍에서 피가 나오고, 다시는 쌀이 나오지 않았다는 내용이다.

다시 소나무 숲길을 따라오르면 시루떡 모양의 바위에 이어 신선대가 모습을 드러낸다. 이미 몸은 땀으로 범벅이지만 신선대를 뒤로하고 올라 펼쳐지는 넓은 바위에 이른다. 칠월 한여름에도 태백준령을 타고 내려오는 자연의 바람이 여기까지 땀 흘리며 오른 탐방객의 노고를 보상하듯 무더위를 한꺼번에 씻어준다. 땀이 조금 식을 무렵 주위를 자세히 보니 나무들의 가지는 물론 줄기까지 모두 한쪽으로 쏠려 있다. 얼마나 바람이 많이 불면 이런 현상이 일어날까 싶을 정도다. 자연은 보탬도 더함도 없이 있는 그대로 모습으로 우리에게 보여주는 순수함이다.

2005년 화마로 소실된 양양 낙산사. 그곳에 간다. 시간은 모든 상처

낙산사. 시간은 모든 상처의 치유제다. 화마로 소실되었던 낙산사가 모두 복원되었다.

낙산사 홍련암. 바다가 통하는 바위 위 기도 도량. 당신이 있어 정말 행복합니다.

사람은 길을 내고 길은 역사를 쓴다

의 치유제다. 아픔도 상처도 역사 속으로 사라지게 한다. 낙산사도 이제는 모두 복원되어 10여 년 전 화마로 소실된 흔적은 찾아보기 어렵다. 주변 나무들도 자신들의 모습으로 푸르름을 되찾았고, 원통보전을 비롯한 빈일루, 범종루, 홍예문 등 옛 전각들도 모두 제자리에 복원되어 불자들의 기도 도량으로써 인기를 누리고 있는 모습이다. 의상대에 오르니 7월 한여름에도 더위는 저만치서 서성거릴 뿐 다가서지 못하고 있다. 한여름의 피서지가 바로 이런 곳이라는 표정으로 무더운 여름에도 사람들의 모습은 여유로 넘쳐난다. 시원한 전망대에서 본 바다, 이 아름다운 바다 위에 고깃배들은 조업에 한창이다. 이곳 의상대는 바다와 바위를 끼고 있는 노송이 운치를 더하고 많은 시인 묵객들이 자연을 감상하고 빼어난 경치를 노래하던 곳이다. 바다가 통하는 바위에 위치한 기도 도량 홍련암, 그 입구에 "당신이 있어 정말 행복합니다."라는 글이 마음에 와 닿는다 "우리는 행복한가요? 행복하다면 왜일까요? 많은 것을 소유하지 않아도 작은 행복에도 감사할 수 있는 이 마음, 그것이 저희들의 기도입니다."라는 말, 그 말이 뇌리에 남는다. 오늘 다녀온 화암사 숲길에 새겨진 오도송과 열반송을 읊었던 많은 고승들, 이곳 바다와 맞닿은 이 홍련암에서 진리의 깨달음을 얻었을 수도 있을 일이다.

낙산사 아래 해수욕장, 푸른 물이 넓은 백사장에 쉴 새 없이 밀려왔다 밀려가는 바다. 부서지는 파도와 아름다운 해변은 한 폭의 아름다운 그림이다. 바쁜 일상에서 앞만 보고 살아가는 삶에서 잠시 비켜서서 우리의 산과 숲, 그리고 천년 고찰과 바다를 답사하니 마음의 여유가 느껴진다. 깨달음을 얻은 고승이 아니라도 인생의 행복이란 말을 생각하게 된다.

　행복이란 무엇인가. 몸이 건강하고 마음이 즐거우면 그게 행복이 아
닌가 생각된다. 매사를 긍정적으로 생각하는 마음, 거기에 행복이 있는
게 아닐까. 오늘 아름다운 내 조국을 마음껏 돌아볼 수 있는 기회도 행
복인 것을 가슴으로 느껴 본다.

# 티 없이 깨끗한

## — 하도리

　언제나 푸르른 청춘들이 넘실댈 것만 같던, 활기차고 싱싱하던 여름이 소리도 없이 가고 낙엽이 홍·황색 영상으로 사람들의 마음을 사로잡는 가을이 왔다. 일 년 동안 땀 흘린 풍요로운 결실을 거두는 수확의 기쁨을 누리는 계절이다. 하지만 가을은 어쩐지 마음 한구석이 텅 빈 것 같은 허전하고 쓸쓸한 마음을 느끼게도 하는 계절이다. 마치 다정하게 사귀던 친구가 갑자기, 말도 한마디 없이 곁을 떠나 버린 것 같은 안

하도리 호수. 사시사철 철새들이 머무는, 새들의 안식처.

타까움을 주는 계절이기도 하다. 그래서 이런 가을에는 어디론가 훌쩍 여행을 떠나고 싶은 충동을 느끼기도 한다.

제주도로 떠났다. 서울에서 비행기로 한 시간 거리도 되지 않은 곳이기도 하고, 우리나라 남쪽 큰 섬으로는 더 이상 갈 곳도 없는 곳이다. 제주 공항에서부터 이국적인 풍경이 연출된다. 육지에서는 볼 수 없는 10m 이상 크기의 소철과 종려나무가 미소를 지으며 반겨주는 듯 색다른 곳이다. 한라산을 보면서 자동차로 달려 동쪽으로 내려간 곳, 성산 일출봉이 지척인 하도리를 찾았다. 제주시 구좌읍 하도리다.

제주도 유일의 철새 도래지인 호수와 푸른 바다를 가로지르는 뚝방 도로에서 바라보는 하도리는 짙어가는 가을의 여운을 더한층 느끼게 하는 아름답고 조용한 어촌 마을이다. 갈대와 억새가 군락을 이룬 잔잔한 호수에 각종 철새가 날아와 편안하게 쉬고 먹는 정겹고 조용한 풍경은 자유와 평화로움이 깃든 낙원 그 자체이다. 갈대는 깊어가는 가을이 아쉽고, 하얗게 변해 버린 자신들의 모습에 서로 어깨를 부비며 기대면서 짧아지는 오후의 햇살을 아쉬워하고 있다. 철새들이 이런 마음을 아는지 모르는지 한가하게 물 위에서 자맥질하며 놀다가 인기척이 나면 군무를 이루며 하늘로 날아오르는 모습이 장관으로 신비하기까지 하다.

이곳에서 나고 자랐고 수십 년 동안 이 지역을 위해 봉사하고 있는 '수필과비평 제주지부' 소속 수필가 김백윤 선생이 안내하면서 친절히 설명해 준다. 지금은 철새들이 노니는 아름다운 호수이지만 전에는 이곳도 내륙으로 들어온 바다였다고 했다. 당시 물이 귀하고 논이 없어

하도리 해변. 티 없이 깨끗한 바다. 해안선을 따라 검은 현무암이 조화를 이룬다.

쌀 한 톨이 귀하던 시절, 평소 이곳 사람들의 소원은 쌀이었다. 명절이나 제사가 있는 날 그나마 쌀밥 맛을 보았던 기억이 있다고 했다. 그래서 마을 앞, 섬이었던 지미봉에 바다 양쪽으로 둑을 쌓아 논을 만들고 농사지을 땅을 일구었다. 다행히 한라산에서 풍부하게 내리던 빗물이 땅속으로 스며들었다가 바닷가에서 용천수로 솟아올라 물 걱정은 없었다. 용천수는 쌀농사만 짓는데 유용한 것이 아니고 이곳 주민들의 일상생활에 중요한 시설이었다고 한다. 이런 곳에서 바다를 메우니 일구던 땅 중에서 지형이 낮아 바닷물이 드나드는 곳은 천연 암반수인 용천수와 합류되어 호수가 되었다. 변변한 호수 하나 없는 제주에 새로운 호수가 생기고 갈대와 억새는 물론 물속에 새들이 좋아하는 각종 먹이군이 형성되어 사시사철 철새들이 머무는, 새들의 안식처가 되었다는 이야기다.

하도리, 이곳은 티 없이 깨끗한 바다가 있는 곳, 해안선을 따라 검은 현무암이 조화를 이루고, 곁에는 아직 개발되지 않은 해수욕장과 모래 백사장이 있다. 바다에는 해양 스포츠로, 푸른 바다 물결을 노 저어 가르며 배를 이동하는 카약을 즐길 수 있는 곳이기도 하다. 건너편에는 천연기념물인 문주란이 자생하고 있는 토끼섬이 위치하고 있고 소가 누워 있는 것처럼 보인다는 우도가 지척으로 보이는 곳이다. 특히 하도리는 도로변이나 해변가에도 문주란이 자생하고 있어 여행객들의 관심을 모으는 곳이다.

해안에는 조선 시대 일본 왜구들의 침략이 잦아서 튼튼하게 쌓아 올린 보루 별방진, 이곳 해녀들의 삶이 녹아 있는 해녀박물관, 해녀들의 쉼터인 불턱 등이 이곳 하도리 지척에 있다고 하는데 시간이 없어 찾아보지 못한 아쉬움이 남는다.

가슴이 탁 트이는 바다, 밀물과 썰물이 서로 교차하면서 넓은 백사장에 가득 찬 물도 저만큼 밀려나 양보하는 겸손한 땅, 소처럼 듬직한 우도가 성난 파도를 막아 주는 곳, 조용하면서도 아름답고 순박하게 살아온 사람들이 가꾼 하도리다.

이제 곧 겨울이다. 사람이나 동식물들이나 열심히 일하고 나면 몸도 마음도 조용히 쉬고 싶을 때가 있다. 체력도 보강하고 생각도 정리하고, 살아온 삶을 뒤돌아보면서 피곤했던 심신을 달래 줄 시간과 장소를 위해 필요한 곳, 하도리는 그런 곳이란 생각이다.

# 바다와 함께 걷는 길
― 괘방산 바우길

    동해안 강릉시 안인진부터 바다와 나란히 하며 정동진까지 해발 2~3백m의 산길 이름은 바우길이다. 한겨울 영하 15도라는 기상대의 발표가 있던 날 여기 안인진에 왔다. 목적지 주차장에 내리니 차가운 바닷바람이 함께 불어 몸을 더욱 움츠리게 한다.

    산을 오르려 하는데 70을 넘긴 연륜의 어르신이 등산객을 모아 놓고 바람이 불고 날이 몹시 건조하니 산불을 조심하라는 당부다. 생각해보니 겨울부터 봄까지 잊을 만하면 강원도 해안가 산에서 불이 났다는 보도를 들었다. 이곳에서 평생을 살아오며 보금자리인 집과 아름다운 고향의 터전들이 하루아침에 불타 없어지는 참담한 경험을 겪고 지낸 증인들의 간절한 당부다. 영하의 추운 날씨에 생활 터전을 지키려는 이곳 사람들의 정성을 생각하면 당연하다는 마음과 그들의 수고에 오히려 미안한 마음까지 든다.

    안인진은 바다에 인접한 마을이다. 눈이 시리도록 부신 푸른 바다가 북풍의 강한 바람을 맞아 굉음을 내지른다. 하얗게 포효하는 거대한 바다는 마치 용트림하는 것 같다. 이곳은 바다와 산이 바로 인접하여 고

정동진 해시계. 정동진역은 우리나라에서 바다와 가장 가까운 간이역이다.
TV드라마로 새로운 명소가 되었다.

려 시대부터 성이 있었고 조선 시대에도 수군만호를 두었을 만큼 국토
방위의 중요한 요충지였다. 이곳에서 얼마 떨어지지 않는 곳에 안보전
시관이 있는데 북한 잠수정이 침투하다 좌초한 곳이기도 하고 6·25
때 북한군이 제일 먼저 침투한 지역이기도 하다.

  강원도에는 황장목이나 금강송 등 곧게 뻗은 잘생긴 소나무들이 자
라는 곳이다. 하지만 이곳은 어쩐 일인지 키도 작고 등이 굽어 목재로
는 쓸 수 없는 수십 년생 소나무들이 아무렇게나 자생하고 있다. 그러
고 보니 동해의 찬바람을 맞으면서 모진 풍파에 시달린 듯 껍질도 투박
하다.

  우리는 불과 수십 년 전만 하더라도 가난에 시달렸다. 힘들고 어렵게
농사를 지어도 밥은 고사하고 배불리 먹지 못하던 시절이 있었다. 온
가족이 매달려 농사를 지어도 먹고 살기가 힘들었지만 어느 집이나 자

식들이 많았다. 고단한 농사를 짓기 위해서는 많은 노동력이 필요했기 때문이었다. 그래도 가족들이 서로 이마를 맞대고 살면서 우애도 있었고, 이웃과 서로 정을 나누며 한동네 경조사가 있을 때면 네 집 내 집 구별 없이 서로 도우며 열심히 살았다. 그렇게 살아온 세대들이 힘을 합쳐 하면 된다는 생각으로 노력한 결과 오늘날 소득 3만 불 시대를 이루어 온 것이다.

하지만 지금은 자라나는 아이들의 수도 귀하고 이웃을 배려하는 정이 아쉬운 시대가 되었다. 여기 동해안 척박한 곳에 터를 잡아 살아가는 등 굽고 못생긴 소나무들이지만 정겹게 군락을 이루고 이웃하여 사는 모습이 우리 선조들과 어린 시절 우리의 모습 같아서 더 정겹고 한편으로는 처연하게 느껴지기도 한다.

등산로가 흑빛이다. 돌도 검고 흙도 검다. 자세히 보니 아마도 석탄 성분이 가득한 듯하다. 등산로 한옆이 무너져 내린 것을 보면 채굴을 하다 함량 미달로 그냥 덮어버린 게 아닌가 하는 생각도 든다. 발길 닿는 곳마다 여기저기 보이는 검은 물체들, 대접을 받지 못하니 자연의 일원으로 남아서 나름의 역할을 할 수 있는 장점도 있는 것이다. 세상에 쓸모없는 것은 아무것도 없다는 생각이다.

낙가산 송신탑에서 내려다보이는 바다는 한없이 평화롭게 느껴진다. 여기서 내려가면 등명낙가사가 위치해 있다. 몇 년 전 한여름 해안가 도로를 따라가다 이곳 등명낙가사에서 시원한 약수 한 잔으로 목을 축이던 때가 생각난다. 파도 소리를 들으면서 해안가의 바위와 바다가 어우러진 어촌 풍경과 각종 야생화를 즐기며 답사하던 추억이 새롭다.

정동진강과 갈대. 하늘보다 짙은 파아란 물 위의 갈대는 지난 아쉬움에 목이 메고 강물은 얼어 말문이 막혔다.

　등산을 시작한 지 3시간, 드디어 정동진에 닿는다. 정동진역이 우리나라에서 바다와 가장 가깝다는 곳이다. 옛날 정동진은 한가한 간이역 수준의 이름 없는 바닷가 마을이었다. 하지만 TV 드라마 한 편이 이 마을을 새로운 명소로 등장시킨다. 유명한 모래시계공원이다. 정동진 시간 박물관 열차가 전시되어 있고 해시계가 관광객을 맞는다.

　철길을 지나 가슴이 트이는 시원한 백사장으로 나온다. 눈부시게 푸른 바다다. 연말연시에 추위를 무릅쓰고 해돋이의 장관을 보려 수많은 관광객의 몰렸을 이곳 해변이 지금은 모래와 파도 그리고 몇 명의 관광객만 모습을 보인다. 겨울 파도가 해안을 덮칠 기세로 하얀 이빨을 무섭게 드러내며 이중 삼중으로 덮쳐오는 신비함에 추위도 무릅쓰고 한동안 빠져든다. 마음도 몸도 빨려 들어갈 듯한 느낌, 정말 몸에 있는 모든 것을 비워낸 듯 시원하다.

　찬바람이 가슴까지 얼게 하는 추위다. 바다로 흘러가는 강물 위에 서

본다. 한여름 온 세상에 짙은 녹색의 향기를 발산했을 수생식물들이 주 눅 들어 있다. 하늘보다 짙은 파아란 물 위의 갈대는 지난 아쉬움에 목 이 메고 강물은 얼어 말문이 막혔다. 산 위에 위치한 크루즈 배 모양의 건물만 묵묵하게 추위를 버티고 서 있다.

바우는 바위를 가리키는 강원의 정겨운 말이다. 안인진에서 정동진 까지 구불구불하면서 적당히 오르내림이 있는 능선, 바우길을 걸으면 서 등 굽은 소나무를 통해 우리 선조들의 체취를 느꼈고 동해의 쪽빛 바다에서 넘쳐나는 기운을 보았다. 다시 이동하여 주문진항, 그곳에서 동해 바다의 활기 넘치는 우리네 삶의 모습을, 아름다운 우리 자연의 맛을 느껴보는 추억의 하루가 되었다.

# 역사와 어우러진 파도
## - 안면도 샛별길

　용인 수지 부근에서 이팝나무가 하얀 꽃들을 피워 올리고 있다. 겨울 동안 발산하지 못하였던 기운을 마음껏 발산하는 싱그러운 봄의 향기다. 비좁은 서울에서 복잡하게 얽혀 살아온 사람들이, 경부선을 축으로 하여 아래로 아래로 계속 내달려 아파트와 건물들을 짓고 삶의 터전을 이루더니 이것도 부족해서 동탄 신도시 공사가 한창이고 그 꼬리가 오산과 평택까지 이어진다. 버스는 서해안 행담도와 소 떼들이 한가하게 풀을 뜯고 있는 서산 목장을 지난다. 올망졸망한 산들이 보이더니 홍성의 김좌진, 한용운 선생 생가 안내판이 보인다. 이어서 바다를 막아 조성한, 아득하게 멀고 넓게 펼쳐진 간척지와 간월호가 이어지더니 폭이 좁은 바다를 건너 안면도다.

　안면도는 우리나라에서 6번째 큰 섬이라고 하는데 옛날에는 육지와 붙어 있었던 곳이었으나 조선 인조 시대에 세곡을 실어 나르는 불편함을 덜기 위해 육지 일부를 절단하여 섬이 되었다고 한다. 지금은 말이 섬이지 수백여 미터의 짧은 다리가 놓여 육지화된 섬이다. 안면도의 풍경은 고만고만한 산들이 논 사이를 비집고 들어서 있는데 산 대부분에는 곧게 자라고 있는 수많은 소나무들을 품에 안고 있다. 밭에는 마늘들이 가득 자리하고 있고 섬인데도 불구하고 논에는 의외로 물이 가득하다. 풍요로운 자연을 보며 잠깐 생각에 잠기는 사이 오늘의 행선지 황포항에 도착한다.

안면도 샛별길, 서해안의 아름다운 바다와 자연의 맛을 음미하며 걷고 사색할 수 있는 해안숲길이다. 항구 이름에 맞게 푸른 바다보다 붉은 흙이 가득한 펄이 드넓게 뻗은 정경으로 여행객을 맞이하고 있다. 바닷가라고 해서 하얀 모래와 푸른 물결을 기대했는데 고기잡이배가 땅 위에 덩그러니 놓여 있고 바닷물은 아득하게 멀리 물러나 있다. 물이 밀려난 그 자리, 멀리까지 뻗어 나간 펄 위로 사람들의 모습이 보인다. 자세히 살펴보니 개펄 위에서 작업하는 모습이다.

섬은 사람들이 잘 왕래하지 아니하고 어업을 주로 하는 관계로 살아 있는 자연생태계의 보고다. 황포항의 풍경을 뒤로하고 해변의 숲길을 향해 오르는데 길가에는 서울 근교 산에서는 잘 보이지 않는 취나물, 고사리, 백출·창출의 원료인 삽주나물, 두릅 등이 보이고 봄의 대명사인 쑥은 사방에 지천이다. 향후 이곳 해변 길도 이름이 나고 사람들의 왕래가 잦아지면 이런 자연자원이 지금처럼 보존될지 걱정된다. 자연을 그냥 보고 보존해 후세대까지 함께 즐길 수 있게 배려하는 마음을 써 주면 좋겠지만 요즈음은 몸에 좋다고 하면 무조건 채취부터 하니 남아나지 않는 게 현실이다. 약초와 나물 채취도 다시 자랄 수 있도록 조금 뜯어 가면 좋은데 뿌리까지 뽑아가고 캐어가서 멸종을 시키니 그게 문제가 되는 것이다.

쌀 썩은 여. 호남에서 조세로 징수한 미곡을 실은 배가 이곳에서 자주 난파를 당했단다. 바다에 쌀이 수장되어 쌀이 썩은 곳이란 뜻이다.

안면도 방문이 처음은 아니다. 직장생활을 할 때 영목항 부근에서 하루를 묵으며 시원한 밤공기와 비릿한 바다 향을 맛보면서 밤늦도록 산책도 하고, 아침 일찍 바다 위로 떠오르는 찬란한 아침 해도 본 적이 있다. 그리고 붉게 물든 해변가를 산책하면서 맑은 아침 공기와 자연을 보는 기분도 좋았다. 배를 타고 인근 섬과 가두리 양식장도 구경했던 아련한 추억도 생각난다.

그래도 오늘 이곳 산 위에 올라보니 전망도 좋고 기분도 색다르다. 안내판에 쌀 썩은 여라고 쓰여 있다. 옛날 호남에서 조세로 징수한 미곡을 배로 운반하다 이곳에서 자주 난파를 당해 바다에 쌀이 수장되어 쌀이 썩은 곳이라 한다. 여는 밀물 때 바닷물에 잠겼다가 썰물 때 바닷물 위로 드러나는 바위라는 뜻이다. 그 당시 배를 움직이는 방법은 바람과 사람의 힘에 의존하는 것인데 수천 리 바닷길에 세곡을 가득 실은 배를 여기까지 힘들게 운송해 와서 난파를 당했으니 얼마나 상심했을까 상상이 된다. 한 톨의 쌀도 아까웠을 것인데, 힘들여 운송해 온 소중한 미곡들이 바닷물에 수장되는 아픈 광경을 바로 눈앞에서 보는 듯하다.

넓은 갯벌이 멀리까지 펼쳐지는 병술만은 고려 삼별초와 관련이 있는 곳이다. 수십 년 동안 국토를 유린당하며 전쟁을 치렀던 고려가 몽고와 화해를 하고 수도를 개경으로 옮기려 할 때, 이에 반대하던 삼별초의 수장인 배중손이 왕족인 승화후 온을 왕으로 삼아 이곳에 주둔하였다고 한다. 이후 고려와 몽고 연합군이 배중손을 제거하자 부장 김통정이 제주도로 본거지를 옮겨 대항하였으나 여몽 연합군에 의하여 전멸을 당하였다고 하는 아픈 역사의 현장이라고 한다.

바다를 둑으로 막아 수많은 농경지를 조성하고 둑 위 길은 자동차 길로 이용하고 있다. 물이 빠진 바다를 바라보면서 걸어가는데 바닷물이 밀려 들어온다. 물밀 듯이 들어온다는 말을 실감한다. 넓은 개펄에 황토물이 들어차더니 얼마 지나지 않아 개펄은 사라진다. 멀리까지 밀려나갔던 물이 순식간에 들어와 개펄을 가득 메우니 자연의 신비함과 그 위력의 대단함을 새삼 느끼게 한다.

송림이 가득한 산에 오른다. 육지에서는 생각할 수 없는 광경이 펼쳐진다. 멀리 수평선을 바라보니 막혔던 가슴이 탁 트이는 듯 바람마저 시원하다. 장자는 사람이 하늘과 땅 사이에서 위치는 큰 산속의 작은 돌멩이, 작은 풀, 작은 나무에 불과하다는 말을 하였다[吾在於天地之間(오재어천지지간), 猶小石小木之在大山也(유소석소목지재대산야)]. 망망한 바다에 한 점으로 보이는 배들을 본다. 한 줌도 안 되는 사람들이 자연을 자기들만의 소유로 생각하고 지배하기 위해 온갖 노력을 하고 있다. 이곳도 언덕과 골짜기를 끼고 있는 전망이 있는 곳이면 어김없이 펜션이나 별장 등의 집들이 들어차 있다. 경제적·시간적 여유가 있다면 자연 속에서 행복을 누리고자 하는 것은 인간만이 가지고 있는 생각일 것이다.

꽃지해수욕장, 잘 정비된 넓은 백사장에 해산물을 파는 사람들이 보이고 유채꽃이 가득 피어 관광객들을 맞이하고 있다. 주변을 둘러보니 할미섬과 할아버지섬이 나란히 보이고 아치형으로 만든 다리 아래의 포구에 가지런하게 정박된 배들도 정겹다. 여름이면 해수욕객으로 가득 찰 곳인데 아직은 한적한 느낌이다.

금강산도 식후경이라 했던가. 이곳 명물인 게국지탕을 먹으러 간다. 가을 김장을 할 때 게와 김치를 섞어서 담그고 그것을 찌개로 끓여 내는 것인데 얼큰하고 담백한 맛이 일품이다.

몸이 아파서 누워 본 적이 있다. 아픔이 있어야 건강함이 얼마나 소중한지 안다. 건강한 것이 얼마나 행복한 일인지 실감하는 것이다. 남들이 걷고 산책을 할 때 얼마나 부러웠는지 모른다. 건강은 건강할 때 지키라는 말이 있다. 자연과 함께하는 마음으로 걸을 수 있을 때 부지런히 걸어야 하겠다.

# 서두를 것도 없이 천천히
— 용두산과 의림지

    오늘은 3월 3일이다. 드디어 한겨울이 힘을 잃었나 보다. 지난번 가야산 칠불봉에 갔을 땐 눈보라가 앞을 가려 등산로도 보이지 않고 철난간을 잡은 장갑이 쩍쩍 얼어붙어 손가락이 쓰리다 못해 아파 혼이 났었고, 얼마 전만 해도 영하 7~8도를 넘나들던 날씨였는데 오늘은 전에 없이 포근하다. 충북 제천시 송학면에 위치하고 있는 용두산에 오른다. 그런데 입구부터 눈이 하얗게 덮고 있다. 겨울의 힘이 아직도 끝나지 않음을 증명하고 있다. 발목 위로 차오르는 눈을 조심스레 헤치며 지나가는데 얼었다 녹은 눈의 미끄러움 때문에 아이젠을 꺼내 착용하니 안심이 된다.

    용두산은 해발 871m로 제천의 진산이라 한다. 산세는 그지없이 부드럽다. 바위가 없어 산행하기에 편안한 산이다. 오늘 산행 코스는 피재에서 오미재를 거쳐 송한재, 그리고 867봉, 용두산 정상을 지나 용담사를 경유하여 제2의림지에서 다시 피재교까지 약 9km 내외가 된다. 용두산은 산 중허리에서 용이 나왔다 하여 용두산이라 하였다고 하는데 의림지에서 바라보면 마치 용의 형상인 듯 보인다.

오늘은 비록 눈이 쌓여 있어도 바람은 불지 않으니 산행하기에는 더없이 좋은 날씨다. 급할 것도 없는 산길을 걸으면서 고개를 넘는다. 오르고 나면 내리막의 연속이다. 이름이 피재점이고 오미재이다. 연유는 알 수 없으나 한 고개를 넘고 한 걸음 한 걸음 걸어 다음 고개를 지날 때마다 힘들게 넘나들었을 선조들의 땀이 느껴지는 듯하다.

아름드리 소나무들이 향긋한 솔향기를 온몸으로 쏟아내고 있다. 서울의 흐린 공기와는 전혀 다른 맛을 느끼기에 충분하다. 함께하는 동행인이 가슴까지 시원하다는 말을 하는 것을 보면 나 혼자만의 느낌은 아닌 것 같다. 오늘날의 사람들은 문명의 이기(利器)에 의지한 편리함을 누려왔다. 하지만 이에 따른 부작용으로 수많은 오염원을 배출시켜 그 자체로 스트레스를 받은 지 오래다. 이곳에 오니 그냥 여기에 머물고 싶은 마음을 느낀다. 빠름보다는 천천히, 그리고 느리게 살아야 하는 이유와 마음의 여유를 생각하게 된다. 수십 년을 한 곳에 뿌리박고 살고 있으면서 이 용두산의 정기를 한 몸으로 간직하고 있는 노송들의 우람한 풍경은 아름다운 경치뿐만 아니라 마치 도인들이 묵언 수행하는 느낌을 주는 모습이다. 자연의 순리에 따라 있는 그대로를 받아들이는 의연한 풍경이다.

눈길을 헤치며 867봉을 오른다. 배낭을 벗어 놓고 잠시 휴식을 취하는데 이어진 산들이 천천히 달려오다 쉬고 있다. 산새들도 어디로 갔는지 보이지 않고 사방이 고요하다. 옷을 벗은 나무들만 따뜻한 햇살을 반기고 있다. 물 한 모금에 속이 시원하다. 쉬었으니 다시 길을 나선다. 사람은 태어나서 끝날 때까지 걸어야 한다. 높은 곳도 있고 낮은 곳도 있고 전망이 좋은 곳도 있다. 아무것도 보이지 않는 어두운 곳도 만나고, 가다 보면 길이 나오고 그러면서 한평생을 걸어야 하는 것이 인간의 숙명이 아닌가.

드디어 정상이다. 산은 정상에서 내려다볼 수 있는 맛에 오르는 것이 아닌가 생각한다. 해발 871m, 정상 표지석은 검은색 돌로 용두산 세 글자를 한문으로 새겨 놓았다. 용두산은 지리산이나 설악산 등에 비교할 수는 없지만 서울 근교의 다른 산에 비해서 규모가 있는 제천의 이름 있는 산이다. 사방을 둘러본다. 탁 트인 저 아래에 제천 의림지가 보인다. 삼한 시대에 축조되었다고 배운, 역사가 오래된 저수지 그곳이다. 그 아래 제천 시가지가 형성된 것도 의림지에서 내려온 물과 넓은 들, 그 들에서 수확되는 농산물과 무관하지 않을 것이다.

용두산. 제천의 진산. 산세가 무척 부드럽다.

의림저수지. 우리나라 명승 20호로 지정된 만큼 아름답기 그지없다.

　용두산이라 이름 붙여진 곳이라 바위가 많고 조금은 험한 곳이라 생각되었다. 그러나 바위 한 점 없이 흙으로 구성된 보기 드문 곳이다. 아무려면 어떤가? 우람한 아름드리 소나무 군락이 자생하고 있으며 우리나라의 전통적인 민속신앙인 용과 관련된 대표적인 지명이 이곳 용두산이 아닌가.

　이제 내려갈 시간이다. 서두를 것도 없이 천천히 내려가는 길도 소나무들이 도열하듯 서 있다. 정신도 맑아지고 기운도 나는 것 같다. 모두 용두산의 정기를 받았기 때문이 아닌가 싶다.

　의림지에 닿았다. 의림지는 둘레가 1.8km, 수심이 8m라 한다. 우리나라 명승 20호로 지정된 곳으로 손색이 없을 만큼, 한마디로 아름다운 곳이라 생각된다. 용두산에서 흘러내린 물이 이곳 의림지에 모였다가 떨어지는 수십 미터의 자연폭포도 있다. 오래된 제방 위에는 영호정, 경호루 등의 정자와 함께 아름드리 소나무들이 줄지어 숲을 이루고 있는데 호수와 어우러져 아름다운 조화를 이루고 있다. 인근에 우륵 샘이 위치해 있고, 호수 안에는 각종 철새들이 무리지어 놀고 있는 모습이 무척이나 평화롭다. 제방의 정자에 앉아서 맑은 호수, 아름드리 소나무와 함께 멀리 용두산을 바라보면 온갖 시름이 한순간에 없어질 듯 느껴지는 편안하고 운치 있는 풍경이다. 안내문에 의하면 이곳 의림지는 거북바위를 돌려놓아 부잣집이 몰락했다는 이야기와 함께 탁발승을 홀대하여 부잣집이 몰락하고 그 자리가 저수지로 변했다는 전설이 전해지고 있다고 한다. 예나 지금이나 사람은 바른 마음을 가지고 바른길을 가야 한다는 교훈을 전하고 있는 셈이다.

하루가 다르게 변화하는 오늘날, 잠시 일상을 벗어나 하루의 짧은 산행이나 여행으로 마음의 여유를 누리며 스트레스 해소는 물론 삶의 활력소가 되기에 일조한다는 생각을 가져본다. 흐르는 물소리에도 봄을 느낀다. 아직 눈에 보이진 않아도 봄의 전령이 우리 주변 가까이 와 있음을 감으로 안다. 저녁노을이 짙게 드리워지고 있다.

# 영덕 블루 로드
## — 해파랑길 21구간

　푸른 바다를 보기 위해 영덕 해파랑길 21구간 답사에 나선다. 영덕 해파랑길 21구간은 영덕 해맞이 공원에서 대탄리, 경정리를 거쳐 해안선을 따라 축산항까지 약 17km의 짧지 않은 거리를 약 5시간 동안 걸어 답사하는 일정이다. 늦가을에다 바닷바람까지 불어서 약간 쌀쌀한 날씨지만 수평선이 손에 닿을 듯 더없이 푸르고 선명해 마음은 상쾌하다. 이곳의 명물 영덕 대게를 모형으로 만든 지도판을 보고 해안가로 접근한다. 다리가 긴 영덕대게, 그 대게를 이곳 바다에서 건져 올린다고 생각하니 더 없이 입맛이 다셔진다.

　아래로 내려가니 파도가 바위를 부숴버릴 듯 요동을 치는데 해녀상이 일행을 맞는다. 검푸른 파도를 헤치고 물속에서 생명을 담보로 전복이며 미역, 소라, 문어 등을 채취했을 그분들의 노고에 고개가 숙여진다.

　철썩이는 파도에 바위와 절벽을 따라 난 길을 걸으면 물의 색깔부터 다르다. 해안 근처 바위에 부딪힌 파도는 하얀 물결을 이루는데 멀리 보이는 바다는 푸르다 못해 더없이 진한 청색이다. 그리고 해안선을 따라 파도가 빚어놓은 크고 작은 바위들의 형상이 절경을 이룬 곳이 하나 둘이 아니다. 해안가 소나무와 푸른 바다는 보는 것만으로도 가슴을 탁 트이게 하는 청량제다. 수평선 근처로 대형 선박이 그림같이 지나가고 가까운 곳에 부딪히는 파도 소리는 그 자체로 음악이 되고, 깎아지른 벼랑과 어우러진 해안의 절경은 저절로 탄성이 우러나게 한다. 내륙에 서는 바다로 나오지 않으면 좀처럼 접할 기회가 없는 관계로, 언제까지 나 머물러 가슴에 담고 싶은 멋진 정경이어서 발걸음이 떨어지지 않지 만 약속된 시간에 가야만 하니 그냥 안타까울 뿐이다.

바위 언덕과 소나무 숲길을 오르내리며 대탄리를 지나고 자갈길을 따라 경정마을이다. 마을이 보이는 곳에 들어서면 우뚝한 바위와 마을 언덕 위를 덮고 있는 향나무가 보인다. 오매향나무다. 일반적인 나무라 면 하늘로 향해 자라는데 이 나무는 아래로 향하고 있다. 이 나무는 경 상북도 보호수로 지정되어 있는데 언덕 일대를 뒤덮고 있어 여러 나무 같지만 한 그루의 나무가 이렇게 자생하고 있다고 한다.

경정리는 포구지만 바다의 고향 같은 넉넉한 휴식의 공간이다. 방파 제 안에 여러 척의 배가 고기잡이 후 휴식을 취하고 있는 듯 부두에 매 달려 있다. 농민이 농사를 지어야 수확을 할 수 있듯 생업을 위해 고기 를 잡아야 하는 어민의 입장에서는 파도가 심한 날은 하는 수 없이 쉬 는 날이다. 파도가 치는 날은 갈매기도 쉬는 날인가 보다. 해안가 파도 를 피한 아늑한 곳에 우뚝한 바위에는 갈매기들이 무리 지어 쉬고 있어 어촌의 아름답고 한가한 풍경을 연출한다.

어린 시절 필자는 내륙에서 태어나 생선은 생물보다 간이 배어 있는

해파랑길의 갈매기. 파도가 치는 날은 갈매기도 쉬는 날이다.

것을 먹어야 했다. 소금이 뿌려진 간고등어나 말린 생선도 귀한 음식이었던 시절이 이곳에 오니 생각난다. 바다에서 잡아 온 고기를 내륙까지 운반할 때 상하지 않게 하는 방법은 말리거나 간을 하는 것이다. 고기잡이도 벅찬데 상하지 않게 손질했을 어민들의 수고가 있어 어린 시절 필자의 식탁에 오를 수 있었음을 생각하니 고맙고 감사하다.

다시 길을 재촉하여 소나무 숲길을 지나고 해조음을 들으며 목적지로 나아간다. 소나무와 바다, 바위가 이어지는 길은 아름다운 하모니를 이룬다. 드디어 저 멀리 축산항이 보인다. 오늘의 목적지다.

모래사장을 지나고 블루 로드 다리를 지나니 마을과 함께 죽도산이 나온다. 죽도는 조선 시대만 하더라도 섬이었다. 그런데 축산천에서 흘러온 모래와 연안 바다가 퇴적되어 섬이 육지화 했다고 한다. 축산항에도 배들이 가득하다. 푸른 파도가 배들을 묶어 놓았나 보다. 죽도섬 위에는 등대도 있고 동해를 굽어볼 수 있는 전망대와 산책로도 개설되어

영덕 바다. 해안 근처 바위에 부딪힌 파도는 하얀 포말을 흩뿌리지만 멀리 보이는 바다는 푸르다 못해 더없이 진한 청색이다.

있는데 몸이 피곤해서 올라가 보지 못해 아쉽다.

　17km를 5시간에 걸쳐 답사하고 축산항의 정경을 사진에 담는데 해가 서산으로 지려 한다. 푸른 바다와 어우러진 육지의 아름다운 우리 국토다. 건강한 몸이 있어 자연을 살펴볼 수 있는 행운을 누린다.

2 부

역사기행

# 백제의 혼

## − 고마나루의 웅진, 공주

　우리에게 소중한 삶의 터전과 1,500여 년 전 소중한 역사의 한 축을 담당했던 곳, 그런 곳에 가고 싶어서 삼국시대 백제의 수도였던 곳, 충남 공주를 찾는다. 서울 남부터미널에서 1시간 30분을 달려 공주 버스터미널에서 잠시 정차한 후 다시 공산성 앞 정류소에 사람들을 내려놓는다. 평소 소중한 우리 강산 여기저기를 답사하면서도 기회가 없어 공주에 와 보지 못했지만, 막상 작정하고 차에 오르니 쉽게 올 수 있는 곳이 이곳이기도 하다. 공주는 백제 7백 년의 역사 중 웅진 시대인 475년 문주왕부터 성왕이 부여로 도읍을 옮길 때까지 5대 63년간 백제의 수도였던 곳이다.

　정류장 바로 앞에 공산성이 있다. 깎아지른 듯 높은 곳에 위치해 한마디로 험준한 요새임을 증명하고 있다. 이곳은 2015년 유네스코 세계문화유산으로 등재된 백제역사지구 중 한 곳이다. 백제 시대 웅진성이라 불리던 이곳, 금서루를 지나고 금강변 쪽으로 발길을 옮긴다. 먼저 시야에 금강이 전개된다. 비단처럼 아름답다고 해서 붙여진 이름, 금강을 빼고 공주를 말할 수 없을 만큼 아름다운 경치가 눈앞에 전개된다.

공산성 금서루. 공산성 서쪽에 설치한 문루로 도로와 가까워 관광객들의 주 출입문으로 사용되고 있다. 1993년에 복원됐다.

건너편에는 현대 도시 공주 시가지가 펼쳐지고, 금강을 남북으로 이어 주는 다리들이 동서로 흐르는 금강의 푸른 강물과 함께 잘 어울려 마치 한 폭의 산수화로 다가온다. 유유히 흐르는 강물은 햇볕이 반사되어 주변 자연과 잘 어우러진 풍경으로 비추어진다. 공주가 명승지로서 아낌 없는 찬사를 받기에는 공주의 금강이 한몫한다는 데 부족함이 없어 보인다.

백제 시대 왕성인 웅진성은 해발 110m의 천연요새로서, 그 둘레가 2,660m 규모로 축조된 성이다. 또한 백제 시대부터 조선 시대까지 많은 사연을 담고 있는 곳이기도 하다. 백제 동성왕 때는 임류각과 연못을 파고 진기한 새를 길렀다는 기록이 있다. 백제의 마지막 보루로서 역할을 하였으며, 신라통일 후 김헌창이 이곳에서 장안국을 세웠으나 실패하고, 고려 현종이 거란의 침략을 피해 이곳으로 몽진을 왔던 기록과 조선 인조가 이괄의 난을 피해 이곳에 온 기록도 있다. 이처럼 이곳

송산리 고분군 모형. 무령왕릉 및 송산리 고분군 보존 차원에서 모형을 만들어 관람객의 편의를 도모하고 있다.

은 위기가 있을 때마다 중요한 피난처이자 국토방위의 보루 역할을 했던 곳이기도 하다. 공산성이라 이름이 바뀐 것은 고려 시대부터다.

성내를 한 바퀴 돌고 다시 내부로 난 길을 따라 걸으니 왕궁지와 연지, 만하루, 그리고 쌍수정, 4대문인 진남루, 영동루, 공북루, 영은사 등 사찰과 누각이 백제 왕성의 옛 역사와 모습을 그려내고 있다. 백제 왕성을 지켰던 금서루 병사들의 교대식을 뒤로하고 발길을 돌려 백제 무령왕릉과 송산리 고분이 있는 곳으로 향한다.

무령왕릉과 송산리 고분은 금서루에서 1km 남짓한 거리에 위치해 있다. 고분으로 향하는 길은 마치 성벽을 쌓아 올린 모형을 하고 있어 고도의 운치를 더한다. 송산리 고분은 외향으로 보아서는 왕릉이 있을 것 같지 않은 지역에 모두 7기의 고분이 위치해 있는데 무령왕릉과 6호 고분은 터널형 벽돌로 쌓아 만든 무덤이고 나머지는 돌로 쌓은 무덤이다. 지금은 무령왕릉을 비롯, 고분의 보존 차원에서 모형을 만들어 관람객의 편의를 도모하고 원래 왕릉 내부는 개방하지 않고 있다. 무령왕릉과 왕비릉에서 명문이 나와 무덤의 주인공을 알 수 있었으며, 다수의 유물이 출토되어 당시 백제의 국력과 함께 찬란했던 백제 문화의 위상을 한눈에 파악할 수 있다. 왕릉을 건설하기 위해서는 많은 백성들의 힘이 필요했다. 한 장 한 장 힘들게 구워낸 벽돌들을 켜켜이 쌓아 올려 만든 무덤은 정교한 예술품 그 자체이자 백성들의 땀으로 만든 결정체다.

공주 한옥마을을 지나 공주국립박물관을 답사한다. 박물관에서 희망을 본다. 역사를 배우려는 어린아이에서부터 중·고등학생들은 물론 일반인, 개인부터 단체까지 다양한 계층에서 박물관을 찾고 고분을 찾는 광경에서 우리의 미래를 보는 것이다. 2층으로 건립된 박물관은 백제 무령왕릉에서 출토된 부장품들뿐만 아니라 충남 지역에서 출토된 많은 유물들이 전시되어 있다. 특히 무령왕릉과 왕비의 목관은 당시 일본의 나무로 만든 것으로 판명되었고 많은 유물에서 중국 등과 교류한 흔적을 볼 수 있는 것이라 놀랍다.

공주의 옛 이름 웅진, 즉 금강이 흐르고 있는 고마나루로 발길을 옮긴다. 공주 중심가를 흐르는 아름다운 금강은 백제 시대나 지금이나 변함없이 흐르고 있으나, 옛날 고마나루는 흔적조차 찾기 어렵고, 인근에 4대강 사업으로 건설한 공주보와 최근에 건립한 고마나루 표지석만 넓은 강변을 쓸쓸하게 지키고 있다. 곰 나루터인 웅진은 백제 개로왕이 고구려에 의해 전사하고, 그 아들 문주왕이 남은 신하와 백성들을 거느리고 건너온 곳이다. 백제를 멸망시킨 소정방도 이곳 부근에 주둔했다고 하니 망국의 아픔이 더해 온다.

　고마나루는 아주 먼 옛날 나무꾼과 암곰의 애틋한 사랑 이야기가 전해져오는 곳이다. 암곰이 나무꾼을 사랑했는데 어느 날 나무꾼이 배를 타고 도망가자, 곰이 돌아오라고 애원을 했으나 나무꾼이 끝내 강을 건너 도망쳤단다. 암곰은 슬픔을 못 이겨 새끼들을 데리고 금강 물에 들어가서 죽었다는 슬픈 전설이 서린 곳이다. 지금도 이곳 솔밭에는 곰 사당이 위치해 있고, 곳곳에 곰에 대한 조형물이 설치되어 있다. 사람과 곰의 사랑은 이루어질 수 없는 것이지만 단군 신화와 같이 우리의 민족은 곰과 밀접한 관계를 가지고 있음을 여기서도 확인할 수 있다. 지나간 역사는 애잔하고 아쉬움의 기록이다. 오늘 이곳 공주, 백제의 혼이 숨 쉬는 고장에서 소중한 역사를 다시 살펴볼 수 있는 기쁨을 누린다.

# 풍요롭고 너그러운
## - 여주 여강길

　《훈민정음》을 모르는 한국인은 없다. "나라의 말이 중국과 달라, 어리석은 백성들이 말하고자 할 바 있어도 제 뜻을 능히 펴지 못하는 자가 많아"로 시작되는 《훈민정음언해》를 생각나게 하는 세종대왕, 영릉이 위치한 여주에 온다. 입구에 들어서자 세종대왕상이 우뚝하다. 정문을 통해 들어선 능은 주변 삼림이 우거진 숲속의 아늑한 곳에 위치해 있다.

　세종대왕은 조선 제4대 임금으로서 한글 창제와 해시계, 측우기 등의 과학적인 측정기구 발명은 물론 조선의 영토를 확정한 북쪽 4군 육진의 개척과 더불어 대마도까지 정벌하여 국방을 튼튼히 하고 국정을 안정시켜 조선의 번영을 주도한 왕이다.

　대왕의 능은 왕비와 합장으로 되어 있는데, 왕릉 앞에 혼유석 2개를 놓아 합장릉이란 것을 알리고 있다. 일반 묘에서는 이를 상석이라 하지만 왕릉에는 정자각에서 제사를 지내므로 혼백이 앉아 제사 광경을 지켜본다는 것이다. 왕릉 주변으로 좌청룡·우백호의 형상과 안산과 주산이 뚜렷한, 문외한이 보아도 한눈에 명당임이 틀림없어 보인다.

세종대왕릉. 원래 대왕의 능은 서울 대모산 아래 있었으나 예종 때 이곳으로 이전했다.

　　원래 대왕의 능은 서울 대모산 아래에 위치하고 있었으나 예종 때 이 곳으로 이전했다. 전설에 의하면 원래 이곳에는 이미 명문가의 묘가 있 었는데, 주인이 자신의 묘에는 재실과 다리를 쓰지 말도록 유언을 한 바 있으나, 자손들이 유언을 어기고 우의정이었던 아버지의 격에 맞게 해야 한다는 뜻에서 재실과 다리를 놓았다고 한다. 대모산 아래 있던 세종대왕의 능이 자리가 좋지 아니하여 각종 사고가 잦다는 이야기에 따라 예종 때 왕릉에 대한 천장이 논의되고, 명당자리를 찾던 지관에 의하여 현 장소가 발견되었다. 예종이 묘의 후손에게 왕릉 이전 장소를 걱정하자, 자손들이 의논한 후 기존 묘소를 이장하였다는 내용이다. 당 시는 조선의 전 강토가 왕의 소유 아닌 것이 없었지만, 왕릉을 쓸 때도 이미 존재하고 있던 묘소 주인의 양해를 구한 점 등은 충(忠)보다 효(孝) 의 개념을 존중한 유교 사회의 전형을 보는 느낌이 든다.

　　세종대왕 영릉에서 효종대왕 영릉으로 이어지는 대왕의 길이 있다.

효종, 숙종, 영조가 직접 두 능을 참배하면서 걸었던 길이라 하는데 울창한 수림 사이로 효심을 새기면서 걸었을 그때의 길을 생각해 본다. 생전에 효도는 물론 사후에도 선조에 대한 제례는 효의 근본이었음을 이곳 왕릉의 각종 시설물 등을 돌아보는 동안 곳곳에서 느낄 수 있다.

효종대왕 영릉은 왕비인 인선왕후와 봉분이 위아래로 설치된 쌍릉이다. 효종대왕은 조선 17대 왕으로 병자호란 때 청에 수많은 백성들이 잡혀가서 겪은 참상을 보았고 자신 또한 볼모로 잡혀갔던 울분과 한을 풀고자 북벌을 계획하다 꿈을 이루지 못하고 생을 마감한 왕이다. 효종대왕을 기리는 재실이 아래에 위치해 있는데 규모가 크고 아름답기도 하지만 천연기념물로 지정된 수백 년생 회화나무가 있다. 이곳 두 영릉을 둘러싸고 있는 산들과 수백 년생 나무들, 모두가 소중한 우리의 문화유산이자 후손에게 물려 줄 소중한 자산이다. 잘 보존된 조선왕릉들이 세계문화유산으로 등재된 것은 우리 문화의 자존심과 후손을 위하여도 뜻깊은 일이라 생각된다.

신륵사는 남한강변 숲속에 자리 잡은 절이다. 흐르는 강의 풍경도 일품이려니와 사찰에서 풍기는 자비의 정신도 강물과 함께 여주벌을 아름답게 수놓는 듯하여 천년 고찰로서 역할과 품격을 느끼게 한다. 신륵사는 신라 진평왕 때 원효가 지었다 하나 정확하지 않고 고려 우왕 때 나옹화상이 이곳에서 여러 가지 이적을 보이고 입적하면서 번창했다고 한다. 일주문에서 한참을 걸어 답사한 절은 대가람답게 관음전, 범종각, 적묵당, 극락보전, 조사당 등의 건물이 배치되어 있고 탑으로는 극락보전 앞 다층석탑, 언덕 위 다층전탑 등이 보물로 지정되어 신륵사의

신륵사. 신륵사는 신라 진평왕 때 원효가 지었다고 하나 정확하지 않고 고려 우왕 때 나옹화상이 이곳에서 여러 이적을 보이고 입적하면서 번창했다.

역사를 대변해 주고 있다. 신륵사는 템플스테이, 어린이집, 장애인 복지관, 노인 요양원 등 다양한 복지시설을 운영 지원하는 사회복지 실천을 하고 있는 사찰이다.

이곳 여주는 김시습의 《금오신화》와 허균의 《홍길동전》 사이를 이어주는 기재 신광한이 16년간 칩거하면서 지은 《기재기이》의 산실이기도 하다. 기재 신광한은 조선 중종과 명종 시대 이조판서 등을 역임한 명신이다. 기재 신광한은 《기재기이》에 꽃을 의인화한 〈안빙몽유록〉, 문방사우를 의인화한 〈서재야회록〉, 그리고 〈최생우진기〉 등을 수록했다.

남한강을 내려다볼 수 있는 위치에 있는 영월루는 여주의 대표적인 명소로 풍광이 아름답다. 여주 시내와 멀리 신륵사가 위치한 숲과 유유히 흐르는 남한강이 한눈에 보인다. 옛날 다리가 없던 시절 사람과 물자를 실어 나르며 강을 건너던 나룻배와 강물에 드리운 배들이 만들어 냈을 장관이 상상되고도 남는다.

영월루 아래 절벽에는 마암이란 바위가 있는데 이 바위에서 여흥 민 씨의 시조가 탄생했다는 전설이 있으며 한문으로 '마암'이란 글씨가 새 겨져 있다.

오늘 처음으로 방문해 본 여주다. 풍요롭고 여유가 있는 들판과 구릉 이 사이좋게 자리하고 있는 곳이다. 멀리 태백산에서 발원한 강물이 이 곳 여강길을 따라 유유히 흐르는 남한강, 아름다운 생명의 터전이다. 강물도 유순하고 자연을 닮은 삶을 살아가는 여주의 인심도 너그럽다. 이곳 남한강이 한국인의 삶을 이어주는 생명의 역할과 함께 지역의 역 사와 문화를 보전하는 소중한 가치를 전달하고 있음을 여기에서 본다.

# 서동요의 전설
## – 백제 무왕과 미륵사지 등

《삼국유사》에 나오는 서동요의 주인공 백제 무왕(武王)과 신라 진평왕의 딸인 선화공주의 전설이 서린 전북 익산을 찾아 길을 나선다. 서울을 떠나 경기도와 경부선을 중심으로 도시가 계속 이어지고 있다. 지금부터 약 1,400여 년 전의 백제 시대 익산은 어떠했을까? 익산은 금강과 만경강을 사이에 둔 고장으로 넓은 평야를 가진 곳이다. 따라서 사람들이 생존할 수 있는 농경문화가 발달하고, 물산이 풍부하여 마한 시대부터 일정한 세력으로 성장할 수 있었던 삶의 터전이었다.

서울 부근에서 건국한 백제는 남하하면서 공주, 부여를 거쳐 이곳을 터전으로 강력한 나라를 건설했다. 한반도의 서쪽을 지배하며 700년의 기나긴 역사를 자랑하던 백제가 660년에 망하고, 다시 세월이 흘렀다. 그사이 많은 유적들이 사라졌다. 그래도 백제의 도읍으로 명성을 날리던 지역의 유적들이 아쉬우나마 흔적으로 남아 있어 그때의 사실을 확인할 수 있음은 다행으로 생각한다. 그중에서도 2015년 유네스코 세계유산 백제역사유적지구로 지정된 익산의 미륵사지, 왕궁리 유적, 익산 쌍릉 등을 돌아볼 계획이다. 먼저 미륵사지를 찾는다.

미륵사지 당간지주. 무왕과 선화공주가 사자사로 가
던 중 용화산 연못에 미륵삼존이 나타나 3개의 석탑
과 3채의 금당을 세우고 미륵사라 하였다. 당간지주
는 보물로 지정되어 있다.

금동향로. 미륵사지에서 출토된 19,000여 점의 유
물 중 보물로 지정된 대표적인 유물이다.

　미륵사는 무왕과 선화공주가 사자사로 가던 중에 용화산 연못에서
미륵삼존이 나타나자 이곳에 석탑 3곳, 금당 3곳을 세우고 회랑을 둘러
미륵사라 하였다고 한다. 현재도 미륵산 아래의 드넓은 일대가 사찰의
터전으로 확인되고 있어 그 규모에 놀라고 있다. 한창 시절 금당을 비
롯한 승방 건물, 회랑, 석탑 등의 시설과 이곳에 왕림했을 왕실 가족들,
거주하던 많은 승려와 신도들이 방문하여 기도했을 당시 사찰의 규모
와 풍경을 상상해 본다.

　지금은 당시의 금당, 회랑 등 모든 건물은 사라지고, 국보 제11호 미
륵사지 석탑이 아직도 가림막 속에서 복원 중에 있고, 보물로 지정된

당간지주와 1992년도에 복원된 높이 27.8m, 하층 기단 12.5m의 거대한 동원 9층 석탑만 외롭게 서 있어 답사객의 마음을 아프게 한다.(미륵사지 9층 석탑은 2013년 보수를 시작하여 2019년 4월 30일 완료하였다)

미륵사지 9층 석탑 건립을 위해서는 엄청난 수량의 석재가 필요로 한다. 한정된 인력과 물자로 어떻게 운송하였는지 궁금하다. 또한 석탑은 한옥의 날렵하고 곡선미가 일품인 지붕과 처마를 그대로 재현하면서 마치 목재로 다듬은 듯 섬세하고 미려하게 가공하여 만든 조각품을 쌓아 올려 축조한 거대한 탑이다. 경내에는 당시 도공들이 심혈을 기울여 깎고 다듬은 돌들이 모아져 있다. 옛날 탑신과 건물의 주춧돌 등 자신들이 쓰였던 자리에 언젠가는 다시 돌아갈 것을 고대하는 듯하다.

미륵사지에서는 총 19,000여 점의 유물이 출토되었다고 하는데 금동향로는 보물로 지정된 대표적인 유물이다. 백제 무왕이 국가적인 사업으로 건립한 미륵사지는 백제의 최대 사찰로서 위용을 자랑하다 신라와 고려 시대를 거치고, 조선 후기인 17세기경에 안타깝게도 폐사된 것으로 알려져 있다.

백제 무왕과 신라의 선화공주 무덤으로 추정되는 쌍릉을 찾는다. 서동요가 맺은 사랑의 두 주인공 무왕과 선화공주가 남북으로 약 150m 거리를 두고 있다. 신라와 백제의 국경을 넘은 사랑인데 사후에는 왜 이렇게 떨어져 있는지 궁금하다. 경주 무열왕릉이나 경주 시내의 왕릉군(群)에 비하면 규모가 훨씬 작아 보였지만 이는 당시 신라와 백제의 묘제 형식의 차이가 아닌가 생각된다. 대왕릉은 지름 30m, 높이 5m 규모이며 소왕릉은 지름 24m, 높이 3.5m 정도의 능으로 대왕릉은 아

복원된 동원 9층 석탑. 높이 27.8m, 하층 기단 12.5m의 거대한 석탑이다. 1992년 복원되었다.

직도 발굴 복원 공사 중이어서 관람을 할 수 없는 아쉬움이 남는다.

무왕의 궁성인 왕궁리 유적 답사에 나선다. 구릉 위에 궁성이 있었다. 왕이 집무하고 생활했을 전각 등이 일천사백 년이 지난 지금은 텅 비었고 왕궁리 5층 석탑만 유일하게 남아 망해 버린 왕국의 쓸쓸함을 느끼게 한다. 경내를 돌아보는데 궁성 내부에는 정무 공간과 후원 시설인 정원, 공방터, 우리나라 최초의 공중화장실 등이 확인되었다. 아직도 발굴 조사 중인 이곳에 왕궁임을 상징적으로 보여주는 금제품, 유리 제품 등이 출토되어 왕궁리 유적 전시관에 소장 전시되고 있다.

또한 왕궁리 5층 석탑을 해체 보수하는 과정에서 사리장엄구 등이 발견되어 국보로 지정되었다고 한다. 왕궁이 어떻게 사찰로 되었는지 알 수 없지만 지금도 발굴 조사 중인 현장에서 나온 유물들은 한 시대를 증명하는 역사적인 가치와 함께 지난 이야기를 말없이 증언해 주는 소중한 자료이다.

　무왕과 선화공주의 전설이 서린 익산, 백제 무왕이 꿈꾸던 익산을 찾아보았다. 한 시대를 이끌던 인물도 가고 왕궁의 흔적도 사라졌다. 하지만 익산이 백제 왕도로서 존재는 이제 출토되는 유물과 유적이 뒷받침하고 있다. 한 나라가 망하고, 시간이 지나 그 흔적이 더 이상 훼손되기 전에 역사를 보전하고 복원하는 것은 뿌리를 찾는 후손들의 당연한 몫이다. 미륵사지에 국립익산박물관이 건립되고 있는 것은 이러한 노력의 일환일 거라 생각된다. 사라진 왕국의 역사와 흘러간 시간에도 불구하고 지난 역사를 증명해 주는 익산의 백제 역사 유적지를 둘러보는 감회가 깊다.

# 다산의 길
## ― 정약용 선생과 목민심도(道)

　7월 하순, 남양주시 조안면 능내리에 위치한 다산 정약용 유적지를 찾아가기 위해 중앙선 운길산역에서 내리니 아스팔트 열기가 장난이 아니다. 그야말로 폭염이다. 유적지로 바로 가는 56번 버스의 배차 간격이 30~50분이다. 버스를 기다리다 지쳐 지나가는 택시를 탔다. 5,100원의 위력은 기다리는 시간도 아끼고 수고도 덜어주었다.

　유적지 앞으로는 한강이 흐르고 뒤로는 산이 있는, 풍수에서 말하는 배산임수의 아름다운 곳이었다. 다산 선생의 흔적을 담은 문화의 거리가 내방객을 맞는다. 유적지 앞 도로 양측으로 다산 선생의 글을 새긴 명문들과 당시 수원 화성 신축현장에서 사용되던 거중기 모형 등이 가지런하게 배치되어 있다. 유적지로 들어서니 수백 년 된 느티나무 아래 다산 선생이 가족과 함께 생활하던 여유당과 여유당 안에는 가재도구가 진열되어 있다. 그 옆으로 기념관과 선생의 동상, 사당인 문도사가 한눈에 들어온다.

　기념관에는 다산 선생의 일생을 일목요연하게 설명, 전시하고 있다. 선생은 광주군 초부면 마현리에서 진주목사를 역임했던 아버지 정재원

여유당 전경. 다산 선생이 가족과 함께 생활하던 터전이었다.

과 어머니 해남 윤씨 사이 4남 2녀 중 4남으로 태어났다. 어릴 때부터
시를 지었으며 경전과 사서 등을 부지런히 공부했다. 15세 때 결혼을
하였고, 16세 때 이익의 학문을 접할 수 있게 되었다고 한다. 부친의 벼
슬에 따라 서울에서 살게 된 다산은 22세 때 진사시에 합격하고, 성균
관에서 수학하여 학문의 깊이를 높였고, 28세 때 과거에 급제하여 관직
에 나가게 된다. 이후 10여 년 동안 정조 임금의 총애를 받으며 사헌부
지평, 홍문관 수찬, 암행어사, 곡산부사, 형조참의 등을 거친다. 선생은
정조가 수원 화성을 건립할 때, 성벽에 무거운 돌을 들어 옮기는 거중
기 등을 발명하여 많은 경비를 절약하였고, 그 결과 공사 기간을 획기
적으로 단축하였다. 그리고 정조가 사도세자의 능을 참배하러 한강을
건널 때 배다리를 설계해 정조의 왕림을 원활하게 할 수 있도록 했다.
이와 같이 다산은 유학자이자 관료이면서 실학자로서의 역량을 유감없
이 발휘하였다.

1801년 정조가 승하하고 순조가 즉위하자 '신유사옥'이라는 천주교 탄압 사건이 발생하고 그 결과 선생을 비롯한 형제들이 연루되었다. 이 사건은 18년 동안의 길고 긴 유배 생활의 서막이었다. 정든 가족과 이별하고 천리나 먼 곳 객지에서 언제 고향을 갈 수 있을지 기약도 없는 신세가 되었다. 몇 년이 지나도 풀리지 않은 유배형에 부인은 남편을 살아서는 다시 볼 수 없을 것 같은 느낌이었다. 결혼 30주년을 즈음하여 시집올 때 입고 온 붉은 치마에 시를 써서 보낸다. 이에 다산 선생은 두 아들과 딸에게 시와 매화 그림을 그려서 보낸다. 하피첩과 매화도다. 천리나 되는 먼 유배지에서도 가족에 대한 간절하고 애틋한 사랑을 담아 전하는 선생의 마음을 볼 수 있다.

다산이 비록 유배라는 고통스러운 여건에서 어려운 생활을 하게 되지만 그곳 강진에서 제자들을 교육하고, 방대한 분량의 저서 활동을 하게 된다. 그 기간 동안 선생은 《목민심서》, 《경세유표》, 《흠흠신서》,

다산문화거리. 여유당 앞길. 다산문화거리 끝에는 실학박물관이 있다.

《여유당전서》 등 누구도 이루지 못할 500여 권의 책을 저술한다. 학문적으로는 최대의 결실을 이룬 것이다.

다산은 57세 때 유배에서 풀려난 후, 이곳 고향으로 돌아와 18년 동안을 거주하면서 이미 이루어 낸, 많은 책들을 수정하거나 보완하고 지금의 남한강과 북한강을 오르내리면서 자연과 벗하며 살았다. 다산은 두물머리에서 합쳐지는 넓은 한강을 보면서 자랐고, 세상을 알았다. 당시에 한강을 열수라 불렀고 그의 호도 열수옹 혹은 열초라 불렀다. 그가 지금의 한강인 열수를 얼마나 사랑했는지 여기 다산 선생이 북한강을 오르면서 부른 시 한 수를 인용해 본다.

"지난해 황효수(남한강)를 다녀온 이 사람/ 녹효수(북한강) 위에 떠가네 금년 봄에도/ 묘호를 편주로 떠다닐 숙원이었지/여생은 오로지 은거하는 사람으로 지내리라"

한강이 가까운 여유당 뒷산에 선생이 잠들어 있다. 예봉산에서 내려온 산세가 여기에서 머무른다. '목민심도'라는 등산로가 있다. 다산이 저술한 《목민심서》를 이름하여 만든 길로 "백성을 생각하고 마음을 일깨우며 걸어 보라."는 뜻이라 한다. 다산은 평소 정약전, 정약종 형제와 함께 이곳에서 능선을 따라 예봉산을 거쳐 철문봉까지 답사했다고 한다. 철문봉은 호연지기와 학문의 도를 밝혔다 하여 붙여진 산봉우리 이름이다. 평소 선생이 다녔을 길을 따라 걸어 본다. 무더운 7월의 예봉산, 예빈산과 견우봉 등 크고 작은 많은 봉우리의 오르내림은 하루의 시간도 부족할 만큼 왕복하기에 거리도 멀고 힘든 코스였다. 다산 선생은 이렇게 어렵고 힘든 산행도 학문의 도를 위해 걸었으며, 사후에는 이 길의 끝자락에서 영면하고 있다. 선생은 일생을 통해 오로지 백성들이 잘살 수 있는 방안을 모색하는데 온 정성을 쏟은 인물이었고 《목민심서》를 지은 후 약 200년이 지난 2012년 유네스코 세계 기념 인물로 지정되었다.

이번 9월 14일부터 16일까지 다산 문화제가 현지에서 열린다고 한다. 선생은 가고 없어도, 시대는 달라도, 백성들을 위해 선생이 지은 수많은 책들과 실사구시의 사상은 오늘도 우리의 가슴에 전해오고 있다.

# 그 길
― 오대산 상원사와 적멸보궁, 비로봉

　가을이다. 오염으로 뿌옇게 물들었던 하늘이 가을이 되자 언제 그랬느냐는 듯 청명하다. 일상에서 탈출이다. 강원도 평창에 위치하고 있는 국립공원 오대산을 답사하기 위해 떠나는 길이다. 유유히 흐르는 한강을 지난다. 복잡한 서울을 떠난다는 시원함에 마음까지 느긋하다. 무덥던 여름은 언제였냐는 듯 아름답게 익어가는 과일처럼 향긋한 맛이다. 미지의 세계로 떠난다는 것은 또 다른 기대와 설레임이다.

　오대산은 정상인 비로봉을 비롯하여 동대산, 두로봉, 상왕봉, 효령봉 등 5개 봉우리가 병풍처럼 둘러졌다 하여 오대산으로 불린다. 오대산 이름의 또 다른 유래는 신라 선덕여왕 때 자장율사가 당나라 유학 시 중국의 청량산의 별칭인 오대산과 같다 하여 붙여진 이름이라고도 한다. 월정사를 지나고 계곡으로 길게 이어진 푸른 송림 사이의 길을 달려 상원사 주차장에 이르러 차는 걸음을 멈춘다. 공기부터 다르다. 깊은 산속의 수림이 사람들을 편안하게 한다. 전나무 숲이 시야에 가득하다. 나무에서 나오는 피톤치드가 사람들의 마음을 진정시키고 새로운 세상을 맛보게 한다.

상원사 문수전. 상원사가 있는 오대산은 불교 문수 신앙의 본산이다.

상원사 범종각.

오대산은 불교 문수 신앙의 본산이다. 계단을 따라 올라가니 웅장한 상원사 건물들이 시야에 들어온다. 문수전을 비롯하여 범종각 등 각종 전각들이 잘 어울린다. 상원사에는 국보 3점이 있는데 상원사 동종과 목각문수동자상 그리고 한글로 된 상원사 중창 권선문이 그것이다. 상원사 동종은 신라 성덕왕 때 주조된 것이고, 문수동자상과 상원사 중창 권선문은 조선 세조 때 조성된 것이다.

권력은 친조카도 죽이게 한다. 숙부인 세조가 어린 조카인 단종을 노산군으로 강등시키고 영월 청령포로 귀양을 보낸 후, 17세 어린 나이인 단종에게 사약을 내려 죽게 한 일이다. 여기에는 사육신을 비롯한 수많은 사람들이 희생되었다. 세조는 그런 원성으로 해서 그런지 전신에 종기가 나서 갖은 고생을 했다. 하여 이름난 유명 온천이나 명산대찰을 찾아다녔다. 그러나 잘 낫지 않았다. 얼마나 괴로웠으면 먼 이곳까지 찾아왔을까.

한 나라를 얻었고 만인지상이 된 그도 몹쓸 병을 얻었고 자식마저 일찍 죽는 아픔을 겪는다. 그가 이곳까지 오면서 자신이 행한 악행이 괴롭고 후회가 되었을 것이다. 불교에 귀의했고 불심도 깊었다. 중생을 구원하시는 부처님도 인간 세조의 고통과 고민을 외면하지 못했던 것인가. 이곳 상원사 계곡에서 왕이 혼자 목욕을 할 때, 동자승이 지나가자 목욕을 도와달라고 요청했다. 목욕을 끝낸 세조가 "누구에게도 왕의 몸을 보았다고 말하지 말라"고 당부하자 "어디 가든지 문수보살을 친견했다고 하지 말라"고 하면서 사라졌는데 이후에 병이 씻은 듯이 나았다고 한다. 이렇게 문수보살의 가피로 병이 나은 세조가 크게 감읍하여

화공을 불러 그때 본 동자상의 모습을 그리게 하고, 목각상을 조각하게 하니 이 목각상이 상원사 문수동자상이며 목욕할 때 걸어 두었던 관대가 현재 관대걸이다.

상원사에서 적멸보궁과 비로봉으로 오르는 길을 오른다. 오르는 계단마다 놓인 돌들, 오르기도 힘든 이곳에 무거운 돌을 놓은 그 사람들은 또 누구인가? 수많은 사람들이 올랐을 이 길에 놓인 돌들도 불심이 깃들어 있는지 오르는 이가 힘겨워하면 쉼터가 되어 주고, 목이 마르면 샘도 만들어 주고, 오르는 길을 인도해 주기도 한다. 돌계단을 한걸음 또 한걸음 오르는 길이 쉽지는 않지만, 누가 대신할 수도 없는 자신만의 힘으로 걸어야 하는 길이다. 계곡에서 불어오는 시원한 바람과 곳곳에 위치한 아름드리나무들은 찾아오는 많은 사람들을 말없이 환영해 주고 있다.

적멸보궁의 적멸은 번뇌의 불꽃이 꺼진 고요한 상태, 즉 열반의 경지에 이른 상태를 이르는 것이고, 보궁은 부처님의 진신사리를 모신 곳을 의미한다. 여기 적멸보궁에 이른다.

부처님의 진신사리가 모셔진 이곳에 모인 많은 사람들, 특히 연세가 든 어르신들이 첩첩 산골인 이 힘든 길을 걸어서, 자신들을 위해서, 아니면 자손을 위한 무엇을 기원하러 여기까지 올라왔을까 생각하게 한다. 여기까지 오르신 연세가 든 분들의 간절한 소망이 무엇이든 불심이 얼마나 깊고 대단한 것인지 짐작된다.

생로병사가 사람에게만 있는 게 아니다. 여기 산에도 어린 생명부터 고목과 생을 다하고 쓰러져 분해되어가는 나무에 이르기까지 자연의 섭리가 존재한다. 생명이 소멸해 가는 것은 자연의 현상이지만 사라진다는 것에 대한 미련이 남는 건 아직도 욕심을 비우지 못한 탓인가 싶다.

비로봉 정상에 가까울수록 이곳 오대산은 9월 말이 되지도 않았는데 벌써 단풍이 내려앉는다. 성질이 급한 나무들은 조용히 겨울을 준비하며 자신을 갈무리하고 있다. 모든 나무들이 단풍으로 옷을 갈아입은 것은 아니지만 마지막 잔치를 준비하고 있는 게 보인다.

비로봉 정상이다. 비로봉 표지석이 말없이 탐방객을 맞는다. 단풍도 찾아와서 아름다운 옷으로 갈아입고, 멀리 동해도 보이고, 땀 흘려 올라온 보람이 한눈에 펼쳐진다. 오대산의 정기를 온몸으로 받는 느낌이다.

오대산은 한반도의 허리를 형성한다. 모두 형제같이 이어진 산들의 위용이 한반도의 허리임을 정직하게 드러낸다. 기암절벽이나 험한 바위도 없는 흙으로 덮인 유순한 산으로 우리 조상들의 곱고 유순한 심성이 여기에서 발원된 듯한 기분이다. 오대산 골골마다 우리 조상들이 깃들어 삶을 이어오게 한 문수보살의 성지인 오대산이 이웃 산들을 형제와 같이 다독거리고 있다. 조선 세조가 이곳까지 와서 문수보살을 친견하고 치유한 이곳, 조선왕조의 실록을 보존하던 오대산은 우리 국토를 지키고 우리의 의식과 꿈을 간직한 곳이다. 이 땅에서 살아왔고 앞으로도 살아가야 할 한국인의 역사와 혼이 여기에 서려 있다.

# 정조대왕의 아픔
## 수원 화성과 융건릉

　새해도 지나고 일상의 변화를 위해 간단한 배낭 하나 꾸려 집을 나선다. 조선 후기 정조대왕의 치국에 대한 꿈과 아버지인 사도세자에 대한 효심으로 이루어진 도시, 수원 화성을 보기 위해서다. 잠시 여유로운 마음으로 한강을 가로지르고 도시의 공간을 나누면서 생각의 무게를 열어 본다.

　현대의 수원역에서 옛날 수원 화성을 향해 걸어본다. 수원 화성은 정조가 1794년에 착공하여 1796년에 완공한 아름다운 성이다. 정문이자 2층 누각인 팔달문과 장안문을 비롯하여 화서문, 창룡문이 있고 팔달산을 비롯하여 둘레가 약 5.7km, 높이가 4~6m로 포루와 공돈, 수문 등을 고루 갖춘 정조의 얼이 담긴 곳이다.

　화성의 정문인 팔달문을 지나고 1km 남짓한 거리에 위치한 화성행궁에 이른다. 화성행궁은 팔달산 동쪽 기슭에 있는데 1789년에 건립되어 1796년 화성 축성 기간에 증축, 완성되었다고 한다. 효성이 지극한 정조가 도읍을 아버지 사도세자가 잠들어 있는 이곳 수원으로 옮길 생각까지 하면서 성을 완성하였다고 하니 그 정성을 짐작하고도 남음이

화서문과 공심돈. 단층으로 이루어진 화서문은 벽돌로 된 옹성이 성문을 보호하고 있으며 전시에 적을 살필 수 있는 망루의 일종인 공심돈과 함께 아름다운 조화를 이룬다.

있다. 완공 당시에는 600여 칸의 정궁 형태로 규모가 큰 행궁이었으나 일제강점기 동안 낙남헌을 제외한 나머지 건물이 모두 사라졌다가 1996년 복원 공사가 시작되어 2003년부터 현재 규모로 일반에게 공개되고 있다고 한다.

추운 날씨임에도 관람객들의 관심이 건물 곳곳에 모아진다. 귀엽게 생긴 어린 천사부터 정다운 가족들의 모습도 보인다. 키가 큰 외국인, 중국이나 일본 등 외국인들의 호기심 어린 눈들도 보이고, 연인들의 사랑스런 미소도 담긴다. 행궁의 정문인 신풍루를 지나면 곁에서 돕는다는 좌익문이다. 이어서 중량문을 지나면 행궁의 정량인 봉수당이다. 날아갈 듯 아름다운 곡선으로 이어진 지붕과 전각들, 그리고 그 속에 담긴 옛 역사 이야기들이 방문객들의 호기심과 시선을 끌기에 충분하다.

정조는 이곳 봉수당에서 어머니 혜경궁 홍씨의 회갑연을 열었다. 봉수당과 이어지는 건물인 경룡관, 화성행궁의 침전인 장락당 그리고 복

화홍문. 화성을 가로지르는 수원천의 물길과 아름다운 조화를 이룬다.

내당, 유여택 등이 방문객의 관심을 모은다. 이 밖에도 과거시험과 양
로연을 개최한 낙남헌과 정조가 49발의 활을 쏘아 49발 모두 명중시켰
다는 득중정 등을 둘러본다.

　행궁을 나와 화서문으로 향한다. 한옥도 보이고, 거리가 깨끗하게 잘
단장되어 있어 세계문화유산인 수원 화성의 운치가 한층 더 느끼게 한
다. 화서문은 단층이지만 성문은 벽돌로 된 옹성이 성문을 보호하고 있
다. 화서문 옆 공심돈은 화보에도 자주 등장하는 단골 메뉴다. 벽돌로
쌓아 올린 망루의 일종으로 전시에 적을 살필 수 있는 공심돈은 성과
성문과 함께 아름다운 조화 그 자체다. 장안문은 2층의 화려한 누각과
옹성으로 만들어진 이중 구조의 성문이다. 현재도 많은 사람들이 통행
하는 교통로 역할을 충실히 하고 있다. 화성을 가로지르는 수원천의 물
길과 누각이 조화를 이루는 화홍문과 바위 위 성벽과 함께 세워진 방화
수류정은 아래에 위치한 오리 등 철새들이 노니는 용연과 함께 한국적

인 자연의 아름다움을 연출하고 있다. 방화수류정과 화홍문을 살펴보면 정조가 이곳 수원 화성을 얼마나 아름답게 꾸미고 심혈을 쏟아 축성했는지 절실히 실감하게 한다.

세계유산으로 지정된 조선 왕릉 중 화성시에 위치하고 있는 융건릉을 찾는다. 정조가 사후에도 아버지 사도세자와 함께 묻히기를 소원하여 잠들어 있는 능이다. 재실을 지나고 숲길을 오르면 능이 보인다. 융릉은 사도세자인 장조와 그의 비 혜경궁 홍씨가 현경왕후로 추존되어 모셔진 곳이고, 건릉은 정조와 효의왕비의 능이다. 좌청룡·우백호의 울창한 숲으로 가득한 능선 가운데 자리하고 있다. 문외한이 보기에도 아늑한 명당으로 보인다. 비록 비명에 간 사도세자이지만 조선 후기 왕들은 모두 이분의 후손들이다. 능침 뒤에 늘 푸른 소나무와 좌우 능선에 펼쳐진 나무 한 그루에도 정조의 효심이 담겨 있다는 느낌이다.

조선은 유교를 국가 통치의 근본으로 삼은 나라다. 하지만 당시 임금인 아버지 영조는 대리청정 등의 원인으로 눈 밖에 난 아들인 사도세자를 한여름에 8일간이나 뒤주에 가두었다. 더위와 목마름에 시달리며 살려 달라고 애원하던 아들은 마침내 기력이 소진되고, 10살의 어린 세손이던 정조는 아버지를 살려 달라고 간청하였으나 끝내 뒤주에 갇혀 죽임을 당한 아버지의 통한의 슬픔을 보았다. 그리고는 정적들에게 끊임없는 위협을 당하면서 왕위에 올랐다. 이런 정조가 즉위한 뒤 첫 일성이 "과인은 사도세자의 아들"이었다. 정조는 재위 중 13번이나 현릉원을 찾는다.

특히 지금부터 약 200여 년 전인 1795년 음력 2월 8일 정조는 창경

방화수류정. 수원성곽의 누각 중 하나인데 특히 경관이 뛰어나 방화수류정이라는 당호가 붙었다. 화홍문 동쪽에 인접한 높은 벼랑 위에 있는 방화수류정 아래로 용연이라는 인공 연못이 있다.

궁을 나선다. 어머니 혜경궁 홍씨와 함께 1,779명의 수행원을 거느리고 배다리가 놓인 한강을 건너 시흥행궁에서 하루를 유숙한다. 다시 아침에 길을 떠난 일행은 지지대고개를 지나고, 저녁에 화성행궁에 도착했다. 아버지인 사도세자의 현륭원을 참배하고, 화성행궁에서 어머니인 혜경궁의 회갑연 잔치와 양로연을 여는 등 효성과 수원부 주민들을 격려하기 위한 8일간의 행차였다. 그때 정조가 느꼈을 화성행궁과 융건릉에서 다시 생각해 본다.

# 쓸모없는 것은 없다
## − 성불산과 탄금대

　충북 괴산읍에 성불산이 있다. 우리 국토가 작은 것 같아도 아직 가보지 못한 이름난 곳이 널려 있다는 생각이다. 괴산군은 문경새재와 이어지고 속리산 자락의 화양계곡 등 명승지가 많은 곳으로, 처음 방문하는 산이지만 기대된다. 어느 산이나 이름이 지어질 때는 유래가 있기 마련이다. 성불산이란 이름도 자세히는 알 수 없으나 옛날 부처를 닮은 불상이 산 위에 있었다 하여 붙여진 이름이라는 설이 있다고 한다.

　봄을 장식하던 벚꽃도 지고 아침부터 비가 계속 내리고 있다. 여행을 예정하고 떠나는데 '가는 날이 장날'이란 말이 있듯 비는 그치지 아니하고 추적추적 오는데 버스는 아랑곳하지 않고 잘도 달린다. 좌우에 펼쳐지는 풍경을 살펴보니 어제 저녁부터 내린 봄비가 모내기를 하지 않은 들판의 논에 물을 담고 있다. 물이 없으면 생명이란 존재 할 수 없는데 봄철에 산불도 예방되고 한 해 농사도 준비할 수 있으니 얼마나 고마운 일인가.

　현장에 도착해 우의를 입고 산행을 시작한다. 산은 바위와 소나무가 어우러져 있고, 안개가 산을 감싸며 휘돌아 내려오는 아름다운 풍경을

성불산. 성불산은 낮아도 나름대로 봉우리가 이어져 오르내림이 있고 제법 인내를 요구한다.

연출한다. 그러나 산세는 잠시의 여유도 주지 않고 바로 올라야 하는 급경사다. 땀과 빗물이 함께하는 등산로가 계속 이어진다. 빗속 산행이라 몸은 힘들지만, 등산로에는 소나무 군락이 있고 이제 막 잎을 밀어낸 나무들이 신비한 자연의 아름다움을 연출하고 있어 산행의 기쁨을 준다. 동물이나 식물을 막론하고 어린 것은 귀엽고 아름답다. 이제 세상에 조금씩 얼굴을 드러내는 각종 새싹들이 빗방울을 머금고 있고, 연둣빛 고운 색으로 조용히 모습을 드러내고 있다. 봄이 아름다운 것은 이런 어린 생명이 탄생하는 희망을 볼 수 있는 계절이기 때문인 것 같다.

성불산은 낮아도 나름대로 봉우리가 이어져 오르내림이 있다. 1봉과 2봉을 거쳐 오르는 3봉은 바위로 구성되어 있어 제법 인내를 요구하는 봉우리다. 소나무와 바위가 어우러져 있는 모습이 한 폭의 산수화를 현장에서 온몸으로 감상하게 한다. 특히 비가 내리는 가운데 자연이 빚어낸 자욱한 안개가 산봉우리와 나무들을 감추었다 다시 드러내는 등 갖가지 묘기와 그림을 그리고 있다. 다시 4봉을 지나고 5봉으로 오른다.

열두대. 임진왜란 당시 도순변사 신립 장군은 이 기암절벽을 열두 번이나 오르내리면서 활줄을 강물에 식히고 병사들을 독려했다. 그러나 쓰라린 패전의 한을 안고 열두대에서 달천강에 투신한다.

5봉은 이 산의 정상답게 바위로 이루어진 산이다. 표지석을 보니 해발 520m다. 이곳에서도 운무에 모습을 감추었다 수줍은 듯 다시 살짝 모습을 드러내고 있는 주변 풍경은 한동안 자리를 떠나지 못할 만큼 아름다웠는데 계속 머물 수는 없어 정상에서 다시 4봉으로 내려와 계곡으로 향한다. 12만여 평의 땅에 괴산군에서 성불산 자연 산림 휴양단지와 생태공원이 조성되어 있다.

자연은 쓸모없는 것이 하나도 없어 보인다. 수명을 다한 나무는 죽어서도 구름 속에서 신비로움을 더하고, 등이 굽어 목재로는 가치가 없을 듯 보이는 소나무도 멋진 예술 작품의 하나로 보인다. 그리고 작은 풀 한 포기에서 돋아난 꽃들도 웃으며 그 나름의 역할을 한다. 멀리 바라다보이는 산들도 아름답지만 바위에 걸터앉은 소나무와 함께 기암괴석의 바위들은 주변과 잘 조화되어 마치 신선이 노니는 천상의 아름다움을 연출하는 듯하다.

팔천고혼 위령탑. 임진왜란때 탄금대에서 조국을 위하여 왜군과 싸우다 장렬히 전사한 신립 장군과 팔천고혼의 영령을 추모하고 호국충정의 얼을 기리기 위해 2006년에 세웠다.

금강산도 식후경이라 했다. 버스로 자리를 이동하여 달천강의 배나무 여울이 위치하고 있는 석천가든에 이른다. 비가 오고 난 뒤라 얼큰한 국물 음식이 먹고 싶었다. 마침 이곳은 매운탕을 잘하는 집이라 반가웠고, 내어온 음식도 시원하고 맛이 좋아 일행들의 마음을 사로잡기에 충분했다.

중원의 유서 깊은, 충주의 탄금대에 이른다. 탄금대는 우리나라 3대 악성으로 일컬어지지만 우륵이 가야금을 연주하였다는 지명으로 국가 명승지로 지정된 아름다운 곳이다. 해발 108m 탄금대에는 달천과 남한강이 합쳐지는 곳에 위치하고 있다. 앞은 얕은 야산이나 뒤로는 강물이 흐르는 절벽으로 이루어져 있는 우리나라의 대표적인 절경이다. 탄금대에는 임진왜란 당시 순국한 8천 명 군사들의 영혼을 위로하는 탑이 위치해 있다. 총지휘관이었던 도순변사 신립 장군이 8천 명의 군사와 함께 왜군에 대항하여 싸웠으나 장군은 조국의 운명을 담은 전투에서 패전의 쓰라린 한을 안고 이곳 열두대에서 달천강에 투신한다. 오늘도 유유히 흐르는 강물은 그때의 비극을 보고도 말이 없는 안타까운 역사의 현장이다. 급하게 모병되어 훈련되지 않은 군사들과 일본에서 싸움으로 단련된 군사들의 대결이었고, 활과 조총의 대결이었다. 조선은 기병이 주된 군사였으나 비가 와서 말도 잘 움직일 수 없었던 환경이라 했다. 뒤에는 수십 미터 푸른 물이 넘실대는 달천강으로 더 이상 물러설 곳도 없는 곳에 배수진을 치고 나라를 구하기 위해 목숨으로 대항한 전투였으나 하늘도 무심했다. 이 전투에 패하자 선조는 한양을 버리고 압록강 부근의 의주까지 몽진하는 등, 백성들은 방향을 잃고 처절한 생존의 위기를 넘나들었던 7년 전쟁의 한 획을 그은 현장인 것이다. 열두 대와 신립 장군 순절비가 위치하고 있는 탄금대. 슬픈 역사를 간직한 푸른 물결의 달천강과 아름다운 남한강은 말이 없었다.

　힘을 기르지 않고 국론이 분열되어 대비를 하지 못한 조선은 국가 존망의 위기를 겪었다. 유비무환(有備無患)이라 했던가. 이미 국난을 예견한 이율곡 선생이 주장했던 10만 양병론도 무시하고 일본이 침략할 것이라는 보고가 있었음에도 당파로 갈린 조정은 편안함에 안주하여 결단을 내리지 못했다. 당시 지도자들의 안이한 생각이 자신들뿐만 아니라 온 백성들의 생명을 적에게 유린당하게 했다. 또한 탄금대에는 나라를 잃은 암흑의 일제강점기시대 항일 詩人 권태응 선생의 〈감자 꽃〉 노래비와 6·25 때 참전하여 전사한 이곳 시민들의 충혼탑도 위치하고 있다. 국토는 그냥 지켜지지 않는다. 수많은 생명들이 목숨으로 지켜낸 이곳 탄금대는 경치가 빼어난 명승지이자 우리 국토의 소중함을 일깨워 주는 역사적 현장이다.

# 충무공 이순신 장군의 혼
— 한산도

한여름이 지나고 가을을 알리는 9월 초하루, 한낮 기온은 아직 한여름을 연상할 만큼 무덥지만 이것도 참고 견딜 만하다. 이제 들판에는 자연이 영글고 있다. 벼들이 벌써 고개를 숙이고 어떤 곳은 노랗게 익는다. 생각하지도 않았는데 벌써 시간이 저만큼 흘러가고 있다.

충무로 가는 길이다. 한국의 나폴리라는 곳이다. 바다가 육지 깊숙이 들어와 아름다운 그림을 그리고 아기자기한 모습의 섬들이 사이좋게 어울려 있는 곳이다.

충무에서 한산도로 향하는 여객선을 타니 바다는 바람 한 점 없이 잔잔하다. 미륵도, 남망산 등의 산들이 굽어보고 있는 바다 뱃길에 하얀 물살을 가른다. 갈매기 떼가 배 주위를 돌며 동행하는 색다른 풍경이 이어진다. 맑은 가을 하늘 아래 시원한 바다, 가슴이 확 트인다.

충무항을 떠난 지 15분여 짧은 거리의 섬에 도착한다. 호국의 영웅 충무공 이순신 장군의 얼이 서려 있는 섬이자 삼도 수군통제영이 있던 곳, 바로 한산도다.

오늘 지나온 이곳 바다 뱃길은 420여 년 전 조선의 운명을 가르는 임

한산도 제승당. 이순신 장군의 사령부가 있던 곳이다. 이곳을 본거지로 삼아 해상권을 장악하였다.

충무사. 충무공 이순신 장군과 막하에서 큰 전공을 세운 정운, 송희립 장군의 영정을 봉안하고 제향을 모시는 사옥이다.

사람은 길을 내고 길은 역사를 쓴다

진왜란 당시 조선이 왜적을 이긴 3대첩 중 하나인 한산도 대첩이 있던 곳이다. 평화롭던 시절, 아무런 방비가 없던 조선이었다. 침략한 20여만 명의 왜군은 불과 18일 만에 한양성까지 점령하였다.

육지에서는 변변한 싸움 한번 없이 임금이 거하던 수도 서울을 내어주는 참담한 지경에 이르렀고 민초들은 속수무책으로 짓밟혀 수많은 사람들이 살육을 당하고 재산이 파괴되는 등 전국이 7년이란 시간 동안 전쟁의 참혹한 시련을 당하고 생존의 기로에 서 있던 시기였다.

그래도 하늘은 조선을 버리지 않았다. 조선 수군은 달랐던 것이다. 임진왜란이 일어나기 바로 전에 조선 좌도수군절도사에 이순신 장군을 임명하였다. 이순신 장군은 이곳 한산도에서 1년 전부터 일본군의 침입에 대비하여 조선의 휘하 전라좌도 수군을 훈련시키고, 거북선을 개량하며 식량을 저축했다. 전쟁이 일어나고, 바다를 철통같이 지켰다. 왜군이 상륙하여 저지른 만행을 도저히 눈 뜨고 볼 수 없었다. 내 부모 내 형제가 일본군에 무참히 죽어가는 광경을 그냥 둘 수는 없었다. 비록 육지에서는 졌지만, 바다는 감히 넘볼 수 없게 만들겠다는 굳은 의지로 무장했다. 조국 수호 의지 하나로 목숨을 걸고 일본군을 통쾌하게 무찔러 수로를 통하여 북진하려던 계획을 좌절시키고, 곡창이던 호남과 충청도를 지켜냈다.

지금 바다는 잔잔하고 어머니 품처럼 아늑하지만 1592년 7월 8일은 천지가 진동하는 참혹한 전쟁터 그곳이었다. 일본군 함대 73척을 이곳 앞바다로 유인하고, 학익진을 펴서 47척을 격파, 수많은 왜군들을 수장시키고, 12척을 잡는 대승을 거두었다. 이외에도 많은 전투에서 승리하여 조선의 바다를 감히 넘보지 못하게 하였다.

배에서 내리는 곳에서부터 임진왜란 당시 우리 수군들이 바다를 지키기 위해 애쓴 흔적이 곳곳에 있다. 두물포는 삼도수군통제영이 있었던 자리다. 마을버스를 타고 면 소재지가 있는 진두리로 간다. 진두리는 임진왜란 당시 우리 수군이 이곳에 진을 치고 경비초소를 두어 삼도수군통제영과 연락을 취한 곳이라 한다. 한산도의 최고봉인 망산 봉수대는 바다를 통해 침범하는 외적의 감시와 더불어 외적의 침입을 조정에 알리는 역할을 하던 곳이다. 이곳에 올라 바다를 바라보니 거제도, 추봉도, 소매물도 등 이름도 정다운 섬들이 바다 위에 떠 있다. 멀리 해안가에는 바다를 삶의 터전으로 자리를 잡고 살아가는 어촌의 모습들이 잠을 자는 듯 평화롭고 아름답게 보이지만, 당시 병사들이 목숨으로 나라를 지키면서 밤을 새워 왜적을 감시하고 처절하게 적과 싸웠을 그 모습이 눈에 그려지곤 한다. 한산도에도 산 사이로 좁은 들판이 전개되고 있다. 임진왜란 당시 식량 확보를 위해 둔전을 일구면서도 적과 싸웠을 그곳에 노랗게 익어가는 벼들이 정겹게 보이고, 산에는 수백 년생 소나무들과 상록수림이 자리를 잡아 방문객들을 말없이 맞이하고 있다.

산행을 마치고 다시 두물포다. 1593년부터 1597년 임진왜란 당시 조선 삼도수군통제영이 있는 곳이다. 시간은 바빠도 이곳 이충무공의 유적지를 빼놓을 수는 없다. 1975년 박정희 대통령이 성역화를 지시하여 오늘에 이른 제승당, 수루와 이순신 장군의 존영을 모신 충무사 등이 위치해 있는 곳을 찾는다. 대첩문에는 그 당시 모습을 한 병사 두 사람의 모형이 입구를 지키고 서 있다. 충무문 높은 계단이 당시 해군 사령부던 이곳 통제영의 위엄을 몸으로 느끼게 한다. 제승당 내부를 둘러보고 충무사에서 호국의 영웅인 장군의 존영을 뵙는다. 살신 구국의 일념으로 바람 앞에 등불처럼 위태롭던 나라를 구하신 장군에게 삼가 경의를 표한다. 한 사람의 위대한 통솔력과 훌륭한 작전, 그를 따르던 병사들과 혼연일체가 되어 나라를 구하신 영웅이다. 국난 극복의 의지가 서린 수루에 서니 잠을 이루지 못하고 조국의 바다를 내려다보면서 나라를 걱정하고 읊었던 시조 한 수가 걸려 있다.

"한산섬 달 밝은 밤에 수루에 홀로 앉아/큰 칼 옆에 차고 깊은 시름 하는 차에/
어디서 일성호가는 남의 애를 끊나니"

안내현판에는 이렇게 쓰여 있다. "공은 가셨어도 나라 사랑하는 마음은 출렁이는 푸른 바다와 함께 언제나 살아남아 조국 수호의 영원한 횃불이 되고 있다"고.

한산도에서 충무로 오는 뱃길에도 갈매기가 함께했다. 평화로웠고 말이 없다. 하지만 언제 다시 전쟁의 풍랑이 일어날지 아무도 모른다. 오늘을 살아가는 우리는 평화를 원한다. 하지만 평화는 힘이 있을 때 지켜지고 있음을 역사를 통해서 배운다, 그러기 위해서는 힘을 기르고 늘 대비해야 함을 오늘 한산도의 통제영에서 느낀다. 오늘 이순신 장군의 멸사봉공의 정신 그리고 유비무환의 자세가 오늘에 필요한 이유다.

# 고산 윤선도를 찾아
## — 땅끝마을에서 보길도까지

벼가 고개를 숙이는 초가을, 햇살이 웃는다. 봄인가 했는데 어느덧 가을이다. 윤선도의 유적지 보길도를 찾기 위해 땅끝마을에 온다. 전라남도 해남군에 위치한 땅끝마을은 우리나라 육지의 최남단이다. 해남군 송지면 갈두산 사자봉에 땅끝 전망대가 서 있는 곳. 백두산에서 내려온 한반도의 육지로는 더 이상 갈 수 없는 곳이다. 표지석도, 수많은 시인 묵객들도 걸어서는 더 이상 갈 수 없는 아쉬움을 이곳에서 달랜다. 이런저런 생각으로 승선시간을 기다리다가 보길도 행 배를 탈 시간이 되었다. 터미널의 여러 땅끝 조형물이 나그네를 맞이한다.

잠시 주변을 둘러보고 아침 9시 반 출발하는 배를 타고 보길도로 향한다. 땅끝마을 선착장에서 떠난 배가 하얀 거품을 일으키며 물결 잔잔한 푸른 바다를 가른다. 배가 떠날 때 가까이 보이던 사자봉의 땅끝 전망대가 시야에 가득하더니 그것도 서서히 사라질 때쯤 배는 노화도에서 달리기를 멈춘다. 노화도 선착장에 내린 버스가 보길도로 향하는데 노화도와 보길도는 연육교가 놓여 있어 마치 좁은 강을 사이에 둔 것같이 느껴진다. 섬에도 산과 들이 있다. 바다와 접해 굴곡이 많아 육지에

땅끝마을 조형물. 해남군 송지면 땅끝. 백두산에서 내려온 한반도의 육지로 더 이상 갈 수 있는 곳이 없다.

세연정. 고산 윤선도가 보길도에 머물면서 지은 정자. 연못과 바위가 한데 어우러진 전형적인 한국 정원의 멋을 유감없이 연출하고 있다.

서는 보기 힘든 천혜의 아름다운 풍광이 나그네의 시야를 황홀하게 한다.

땅과 굴곡진 곳, 푸른 바다가 온통 목장이다. 시야에 보이는 보길도와 노화도는 주변 바다가 온통 전복양식장으로 끝이 보이지 않을 만큼 가득하다. 섬과 섬 사이 위치한 파도 없는 최적의 장소인 바다 목장에서 기중기 움직이는 모습과 양식장을 관리하는 주변의 통통배도 심심하지 않게 보인다.

바다 목장을 뒤로하고 달려간 곳은 우암 송시열 선생의 글이 쓰인 바위다. 우암 송시열은 조선 효종, 현종 숙종 때 정치가이며 대학자이다. 그가 당시 희빈 장씨가 낳은 원자의 세자 책봉을 반대한 문제로 83세의 노구로 제주도로 유배를 가던 중 풍랑을 만나 이곳 선백리로 피했다. 소안도가 보이는 앞 바위에 쓴 글씨는 서울에서 제주까지 멀고 먼 유배길의 설움과 풍랑을 만난 자신의 처지를 눈물로 새기며 쓴 글씨다. 그 내용이 적힌 이곳 안내문을 인용해 본다.

> "여든셋 늙은 몸이/푸른 바다 한가운데 떠 있구나//한마디 말이 무슨 큰 죄일까/세 번이나 쫓겨난 이도 또한 힘들었을 것이다//대궐에 계신 님을 속절없이 우러르며/다만 남쪽 바다의 순풍만 믿을 수밖에//옛 은혜 있으니/감격하여 외로운 충정으로 흐느끼네"

고산 윤선도의 유적지 윤선도 원림을 찾는다. 이곳은 명승 34호로 지정된 곳으로 섬 속의 낙원이다. 이곳 안내문에 의하면 보길도는 천혜의 자연환경과 역사 유적이 잘 어우러진 명승지로 이 섬에서 제일 높은 격자봉을 중심으로 북동쪽으로 흐르는 계곡 주변의 부용동 지역에 원림 문화가 형성되었다고 한다. 풍광이 아름다운 보길도는 고산 윤선도의 섬이라 해도 과언이 아닐 정도로 유적이 넓게 잘 보존되어 있다. 원림이란 자연을 그대로 놓아두고 최소한의 인공만 가미한 숲을 이야기한다. 보길도 부용동 정원은 자연경관에 인공 섬을 조성하고 세연정과 계곡의 물을 끌어와서 연못을 만들었는데 주변의 크고 작은 바위와 잘 어우러지게 하였다. 이곳에서 뱃놀이도 하고 자연을 벗 삼아 노래도 부르며 〈어부사시사〉 40수와 한시 등 뛰어난 작품들을 남겼다. 이곳을 답사한 바, 세연정은 정자와 연못 그리고 바위가 한데 어우러진 아름다운 한국 정원의 멋을 유감없이 연출하고 있다. 잎을 볼 수 없는 꽃 상사화도 피었고, 선비의 나무라 칭하는 배롱나무도 붉은 꽃을 피워 아름다움을 연출하고 있다. 세연정 이외에도 보길도에 위치한 윤선도 유적으로 낙서제, 곡수당, 동천석실 등이 있는데 낙서제는 고산 윤선도가 1637년에 들어와 1671년 향년 85세로 돌아가실 때까지 약 13년간 살았던 집이며, 곡수당은 아들 학관이 거주하며 휴식을 취할 목적으로 조성한 공간이라 한다. 동천석실은 산 중턱에 위치한 한 칸짜리 집인데 부용동의 아름다운 경관을 감상할 수 있는 곳이며, 여기서 독서도 하고 사색을 하며 스스로 신선을 자처했다. 이곳 원림은 물, 바위, 산이 어우러진 곳으로, 글을 쓰고 마음을 다듬으며, 그 속에서 세상의 명리를 떠나 자연과 함께 생활을 한 것이다.

돌아오는 길에 보길도 예송리 몽돌해변을 찾는다. 검게 반짝이는 돌이 넓게 펼쳐진 아름다운 바다 건너에도 전복양식장이 가득했다.

옛날에는 한적한 어촌에 불과했던 보길도가 지금은 고산 윤선도의 선비정신이 가득히 깃든 유적지로 자리매김하고 있다. '사람은 가도 이름은 남는다'는 말이 여기서 증명되는 것이다. 아름다운 정원이 한 폭의 명품 그림이 되고, 바다와 섬이 잘 어우러진 보길도다. 비록 하루도 아닌 짧은 일정이었지만 국문학의 산실이자, 조선 시대 선비정신을 그대로 느껴 볼 수 있는 기쁨까지 있던 뜻깊은 방문이었다.

3 부

# 산성, 그 역사 이야기

# 아픈 역사의 현장
## – 남한산성

    신년 초에 서울의 남쪽에 위치한 남한산성에 간다. 마천역에서 연주옹성을 거쳐 암문까지 4km를 걸어 오르니 하얗게 쌓인 눈이 남한산성을 덮고 있다. 수어장대 남문에서 동문 그리고 장경사에서 북문으로 성을 한 바퀴 돌아본다. 얼음과 눈으로 쌓인 곳은 아이젠을 착용하고 걷는다. 곡선으로 지어진 성벽의 수려함은 하얀 눈과 더불어 그 아름다움을 더하고 있다.

    남한산성은 산 정상부에서 한강의 넓은 지역을 조망할 수 있는 곳으로 공격하기는 어렵고 방어하기에 유리한 곳이다. 이곳은 삼국 시대부터 국토방위의 주요성이 인정된 지역이다. 백제 시대 온조왕성이라는 설도 있고, 나당전쟁이 한창이던 신라 문무왕 때 주장성이란 말도 있다. 잊혀가는 역사적 사실을 복원하기 위해 조선 시대 행궁 터를 발굴하면서 신라의 기와 등 다수의 유물이 출토되기도 한 지역이기 때문이다. 또한 고려 시대에는 몽고군을 격퇴하기도 하였고, 구한말 의병 활동을 한 곳이기도 하다.

    지금은 세계유산으로 등재된 유적지로서 사람들의 휴식처로 그 역할

한산성 남문. 남한산성에 있는 4대문 중 가장 웅장한 중심문이다. 자호란 당시 인조가 이 문을 통해 남한산성으로 피신하여 47일 항전했다.

남한산성 행궁. 전란 시 도성의 기능을 할 수 있도록 구조를 갖춘 예비 궁궐로 병자호란 당시 인조가 머물며 항전한 역사의 현장이기도 하다.

을 하는 곳이지만 남한산성의 가장 큰 아픔은 조선 인조의 병자호란 때의 싸움일 것이다. 후금의 침략에 미처 강화도로 피난 가지 못한 인조와 조정이 이곳에 들어와 47일간의 피나는 싸움을 했으면서도 결국은 삼전도에 나가 항복을 한다. 이 기간 중 장졸들은 살을 에는 추위를 견디고 졸음을 참아가며 성벽을 지키느라 고생을 했는데, 식량이 바닥나서 죽으로 연명하며 성을 사수했다는 당시의 기록을 보면 가슴이 먹먹하다. 병자호란 당시 인조가 머물렀던 행궁에는 임금님의 수라에 성안의 마지막 닭을 잡아 진상한 후 닭 울음소리가 그쳤을 만큼 당시 식량은 바닥이 난 상태였다고 하니 그때 성안 군사들이나 백성들의 삶은 얼마나 피폐했을지 짐작하고도 남는다.

성을 지킬 지원군도 끊기고 식량도 바닥난 고립무원의 상태였으나 주전파와 주화파 간의 실리와 명분 싸움만 하느라 백성들을 지키기도 못하고 안전을 담보하지 못했다. 나라를 사수할 힘이 없던 조선은 임금이 성을 나와 삼전도에서 아홉 번 머리를 땅에 찍어가면서 항복을 하고 수십만 명의 죄 없는 백성들이 끌려가 적국의 노예로 팔려갔던 그 참상을 우리는 역사를 통해서 배웠다. 청나라에서 돌아온 여인들, 환향녀의 아픈 사연은 나라를 지키지 못한 이 나라 지도층의 무능에서 비롯된 것임에도 불구하고 그 책임을 힘없는 여인들에게 돌리는 사대부들의 의식이 백성들의 삶을 더욱 비참하게 만들었다.

수어장대에 올라 그때 군사들을 지휘하던 장수들의 모습을 상상해 보고, 옆에 지어진 청량당을 돌아본다. 성곽 축성의 책임자를 모함해서 죽게 만들자 그 부인도 따라서 자결하였다. 그가 죽고 난 후 살펴보니 그가 축성한 구간이 가장 견고했다고 하는데 후에 그와 부인의 넋을 기리기 위해 지어진 것이라 한다.

남문을 돌아 남장대를 지나 동문으로 향한다. 성을 지키기 위해 정교히 다듬어 높이 쌓아 올린 성벽의 길이가 모두 9km에 이른다니 돌을 다듬고 운반해서 켜켜이 쌓아 올린 공력에 얼마나 많은 백성들의 노고가 있었을까 생각해 본다. 성을 쌓을 때 일반 백성들과 군인들만 동원한 게 아니고 전국의 승려들도 동원하고, 성안 곳곳에 사찰을 세워 성을 지키게 하였는데 현재 남아 있는 장경사, 국청사가 바로 그런 역할을 하던 곳이다.

전승문인 북문까지 돌아 원점으로 돌아온다. 북문은 병자호란 당시 기습작전을 나간 300여 명의 병사들이 전멸을 당한 아픔이 있는 곳으로, 정조 임금은 그 아픔을 이기기 위해 개명했다고 한다. 다시 성안으로 들어와 숭렬전과 조선 행궁을 살펴본다. 숭렬전은 백제 온조대왕과 산성 축성 책임자인 이서 장군을 모신 곳으로, 정조가 숭렬전으로 이름 지었다고 한다. 행궁은 평소 이곳을 다스리는 광주 유수가 집무실로 기거하다가 전시에 임금이 머무는 거처가 되는 곳이다. 나라가 일제에 의해 망하고 나니 조선 행궁도 무너졌다. 지금 건물은 몇 년 전 다시 복원한 것인데. 날렵한 곡선 지붕의 아름다움이 주위의 풍광과 어울려 시선을 사로잡는다. 성안에는 역사 유적들이 산재해 있다. 연무대와 침괘정, 그밖에도 효자의 전설이 서린 효자 우물이 있다.

남한산성은 세계유산으로 지정된 곳으로 길이 보전되어야 할 문화재다. 아름다운 소나무 군락지가 운치를 더하며 오늘도 많은 사람들이 찾는 휴식처로 역할을 하는 공간이지만 남한산성의 아픈 역사를 간직한 역사의 현장이기도 하다.

나라에 힘이 없으면 백성들이 먼저 고달프다는 역사의 사실을 여기 남한산성에서 배운다. 지구상에 수많은 민족들이 있지만 나라를 갖지 못한 민족도 많다. 나라가 있어도 그것을 지킬 힘이 없으면 무시당하거나 병탄되고 마는 것이 힘의 논리다. 평화로울 때 어려움을 생각해야 한다는 말이 있다. 나라를 지킬 힘을 길러야 하는 것은 국가의 지도자나 국민 모두의 당연한 책무이자 신성한 의무라 생각된다.

# 수도 서울의 역사
## - 한양도성

　서울에는 600년 수도답게 우리 조상들의 숨결이 어린 역사적인 장소가 많다. 한양도성도 그런 곳이다. 함께하는 가족의 소중함을 잊고 살아가듯, 귀한 것이 있어도 모르거나 관심 없이 지나칠 때가 많다. 가까이 있거나 아무 때라도 갈 수 있는 곳은 언제라도 갈 수 있다는 생각이 들었나 보다. 40여 년을 차일피일 미루다 보니 이제껏 답사하지 못한 곳이 바로 한양도성길이다. 늦가을 햇살을 받으며 아침 늦게 성벽 둘레길 답사에 나선다. 서울의 동쪽 대문인 흥인지문(興仁之門)에서 출발을 하여 낙산으로 발걸음을 재촉한다.

　조선을 건국한 태조는 1396년에 98일 동안 전국에서 19만 7천여 명을 동원 한양도성을 축성하였는데 평지에는 토성을 쌓고 산지에는 자연석을 그대로 쌓아 올리게 하였다. 세종 때에는 흙으로 된 구간도 장방형 돌을 기본으로 하는 석성으로 성을 쌓았으며 시간의 흐름에 따라 일부 무너진 구간을 숙종 때 5군문(軍門)의 장정들을 동원하여 다시 바위를 사각형으로 규격화하여 대대적으로 수축하였다. 때문에 돌의 모양에 따라 수축 연대를 구분할 수 있다고 한다. 도성에는 4대문과 4소

숭례문. 서울 성곽의 정문이며 국보 제1호. 숭례문 양쪽 성벽은 1907년 일본 왕세자 방문으로 철거되었다. 도성에는 4대문과 4소문이 있고 유교를 숭상했던 조선은 수도 한양성 4대문과 중앙의 보신각에 사람이 반드시 갖추어야 할 오상지도(五常之道) 즉 인(仁), 의(義), 예(禮), 지(智), 신(信)의 내용을 새기게 했다.

문이 있었고, 유교를 숭상한 조선이 수도 한양성 4대문과 중앙의 보신 각에 사람이 반드시 갖추어야 할 오상지도(五常之道) 즉 인(仁), 의(義), 예(禮), 지(智), 신(信)의 내용을 새기게 하였다고 한다.

검게 이끼가 낀 성벽은 600년 역사의 흥망을 온몸으로 겪으면서 길게 이어지고 있다. 맨 아래에는 바위같이 큰 돌, 그 위에 중간 크기 돌들을 켜켜이 쌓아 올려 훌륭한 방벽 임무를 수행케 하고, 그 아래 숲속으로 잘 조성된 길을 걸으니 성벽과 암문에서 조선의 군사가 창을 들고 나타날 것 같은 기분이다. 낙산공원을 지나 성벽 아래로 난 길을 따라 걷는다. 가을의 끝자락에 선 지금 단풍이 붉게 물들고 있는데 쑥부쟁이와 키 작은 황국은 제철인 듯 활짝 피어 늦가을의 여운을 알리고 있다.

세월을 이기는 것은 아무것도 없다. 산의 높낮이에 따라 굴곡을 같이 하고 있는 성벽에 시간이 움직인다. 일부 석축은 돌이 부식되어 삭고 있다. 단단한 바위도 흐르는 세월 앞에는 힘이 부치는 모습이다. 혜화

숙정문. 서울 성곽의 북문. 실제 사람의 출입이 거의 없는 높은 산에 위치해 있어 다른 한양도성 성곽문과는 달리 실질적인 성문의 기능을 하지는 못했다.

문이 복원되고 얼마간 이어지던 성벽이 자취를 감춘다. 그 자리에 민가와 서울과학고와 경신고 등의 학교가 들어서 있다. 일제가 우리나라 국권을 강제로 빼앗고 조선왕조 위엄의 상징이던 성벽을 해체해 버린 곳이다. 헐린 그곳에는 망해버린 왕조의 설움을 보는 것 같은 느낌이 든다. 성벽 위 민간주택이나 학교 담장 밑에 성벽 돌이 일부 남아 있어 옛날 이곳이 성벽임을 어렴풋이 짐작할 수 있게 하는 곳도 있으나 아예 흔적조차 없는 곳도 있어 아쉬움을 더한다. 성벽이 산 위로 이어지는데 말바위 안내소로 가기 전 전망대가 있다. 조망이 좋아서 내려다보니 성북동 뒷산의 단풍과 집들의 조화가 아름답다. 말바위 안내소에서 신분증을 확인하고, 이어 숙정문(肅靜門, 일명 북대문)에 이른다. 이런 높은 곳에도 성을 쌓았는데, 그냥 오르기도 힘든 이곳에 무거운 돌을 다듬고 옮겨 쌓느라고 고생한 선조들의 노고가 새삼 느껴진다.

북문인 숙정문을 지나 청운대에 이르자 멀리 북한산 보현봉과 여러 봉우리들이 가을 단풍 옷을 입고 이곳으로 그 줄기를 이어오고 있다. 청운대와 촛대바위 사이 총탄 자국이 있는 소나무가 있다. 1968년 1월 21일 북한 무장공비들이 청와대를 습격하기 위해 산을 타고 침투한 사건이 있었는데 당시의 흔적으로 치열한 총격전과 위급했던 상황을 생각하게 한다. 근래 한양도성의 복원은 북한 무장공비가 침투한 1.21 사태 이후 국가 안보 차원에서 시작하였고, 시간을 두고 체계적으로 복원과 보존을 거듭한 결과 현존하는 세계 수도의 성곽 중 가장 큰 규모인 12.8km가 보존되어 있다. 2012년 11월 유네스코 세계유산 잠정 목록에 등재되었다고 한다.(현재 2022년 등재를 목표로 자료 재보강 중이다)

청운대를 지나니 급격한 하산 길이다. 하산 길에도 성벽은 한 치의 오차도 없이 사열하듯 정돈된 모습으로 자리를 지키고 서 있다. 계단 하나하나마다 견고하게 설치되어 빈틈이 없다. 땀 흘리며 쌓아 올렸을 사람들의 정성과 열정의 소리가 들리는 듯하다. 계속해서 내려오니 창의문(북소문)이다.

창의문에는 조선 인조반정 때 이곳으로 군사들이 들어와서 반정에 성공한 공신들의 이름이 있다고 한다. 창의문 입구에는 1.21 사태 때 무장공비들을 막고 산화한 최규식 경무관의 동상이 있다. 이어 건너편 인왕산으로 오르는 성벽 입구에 〈서시〉와 〈별 헤는 밤〉의 주인공 윤동주 시인의 문학관이 있다. 문학관을 뒤로하고 해발 339.9m 인왕산으로 성벽은 이어진다. 인왕산에는 연산군의 실정으로 일어난 반정으로 왕이 된 중종의 왕후였다가 하루아침에 신하들의 강권으로 폐위가 되어 한 많은 생을 살아온 부인 신씨(단경왕후)의 아픈 전설이 어린 치마바위가 있다.

성벽은 사직동을 지나 서대문 부근에서는 아예 찾아볼 수 없다. 이곳도 조선이 국권을 상실한 일제강점기 때 헐리고 무너져 지금은 치유할 수 없는 깊은 상처를 남기고 있다. 한양도성의 4대문이자 서대문인 돈의문(敦義門)은 1915년 일제가 헐어버려 흔적도 없이 사라져 버린 아쉬움으로 성벽 길을 찾아 헤매다 덕수궁을 거쳐 새로 정비된 숭례문(崇禮門, 남대문)에 이른다. 숭례문 양쪽 성벽은 1907년 일본 왕세자 방문으로 철거되었다고 하니 나라를 잃었던 아픔과 일제에 의한 훼손 흔적을 보면서 자주 국가의 중요성을 다시 느낀다.

남산공원에는 안중근 의사의 동상과 기념관이 자리하고 있다. 동양평화를 깨트리고 조선을 침탈한 일제 침략의 원흉 이등박문을 처단한 민족의 영웅이다. 남산 정상에 봉수대가 복원되어 있다. 당시 조선의 통신 수단의 일환으로 사용되던 남산 봉수대와 서울을 한눈에 내려다볼 수 있는 서울타워가 있는 곳에 이르니 서울이 국제도시임을 실감나게 한다. 한국인, 중국인 관광객, 일본인, 동남아, 유럽인 등 각종 인파와 버스들이 어두워지는 저녁임에도 도로와 광장에 넘쳐난다. 남산에도 성벽은 이어졌다 끊어지기를 반복하고 있다.

남산 봉수대와 서울타워를 거쳐 남소문터로 이르니 시간은 저녁 6시가 지나 캄캄한 밤이다. 국립극장 불빛이 환하다. 한참을 걸어 장충단공원을 지나고 장충체육관 뒤를 지나니 다시 성벽이 불빛에 모습을 나타낸다. 한동안 성벽을 보고 길을 건너니 다시 성벽은 사라지고 민간인 집들만 자리하고 있다. 어디가 성벽인지 흔적조차 없다. 힘들게 광희문

흥인지문. 서울 성곽 동문이며 대한민국 보물 제1호다.

을 찾으니 성벽에 비친 조명이 반긴다. 다시 성벽 없는 도심의 길을 건너고 동대문 역사문화공원과 청계천을 지나 어둠에 싸인 흥인지문에 도착하니 저녁 7시 15분이다.

　오늘 하루 흥인지문에서 시작하여 낙산, 북악산, 인왕산, 남산을 거쳐 다시 흥인지문까지 한양도성 18.627km를 7시간 30분에 걸쳐 주마간산 격으로 완료했다. 아쉬운 마음이 든다.

　1396년 조선 태조가 건립한 후, 600여 년간 역사와 사연을 담아 면면히 이어져 내려온 서울 성곽이다. 역사에 이름을 남긴 수많은 인걸은 가고 없지만 성벽은 역사를 알고 있다. 이곳에서 많은 국난을 겪었다. 임진왜란, 정묘호란, 병자호란, 구한말의 주권상실은 물론이고, 이괄의 난 등 내우외환이 끊이지 않았고 그때마다 도성이 비워져야 했다. 나라를 지킬 힘이 부족한 나라의 한이 이곳에 있었다. 힘이 있어야 나라를 지킬 수 있음은 진리다. 지금부터라도 나라를 지킬 수 있는 힘을 기르고 선조들이 물려준 위대한 문화유산이자 수도 서울의 상징인 한양도성을 우리도 잘 보존하여 후손들에게 자랑스럽게 물려주어야 하겠다.

# 나는 어떤 흔적으로 남을까
## ― 해미읍성과 간월암

    여행은 떠난다는 자체로 좋다. 삼월 하순, 봄이 비록 미세먼지와 함께 왔지만 어딘가 갈 곳이 있다는 마음만으로도 즐거움 가득하다. 모르는 곳을 찾아 떠나는 일은 설레임 그 자체다. 여행은 자신을 돌아보는 기회도 되기 때문이다.

    충남 서산의 용현리 마애석불(마애여래삼존상)과 간월암 등은 처음으로 답사하는 곳이니 기대가 크다. 개천을 건너 산 중턱에 위치한 삼존불 모두 미소 짓고 있다. 백제 후기 작품이다. 비바람이 직접 닿지 않게 바위를 비스듬하게 파고 조각했다. 긴 장삼을 걸치고 윤곽이 오똑한 코와 웃고 있는 눈의 모습이 위엄보다는 그윽한 부처의 자비를 느끼게 하는 아름다운 걸작품 국보 48호다. 삼존불 중 가운데는 석가여래불이고 좌측에 다리를 포개 앉은 반가사유상이, 우측에는 보살상이 관을 쓰고 법의를 입고 있는 입상이다. 이곳은 당시 백제인들이 중국과 교역하던 길목으로 부처님의 가호를 빌어 바다에서의 무사 안녕을 소망하던 곳이다. 좁은 바윗길을 타고 올라와야 하는 곳에서, 온 정성으로 기원하는 민초들의 모습과 염원을 여기서 상상해 본다. 내려오는 길에 봄의 전령

용현리 마애석불. 백제 후기 작품으로 비바람이 직접 닿지 않게 바위를 비스듬하게 파고 조각했다. 국보 제48호.

사 현호색 작은 꽃들이 먼저 반긴다. 저 연약한 몸 어디서 한겨울 추위를 이기고 땅을 밀어 올리는 힘이 있을까 싶을 정도로 신기하게 느껴지는 자연의 당당한 구성원이다.

사람을 비롯한 생명을 가진 모든 것, 그리고 세상에 존재하는 모든 사물들은 언젠가는 소멸하기 마련이다. 백제부터 통일신라를 거쳐 고려에 이르기까지 존재하던 대형 사찰 이야기다. 한때 천여 명의 승려와 100여 개의 암자를 거느렸다는 보원사, 지금은 당간지주와 오층석탑 한 기, 법인국사 보승탑과 대형 석조가 전부인 빈 공간이 긴 여운으로 이어진다.

해미읍성. 고려 말 조선 초기 극성스럽게 출몰하던 왜구의 침탈을 방지하기 위해 당시 덕산에 있던 충청병마도절제사영을 이곳으로 옮기면서 축성하였다.

　당시 금당이 위치했던 곳은 빈터로만 남아 있고 그곳에 위치하던 철불상은 국립중앙박물관에 가야 만날 수 있다고 한다. 지금 그 자리에서 출토된 수많은 석재에 새겨진 조각들은 말이 없다. 영원할 것 같던 모습도 시간의 흐름과 세상의 인심이 변하면 대형 가람조차 꿈속으로 사라짐을 이곳에서 확인하게 된다. 당간지주와 오층석탑 금당지주는 일직선으로 배치되어 있다. 넓은 공간에 남아 있는 유물들은 역사적 가치로 모두 보물로 지정·보호되고 있는데 사라진 백제 사람들의 혼을 여기서 보는 듯 섬세하고 아름다운 모습으로 다가온다.

　조선 태종과 세종 때 축조했다는 해미읍성에 들어선다. 고려 말 조선 초기 극성스럽게 출몰하던 왜구의 침탈을 방지하기 위해 당시 덕산에 있던 충청병마도절제사영(忠淸兵馬都節制使營)을 이곳으로 옮기면서 축성하게 된 것이다. 높이가 4.9m, 길이 1.8km로 바깥은 석성이며 안쪽은 토성 형태로 된 이곳은 각 군현 백성들을 동원, 책임 구역을 지정하여

간월암. 물이 들면 섬이 되고, 물이 빠지면 육지가 되는 곳. 무학대사가 이곳에서 달빛을 보고 득도했다고 붙여진 이름이다.

축성한 것이라 한다. 당시는 적의 침입에 대비하고 효율적인 방어를 위해 해자를 깊이 파고 탱자나무를 식재했다는 흔적이 남아 있다. 이곳의 특색은 적의 공격을 방어하기 위해 숨어서 화살을 날리는 여장이 없다는 것이다. 여장을 설치함에 있어 경비가 많이 소요되는 문제도 있었지만 부역으로 동원된 백성들의 고역을 생각해야 했다. 또한 해자 등으로 적의 공격에 대한 방어가 용이했기 때문에 설치의 효용성이 크지 않았다. 당시 동원된 백성들은 성을 쌓는 고단함은 물론 스스로 먹을 것과 잠잘 것 등을 모두 준비해 와야 하는 어려움이 있어 '백성이 있어야 나라가 있다'는 민본 정신을 반영한 이유다.

이 땅에도 아픈 역사가 있다. 성의 정문인 진남문을 지나면 동헌과 객사가 나오는 중간에 300년이나 된 노거수 회화나무와 옥사가 있다. 대원군 집권 시기 천주교 박해 현장이다. 병인양요 때 사악한 학문으로 간주하고, 탄압의 포고령이 내려지자 전국적으로 8천 명이나 되는 교인들이 학살되었고, 감옥에서 고문을 당했으며 이 회화나무에서 목숨을 잃은 신자들이 많아 이곳이 천주교 성지가 되었다고 한다.

물이 들면 섬이 되고, 빠지면 육지가 되는 곳. 바다 낙조의 명승지 간월암이다. 섬 자체가 사찰인 간월암자 난간에 수많은 소원지가 매달려 있다. 모든 근심과 걱정을 바다에 띄우고 염원을 가슴속에 담아서 지는 태양과 함께 빌어 보는 곳이다. 조선을 건국한 이성계의 정신적 지주인 무학대사가 이곳에서 달빛을 보고 득도했다고 붙여진 이름이기도 하다.

시간이 흐르고 해가 서천으로 질 때쯤 바다를 보면, 지난 시간의 삶을 회상해 보게 된다. 자신의 정체를 찾는 것이다. 지나온 시간 무엇을 위해 살아왔는지, 하는 아쉬움과 앞으로 남은 시간의 소중함을 깨닫게 되는 기회도 있는 것이다.

오늘 백제의 흔적을 찾아 떠나온 시간, 자연이란 공간에서 한 점에 불과한 나는 과연 무엇이며, 어떤 흔적을 남길 것인가 여기에서 자문해 본다.

# 사람이 역사를 만든다
## — 상당산성과 중앙공원

　한국의 중원인 청주에 간다. 삼국시대 백제의 상당현은 삼국의 각축
장이었다. 겨울의 막바지 2월 초순, 한강을 지나고 남으로 향하는 버스
에 몸을 실었다. 회색빛의 겨울 날씨에 자연은 움츠려 있다. 하지만 입
춘이 지나고 땅 밑에는 봄을 준비하는 소리가 들리는 듯하다. 무엇이든
존재하는 것은 한때뿐이고, 시간이 가면 바뀌게 되어있는 것이다.

　청주는 서울에서 시외버스로 한 시간 반 정도 소요되는 곳이다. 이
곳에 오는 이유는 상당산성 때문이다. 시외버스에 내려서 관광안내소
에 들른다. 안내소 직원이 친절하다. 직원이 친절하니 청주 시민들이
모두 정겹게 보이고 도시도 정겹게 다가온다. 청주를 살펴볼 수 있는
지도와 상당산성으로 가는 버스 노선을 상세하게 설명하고 잊지 않도
록 기록까지 해 준다. 청주 체육관 방향 버스를 타고 가다 체육관 앞에
서 내렸다. 20여 분마다 운행하는 862—2번 버스로 갈아타고 산성으
로 향한다. 무심천을 지나고, 차창에 청주국립박물관이 보인다. 버스
가 산 위로 올라서더니 산성 남문에서 승객을 내리게 한다. 산성 입구
에 매월당 김시습의 상당산성에 대한 감흥의 시비가 보인다. 제목은

〈유선가〉이다

"꽃다운 풀향기 신발에 스며들고/활짝 갠 풍광 싱그럽기도 하여라/들꽃마다 벌이 와 꽃술 따 물었고/살진 고사리 비 갠 뒤로 더욱 향긋해/웅장도 하여라 아득히 펼쳐진 산하/의기도 드높구나 산성마루 높이 오르니/날이 저문들 대수냐 보고 또 본다네/내일이면 곧 남방의 나그네일 터니"

산정에 걸쳐진 남문으로 들어서서 성벽을 걸어본다. 급경사 위로 6~7m 이상 빈틈없이 튼튼하게 쌓아 올린 바위와 돌 하나마다 얼마나 많은 사람들의 피땀이 어려 있는지 느낌으로 짐작하고도 남는다. 아직은 눈이 많아 미끄러운데, 옛날에는 따뜻한 옷도 변변하게 입지 못하던 시절이었을 것이다. 이곳 성을 지키던 병사들의 수고야 오죽했을까. 서문에 이르니 한 무리의 젊은이들이 왁자지껄하다. 자세히 보니 시산제를 지내는 것이다. 사람들에게 물어보니 크레인을 생산하는 외국계 회사 직원들이라 한다. 외국인 사장과 함께 한국적인 정서로 함께 한 해의 안녕과 사업의 번창을 기원하는 것이다. 시산제가 끝나고 하산을 하면서 사장과 직원들이 함께 격의 없는 대화를 하고 각자 버스에 오르는데 사장보다 직원들이 먼저 버스에 오른다. 한국 사회의 수직적이고 권위주의와는 완전 다른 모습에 신선함을 느끼게 했다. 나중에 보니 산행에서 묻은 흙을 제거할 때에도 직원들이 먼저 하고 사장은 나중에 한다. 사장이 가는데도 동행하는 사람도 없이 혼자 걸어간다. 이 회사는 사장과 직원 간의 벽이 존재하지 않은 듯했다.

산성 위에서 보니 멀리 청주 시가지가 보인다. 조선 시대 상당산성은 충청병마절도사가 있던 곳으로 평시에는 청주 읍성에 있다가 전시에는 이곳 상당산성에서 국토 수호의 역할을 했다. 상당산성의 축성 연대는 신라 때부터 조선 선조, 효종, 숙종, 영조 등 역대 왕에 이르는 동안 수축하였다고 한다. 천혜의 자연에 인공을 가미한 성의 수축은 국토방위를 위한 국가의 중요한 임무임을 이곳에서 확인하게 된다. 산성은 둘레가 4.2km, 면적이 727,273㎡이라고 한다.

성을 한 바퀴 돌아보고 동문을 경유하여 성안으로 들어온다. 성안은 저수지도 있고 전답도 있고, 수십 가구의 마을도 있다. 점심시간이 되어 성안 음식점 연송에 들렀다. 한겨울임에도 창가에는 수많은 종류의 화분이 각종 꽃들을 아름답게 피우고 있었다. 화초에 대한 남다른 애정을 가지고, 꺾꽂이로 수량을 늘린다고 한다. 청국장을 주문했다. 청국장에 더하여 손수 만든 두부도 덤으로 나온다. 정갈한 나물과 각종 반찬 맛이 좋은 것은 물론이고 잡곡을 섞은 윤기 흐르는 찹쌀밥이 일품이

상당산성 공남문. 조선시대 산성의 원형이 그대로 보존되어 있는 상당산성의 남문이다.

청주 중앙공원 망선루. 청주에서 가장 오래된 건물이다. 고려시대 청주관청의 하나로 관리들이 머무는 숙소인 객관 동쪽에 있던 취경루에서 유래되었다.

었다. 게다가 두 종류의 찰진 쌀밥도 제공되었다.

성안 저수지 주변에는 쉬어갈 수 있는 의자가 여기저기 놓여 있어 성안의 정취를 음미하기에 아주 적격이다. 봄이면 더욱 아름다울 저수지를 한 바퀴 돌아 남문으로 오른다. 남문으로 오르다 바라보는 마을이 저수지와 어울려 한 폭의 아름다운 그림으로 다가온다.

도심에 자리 잡은 중앙공원은 옛날 청주읍성의 치소다. 조선 시대 청주 목사가 다스리던 치소였고 역사적인 유적들을 간직한 곳이다. 시간과 일상은 역사적인 시설도 무관심하게 만든다. 공원은 지금 겨울의 끝자락에서 추위를 무릅쓰고 나온 어른들의 휴식공간이었다.

옛날 읍성의 규모나 흔적은 볼 수 없었지만 최근 읍성 일부를 복원한 곳이 보인다. 청주읍성에는 충청도 병마절도사영도 위치하고 있었다. 청주에서 가장 오래된 건물 망선루, 흥선대원군의 척화비 등 역사적인 유물이 이곳에 위치하고 있다. 또한 임진왜란 때 의병장이며 청주성을 탈환하고 700여 명의 의병과 함께 금산 전투에서 지휘하다 전사했던 조헌 선생 전장기적비와 영규대사 전장기적비 등이 위치하고 있다. 이 곳에서 얼마 떨어지지 않은 곳에 국보 41호로 지정된 용두사지 철당간 이 위치하고 있다. 주철에 새겨진 명문은 한국에서 유일하다고 한다.

청주에는 역사적인 유적들이 많다. 하지만 청주의 문화유적 중 고인 쇄(古印刷)박물관, 청주국립박물관 등 청주를 대표하는 시설은 시간이 없어 답사하지 못한 아쉬움을 남긴다.

시간은 청주 시내를 관통하는 무심천처럼 무심하게 흘러간다. 그 속 에 사람이 역사를 만들고, 지나간 삶을 흔적으로 기억하기도 하고 지우 기도 한다. 새로운 것을 창조하는 것도 중요하지만 역사적인 사실을 잘 관리하고 보존하여 후손에 물려주는 것도 중요한 일이라 생각된다. 이 땅에서 오늘을 살아가는 우리는 물론 앞으로 태어날 후대를 위하여 한 국인의 정신이나 얼을 전하는 것도 우리의 할 일이 아닌가 생각되기 때 문이다.

# 권율 장군의 정신
## — 행주산성


    일 년이 가고 새해가 되면 사람들은 누구나 자신의 건강과 안녕을 기원한다. 새해에는 어디를 가도 "새해 복 많이 받으십시오."라는 인사 문구가 시선을 모은다. 오늘은 서울 근교에 있으면서도 특별하게 마음을 먹지 않으면 찾아지지 않은 곳, 임진왜란 때 권율 장군이 대첩을 치른 고양시 덕양구 덕양산에 위치한 행주산성을 찾는다.

    2019년 새해가 시작된 지 며칠 되지 않은 날에, 합정역 2번 출구에서 921번 좌석에 오른다. 도심을 빠져나온 차는 시원하게 한강의 강변도로를 달린 후 행주산성 입구에 선다. 굴다리를 지나고 산성 입구 마을을 지나 행주산성 정문에 도착한다. 행주산성은 남서쪽으로는 한강과 절벽을 이루고 외곽은 고양평야와 접해 있는 곳으로 삼국시대부터 군사적 요충지로 그 가치를 받은 곳이다.

    조선이 200여 년간 평화로운 기운에 젖어 있을 때 일본에서는 도요토미 히데요시가 전국을 통일하고 그 여세를 조선으로 향했다. 1592년에 20만의 대군으로 부산에 상륙한 지 불과 20여 일 만에 서울이 함락되고 온 국토가 왜적에게 유린되었다. 천지를 곡성으로 가득하게 만든

행주대첩비. 비각 안에 있는 원래의 행주대첩비는 권율 장군 사후 휘하 장수들이 세운 한석봉 글씨의 비다. 정상에 위치한 행주대첩비는 1970년 행주산성 정화 사업 때 박정희 전 대통령의 글씨로 새겨진 석탑이다.

왜군이 평양까지 점령하게 되자, 조선의 국경인 의주까지 피난 간 선조 임금이 명나라에 구원병을 청하였다. 명나라에서는 조선의 요청을 받아들여 파병을 결정하고, 이여송이 이끄는 병력과 조선군의 연합작전에 의해 평양을 탈환하고 벽제관까지 내려왔으나 전투에서 왜적에게 패배한다.

이에 전라도 관찰사였던 권율 장군은 2,300여 명의 정예군과 승병·의병 등을 거느리고 전략요충지인 이곳 행주산성에 진주한다. 이 소식을 들은 서울 주둔 왜적 3만여 명이 위협을 느끼고 쳐들어와 수회에 걸친 치열한 전투를 치른다. 생사를 넘나든 전투에서 화살과 무기가 다 소진되어 투석전까지 펼쳤는데, 부녀자들까지 치마에 돌을 날라다 적에게 큰 피해를 주어 행주치마라는 명칭이 유래될 정도로 치열한 전투 끝에 적을 물리친다. 임진왜란 3대첩의 하나라 손꼽히는 감격적인 승리를 거둔 곳이다.

정문인 대첩문을 지나고 권율 장군의 동상을 만난다. 나라를 지키겠다는 우국충정 하나로 10배가 넘는 왜군을 물리친 장군의 기상이 오늘의 후손들에게 애국하는 마음을 말없이 전해 주고 있다. 충장사는 권율

행주대첩 기념관. 행주대첩 당시 압도적인 적의 병력에도 불구하고 전쟁을 승리로 이끌었던 각종 무기의 종류들이 전시되어 있다.

장군의 영정을 모신 사당이다. 조선 헌종 때 기종사라는 이름으로 지어졌으나 6·25 때 불타고 1970년에 다시 지었다는 한다.

삼국시대부터 있었다는 토성을 지나고 충의정과 행주대첩비를 본다. 충의정은 행주산성 영상교육관이다. 후세들에게 호국의 중요성을 알리는 장소다. 비각 안에 위치한 대첩비는 권율 장군이 돌아가신 후 휘하 장수들이 세운 한석봉 글씨의 비다. 안타깝게도 글씨가 마모되어 잘 알아볼 수가 없다. 정상에 위치한 행주대첩비는 1970년 행주산성 정화 사업 때 박정희 대통령의 글씨로 새겨진 15.2m의 석탑이다.

덕양정에 올라 한강을 내려다본다. 미세먼지로 시야가 흐려 조망이 좋지 않지만 유유히 흐르는 한강 위로 놓인 다리, 수많은 차량들이 물결처럼 흘러가고 흐린 조망에서 서울 시가지가 아련하다. 오늘의 역사가 이 행주대첩에서도 비롯되고 있음을 실감한다.

대첩기념관에 이른다. 이곳은 행주대첩 당시 10배도 더 되는 압도적인 적의 병력에도 불구하고, 전쟁을 승리로 이끌었던 각종 무기의 종류들이 전시되어 있다. 화차, 신기전, 총통 등 무기류를 포함하여 삼국시대 토기와 기와 등이 전시되어 있는데 화살 중에도 화약을 사용한 차대

전은 성문 누대와 진지 등을 파괴하는 강력한 무기이며, 세전은 총통으로 쏘는 작은 화살이다. 이밖에도 소전, 차소전 등이 있다. 또한 각궁. 수노, 삼지창 등이 시선을 끈다. 기념관에는 행주대첩도 이외에도 이치대첩도, 독산성 싸움도가 전시되어 있고 화차와 신기전도 눈길을 끈다.

권율 장군은 전쟁에 임하면서 "남자는 오직 의와 기만을 생각할 뿐이지 어찌 공적과 명예를 따지겠느냐."고 했다 한다. 전쟁의 승리는 군사의 다과에 있는 것이 아니라, 구국일념의 정신무장과 함께 뛰어난 무기, 그리고 지휘관의 뛰어난 전략이 그 주역임을 여기서 배운다.

"평화를 원하거든 전쟁에 대비하라."는 말과 유비무환이란 말이 우리 속담에도 있다. 임진왜란이 일어나기 전 이율곡 선생은 10만 양병설을 주장했다. 전쟁을 예방하기 위해서는 모름지기 평소에 튼튼한 국방이 있어야 함을 주장했지만 실현되지 못하고 결국 7년 동안 왜적에게 국토가 유린되었다. 수백만 명의 민생이 살육을 당하여 도탄에 빠지는가 하면, 국가의 존망이 위태롭게 되었다. 그 참담한 고통은 모두 백성들의 몫으로 돌아왔음을 우리는 역사를 통하여 알고 있지만, 이것도 시간이 지나면 기억에서 점점 멀어지려 하고 있다.

오늘 호국의 현장인 행주산성에서 나라를 생각하는 마음을 다시 확인하는 뜻깊은 하루다. 돌아 나오는 길에 행주산성의 명물, 담백한 원조 국수 한 그릇을 맛보기 위해 줄지어 서서 기다려 본다.

# 힘들지 않고 이루어지는 것은 없다
– 정양산성과 계족산

강원도 영월 화력발전소 부근에 위치한 계족산을 찾는다. 세상이 참 좋아졌다. 국력이 신장되고 있음을 상징적으로 보여주는 존재, 넓게 펼쳐진 고속도로와 자동차 전용도로가 시원하게 이어진다. 이들은 멀게만 느껴지던 거리를 가까운 이웃으로 단축시켜 놓는다. 몇 년 전만 해도 서울에서 영월까지 가려면 상당한 시간이 걸렸는데 지금은 2시간 만에 도착한다.

단종이 유폐되었던 아픈 역사 유적지인 청령포의 등이 굽은 푸른 소나무 군락지와 영월 시내를 외곽으로 돌아, 여기 남한강이 휘돌아 흐르는 아름다운 곳, 강변에 절벽을 이루고 서 있는 계족산이다. 주차장 옆에 영월 화력발전소는 연기도 나지 않고 가끔 흰 수증기만 뿜어내고 있다. 이런 기계 문명의 발전으로 오늘날 편리함을 누리고 있음에 감사한다.

주차장에서 대충 등산 준비를 마치고 등산로 입구로 향하는데 눈으로 덮인 밭에 노오란 꽃이 다발로 고개를 내민다. 한겨울 꽁꽁 언 황량한 밭에서 여린 봄의 전령을 본다. 영하의 날씨에도 복수초보다 먼저

정양산성. 영월에 위치한 태화산성. 완택산성. 대야성 중 가장 큰 성이라 하여 왕검성이라고도 불린다.

고개를 내민 가녀린 식물의 힘, 그것도 노오란 꽃대를 얼음 속에서 밀어 올린 것이다. 한 줄기에서 밀어 올린 꽃들이 부끄러운 듯 아직은 수줍게 뭉쳐서 실 같은 햇살에 눈을 내밀어 웃고 있다. 복수초도 아니고, 노루귀도 아니고, 바람꽃도 아닌 꽃이다. 꽃다지인가 했는데 잎의 크기와 꽃의 크기, 꽃의 출현 시기로 보아도 분명 아니다. 산야초 식물도감에도 없는 꽃의 이름이 무척 궁금하다. 땅에 엎드린 2~3cm 크기의 타원형 잎들은 털이 송송 나 있고 푸른색보다는 갈색이 더 많이 보인다. 아마도 추위를 이기기 위한 나름대로의 작전이 아닌가 생각된다. 한 겨울 추위에 이렇게 작고 여린 식물이 줄기마다 여러 갈래 꽃들을 밀어 올리는 힘은 어디에서 나오는 것일까? 사람들이 춥다고 움츠리고 있는 동안 자연은 끊임없이 생명활동을 하고 있으니 그 신비한 힘을 여기에서 본다. 봄이 정말 오기는 오는 것인지, 추운 날씨로 인해 봄은 너무 먼 이야기인 것만 같은데 여기서 봄의 기운을 눈으로 본 것이다.

등산로에 위치한 가래골은 물이 흐르다 얼고, 그 위에 다시 얼음이 얼었다. 등산로 곳곳은 간밤에 내린 눈이 낙엽을 덮어 경사진 길은 무척 미끄럽다. 인적이 드물고 산행이 적은 탓인지 길조차 희미한 곳을 오르려니 발길을 옮기기가 쉽지 않다. 게다가 바위를 타고 오르는 길의 연속이다. 낭떠러지 위에 전개된 바윗길은 한겨울에도 땀이 난다. 옷을 벗어 추위에 떨고 있는 나무들 사이로 겨울바람이 몰아치지만 땀이 나는 것이다. 어떤 사람들은 힘들게 등산을 왜 하느냐고 묻는다. 힘들기 때문에 산에 가는 것이다. 일종의 수행이기도 하다. 힘들지 않고 이루어지는 것은 없다. 힘들게 이루어 낸 것만이 기쁘고 보람도 느끼게 된다.

천천히 시간을 두고 오르는 거북이걸음의 인내가 정상으로 인도해 준다. 정상 표지석이 말없이 답을 해 온다. 해발 889m다. 일천 미터가 넘는 산들이 영월에는 많지만 이곳도 만만한 산은 아닌 것을 실감한다. 우리 속담에 "천리 길도 한걸음부터"라는 말이 있듯이 이렇게 차근차근 오르면 산행을 할 수 있는 일이다. 시작하기까지 마음의 결정이 어렵지 결심하고 행동으로 옮기면 절반은 완성되는 것이다.

주변 조망을 본다. 옷을 벗은 나무들 사이로 영월 시가지가 보이고 주변 산들이 모습을 드러낸다. 마대산, 응봉산, 태화산 등이다. 계족산 이란 이름은 산세가 마치 닭의 발처럼 생긴 산이라 하여 붙여진 이름이다. 정상을 허락한 산은 그냥 하산을 허락하지 않는다. 오를 때처럼 몇 개의 봉우리를 넘고 또 넘어야 하산을 허락하는 길이 나온다.

인간은 새처럼 날거나 소처럼 힘은 없지만 생각을 가진 동물이다. 사

정조대왕 태실. 순조 원년(1801년)에 세워졌다.

람의 생각에다 무한한 잠재력을 지닌 상상력을 더해 기계를 발명하고
이용했다. 물리적 힘으로는 할 수 없는 일을 가능하게 한 것이다. 여기,
현대의 편리한 공중 운반수단으로 활용한 케이블카의 흔적이 있다.
1934년 영월군 북면 마차리에서 구 영월 화력발전소까지 12km 구간에
석탄을 운송하였다는 우리나라 최초의 케이블카 표지판이 잔해와 함께
있다. 석탄 광산에서 탄을 캐어 케이블카로 운송하여 공급한 것이다.
이것도 세월의 무게를 견디지 못하고 지금은 한 시대의 유물로 남아 있
다.

　옛날이나 지금이나 백성의 생명과 나라를 유지하는 근본은 국토를
지키는 것부터 시작한다. 이는 그냥 지켜지는 것이 아니다. 그만큼 힘
이 들고 노력하지 않으면 안 되는 것이다. 사방이 산으로 가득하여 사
람이 부족한 이곳 계족산에 어떻게 쌓았는지 옛날 산성이 위용을 드러
내고 있다. 정교하게 다듬은 돌로 겹겹이 쌓아올린 석성 높이가 10m에

서 12m에 이른다. 거대하다. 신라, 백제, 고구려의 삼국시대 국토쟁탈전의 최전방이던 이곳을 지키기 위한 성으로 추측되는데, 둘레가 약 1.3km라 한다. 낭떠러지의 험준한 산세를 배경으로 성을 쌓았다. 무너진 곳이 많지만 아직도 완전한 형태로 남아 있는 것을 보니 그 당시 얼마나 많은 공력을 들여 쌓아올렸는지 짐작이 간다. 이곳은 영월에 위치한 태화산성, 완택산성, 대야성 중 가장 큰 성이라 하여 왕검성이라고도 하는 정양산성이다.

산성을 뒤로하고 내려오니 정조대왕의 태실이 시선을 집중시킨다. 옛날 선조들은 자손이 태어나면 태를 소중하게 생각했다. 더구나 왕이 될 왕자의 태실은 더 없이 소중하여 석실을 만들어 보관했다. 조선 22대 왕인 정조의 태실이 이곳에 있다. 지금 왕조는 가고 없어도 말없이 흐르는 남한강이 내려다보이는 곳에 석물로 설치된 태실은 여기에서 역사를 쓰고 있다. 이 태실은 순조 원년(1801년)에 세워졌다고 한다.

돌아보면 여행은 배움을 몸으로 체험하는 또 하나의 길이다. 우리 국토에 대한 답사 산행을 하면 이제껏 몰랐던 역사도 현장에서 몸으로 알게 될 때가 있다. 그래서 더더욱 국토의 소중함을 느끼게 된다. 추운 겨울에도 새싹들은 말없이 봄을 기다리고 있듯이 평소에도 우리 조상들의 소중한 자취가 서려 있는 우리 땅 우리의 역사를 찾아보는 것도 내일을 위한 국토 사랑이 아닐까 생각된다.

# 서울의 남쪽
## — 관악산과 호암산성

  복잡한 도시일지라도 사시사철 변화무쌍한 자연과 접할 수 있는 산, 그 중에서도 울창한 숲이 가까이 있는 지역은 축복 받은 땅이다. 서울에 살면서 산을 좋아하는 사람치고 서울의 남쪽 관악산을 모르는 사람은 아마도 없을 것이다.

  2월 하순 진눈깨비가 내리는 날 친구와 함께 관악산과 주변 산을 답사하기 위해 사당역에 내린다. 현재시간 9시 40분. 오늘은 관악산을 거쳐 삼성산과 호암산을 답사하고 석수역으로 하산할 계획이다. 국기봉에 설치된 태극기가 먼저 인사한다. 몇 개의 철 계단을 힘겹게 오르고 나면 관악산 정상과 연주대 가는 길이 나온다.

  연주대는 깎아지른 절벽 위에 설치된 암자다. 신라 문무왕 17년(677년) 의상대사가 연주암 창건과 함께 세워 처음엔 의상대라 하였다는데 고려 말 유신들이 멀리 개경을 바라보며 망국의 한과 두문동 72인의 충신을 연모하며 연주대란 이름을 지었다 한다. 풍광이 아름다워 사시사철 명승지로 이름이 높은 곳이자 관악산의 대표적인 명소이다. 연주암에 가니 12시가 조금 지난다. 넓은 경내에 불심으로 이루어진 기도처,

연주대. 신라 문무왕 17년 의상대사가 창건하여 처음엔 의상대라고 하였다가 고려 말 유신들이 멀리 개경을 바라보며 망국의 한과 두문동 72인의 충신을 연모하며 연주대란 이름으로 바꾸었다.

아름다운 전각들이 즐비하다. 서울과 과천 시민들이 즐겨 찾는 연주암에서는 매일 일정한 시간에 신도와 산행객에게 점심 공양할 수 있도록한다. 그런데 공양시간이 지났는데도 식사를 하라고 권한다. 마침 가져온 음식으로 식사를 하고 난 후라 공양을 하지는 않았지만 보살님이 베풀어 주는 따뜻한 마음, 한마디 말씀이 추운 겨울을 녹여 준다.

겨울산은 모두가 잠들어 있다. 그래서 봄·여름처럼 화려하지는 않지만 오히려 담백한 모습으로 다가와 우리네 마음을 청정하게 해 준다. 절벽에 서 있는 소나무의 늠름한 정경 등 자연이 창작한 작품 그대로의 풍경을 감상하면서 관악산의 절경인 여덟 봉우리, 팔봉을 지나는데 시간이 많이 소요된다.

이어서 무너미계곡을 따라 삼성산에 오르니 오후 3시 40분이다. 정상석은 없고 방송 안테나만 있는 인공물을 보고 내려오는데 저 아래 산중턱의 삼막사가 보인다. 삼막사는 신라 문무왕 때 의상, 원효, 윤필 등

3대사가 움막을 짓고 수도하던 곳으로 후에 절을 짓고 삼막사라 이름하였다는 곳이다.

삼성산에서 이어진 산맥을 따라 가다보니 한겨울에도 흘러나오는 샘이 있다. 산 위에 위치해도 물이 흘러나오는 신기한 찬우물 샘이다. 시원한 약수 한 잔에 기분이 새롭게 펼쳐진다. 호암산 정상에 올라보니 저 아래 서울대 캠퍼스가 그림같이 펼쳐져 있고 일천만 명이 모여 사는 서울 시가지가 한눈에 들어온다. 미세먼지 가득한 서울에서 심신을 달랠 숲과 산이 있다는 것을 항상 감사하게 생각했는데 여기 산정에서 보니 자연이 준 넉넉한 선물임에 틀림이 없는 일이다.

우리 선조들이 이 나라에 터를 잡고 살아온 지 반만년의 긴 시간이 흘렀다. 따라서 우리나라 어느 곳이든 역사와 전설이 서리지 않은 곳이 없다. 우리나라는 예부터 외적의 침입 많은 나라였다. 나라를 보위하고 민생을 보호하기 위해서는 안전한 방어수단이 반드시 있어야 한다. 따라서 주요한 지형마다 성을 쌓고 평시에도 전쟁에 대비를 해야 했다. 여기 호암산도 마찬가지다. 바로 호암산성이다. 산 정상을 둘러싼 성으로 성벽의 연장은 약 1.25km다. 험준한 곳의 정상에 위치하여 방어하기는 용이하지만 공격은 어려운 급경사형을 이루고 있는 산성이다.

이 성의 내부는 평지로 이루어져 있고 현재 산성 경내에 불영암이란 사찰과 한우물이란 신라시대 석축된 우물이 있다. 길이 17.8m × 13.6m, 깊이 2.5m 이상의 거대한 우물이다.

발굴 조사에 의하면 통일신라시대 유물이 다소 발견되었으며 잉벌내라는 명문이 발견되었다고 한다. 이 성은 신라 문무왕 때 당나라와의

한우물. 호암산성 내 신라시대 석축된 거대한 우물. 임진왜란 때에는 군용수로 사용되었다.

전쟁에 대비하여 축조된 것이며 임진왜란 때에는 선거이 장군이 이곳에 주둔하며 이 우물을 군용수로 사용했다는 기록이다. 물이 흘러올 곳이 없는 산 정상 자연 암반석 위에 어떻게 이렇게 많은 물을 저장할 시설을 하고 관리했을까 생각하면 선인들의 지혜가 정말 놀라울 따름이다. 오늘날에는 유물에 불과하지만 그 당시에는 국토를 지키는 필수 시설이었을 이곳에서 사방을 내려다본다. 이 산성은 안양과 금천 일대의 평야지대를 관할하던 요새지로서 멀리 서해안과 한강과 용산 등 북한산까지 조망되는 곳으로 서쪽을 방어하는 중요한 역할을 하는 곳이다. 산성 안에는 또 다른 우물과 건물지 등이 있는데 우물의 축조 방식은 경주 안압지의 축조 방식과 유사하다고 한다.

이곳에 오면 우리의 역사가 그냥 이루어진 것이 아님을 현장에서 체험한다. 좁은 면적의 성안에서 수천의 군사들이 사시사철 오르내리고 머물면서 국토방위를 위해 노고를 아끼지 않았을 그 당시의 상황을 생각하면 한 치의 땅도 얼마나 소중했을지 느끼게 한다.

시간을 보니 오후 5시가 지난다. 겨울의 해는 짧기만 한데 갈 길이 바쁘다. 어둡기 전에 하산하여 석수역까지 가야 한다. 성을 나와서 하산 길로 접어들자 경사 급한 돌계단이 나오고 길은 계속 이어진다. 그냥 오르기도 험한 길을 그 옛날 병사들은 무기며 식량, 연료 등을 운반하느라 얼마나 고생이 심했을까 하는 생각이 든다.

석수역이 보인다. 현재시간 17시 50분이다. 오늘 사당역에서 관악산, 삼성산과 호암산을 거쳐 여기까지 8시간 10분이 소요되었다. 산에서 자연과 함께 운동 겸 우리의 소중한 역사를 탐방하는 유익한 하루가 저문다.

# 다섯 장 꽃잎 모양
## – 독산성

    찔레꽃 향기가 진동하는 늦은 봄 오산 시내에 위치한 세마역에 내려 독산성으로 향한다. 몇 년 전 이곳 인근 물향기수목원에 다녀간 후 이곳에 독산성이 있다는 걸 알았다. 시내 아파트를 지나고 도로를 따라가는 길에 음식문화거리가 나온다. 한동안 길을 따라가다 보면 야산 중턱에 위치한 오늘의 행선지 독산성이 모습을 드러낸다. '독산성 세마대 산문'이란 일주문을 지나 오르다 보면 경사도로 주변으로 펼쳐진 녹음이 자연을 관찰할 여유로운 마음을 갖게 만든다. 바람이 불어도 등은 땀으로 흥건하게 젖는다. 그렇게 한참을 올라가니 성문 입구가 나온다. 안으로 들어서자 마치 기다렸다는 듯 아담한 사찰 보적사가 방문객을 맞이한다. 독산성 동문에 위치한 보적사는 삼국시대 축성과 함께 지어진 절이었으나 여러 차례의 전란을 겪었고, 중건이 반복되었다. 백제 시대 어느 노부부가 보릿고개에 끼니 잇기가 어려워지자 마지막 남은 쌀 두 되로 구차하게 사느니 부처님께 공양하자 결심하고 절에 시주하고 집으로 돌아왔더니 쌀이 가득 차 있는 기적을 발견했다고 하여, 신통력 있는 사찰 보적사로 이름 지었다고 전한다.

독산성. 백제 시대를 거쳐 통일신라와 고려, 조선 때까지 국방상 중요한 요충지 역할을 했다. 성안으로 들어가 위에서 보면 마치 5잎의 꽃 모양이다.

독산성 세마대. 권율 장군이 왜적에게 독산성 내 물이 부족한 것을 들키지 않기 위해 말 한 필을 전망 좋은 곳에 대령하고 말 등에 쌀을 부어 멀리서 보면 마치 말을 물로 목욕시키는 것처럼 보이게 하여 적이 퇴각토록 한 곳이다.

보적사. 독산성 동문에 있다. 가난한 어느 노부부가 마지막 남은 쌀 두 되로 구차하게 사느니 부처님께 공양하자 결심하고 절에 시주하고 돌아왔더니 쌀이 가득 차 있는 기적을 발견하게 한 사찰이다.

　우리가 살아온 우리 국토는 대륙과 해양의 다리 역할을 하는 곳에 위치하여 전쟁이 많았다. 우리는 남의 나라를 탐내거나 침략해 본 역사가 없는 평화를 사랑하는 민족이었다. 하지만 외세들은 끊임없이 이 땅을 침범하고 전쟁의 피바람을 일으켜 우리 민족을 못살게 굴었다. 그리하여 선조들은 생존을 위하여 방어벽인 성벽을 쌓고 전쟁에 대비하곤 했다. 독산성은 백제 시대를 거쳐 통일신라와 고려, 조선 때까지 국방상 중요한 요충지 역할을 한 산성이다. 성안으로 들어가 위에서 보면 마치 5잎의 꽃 모양이다. 오산은 평야지대로 인근에 산이 적은데 이곳 독산성이 위치한 곳은 비록 야산이지만 우뚝 솟아 멀리 수원 방향과 오산 일대를 한 눈에 내려다 볼 수 있는 곳이다.

　독산성이란 이름이 알려진 것은 임진왜란 당시 이곳에 주둔하던 권율 장군이 가등청정과의 전투에서 성을 성공적으로 방어하고 승리하면서부터다. 조선 선조 때인 1593년 7월 전라도 관찰사 겸 도순변사인 권율 장군이 조선을 구하고자 근왕병을 모집하여 올라오다 이곳에서 1만여 명의 군사로 진을 치고 있었다. 이 소식을 들은 한양 주둔 일본군이 가등청정을 대장으로 2만 명의 병력을 이끌고 이곳에 내려와 성을 에워싸고 전투를 벌였다. 조선군은 이곳 지형이 높은 곳에 위치하여 방어에는 큰 문제가 없었지만 문제는 물이 부족한 게 큰 약점이었다.

이곳 세마대의 전설에 의하면 독산성의 지세를 살피던 왜장 가등청정이 산성에 물이 귀함을 알고 물지게로 물을 담아 전달하는 등의 조롱을 하자 권율 장군은 말 한필을 전망 좋은 곳에 대령하고 쌀을 말 등에 부어 멀리서 보면 마치 말을 물로 목욕시키는 것처럼 하여 물이 풍부함을 과시하였다. 멀리서 이를 본 가등청정이 군사를 거두어 퇴각하였다고 한다.

또 다른 승전 이야기는 권율 장군이 장졸 간의 단결된 힘과 지역의 의병까지 합세하여 주·야간 등을 가리지 않고 수시로 왜군을 기습 공격하여 많은 사상자가 발생한 왜군들이 견디지 못하고 퇴각하였다는 이야기도 전한다.

임진왜란 발생 후 계속 패퇴하던 조선군도 이 독산성 전투의 승리로 큰 자신감을 얻었는데 이곳 전투의 승리로 인하여 수원과 양천, 행주산성으로 이어지는 통로를 확보하고, 독산성 아래 지역이자 곡창지대인 호남을 방어하는 데도 큰 역할을 한 것으로 전해진다.

산성 정상에는 세마대란 정자가 있는데 1957년에 건립한 것으로, 현판은 이승만 대통령의 친필이라 전한다. 성을 한 바퀴 돌아본다. 다시는 전쟁이 없을 것 같은 지극히 평화로운 시대다. 고만고만한 산들 아래 넓은 평원이 시원하게 펼쳐져 있고 숲속에는 현대식 주거지인 아파트가 모습을 드러내고 있다. 임진왜란은 까마득한 옛날 같이 느껴지는 풍경이다. 하지만 평화로울 때 평화를 지키기 위한 노력을 해야 하는 것이 고금의 진리다.

이곳 독산성은 둘레가 약 3.6km이고 높이가 2~3m의 석성으로 동서남북의 4곳의 정문과 암문이 있는데 옛 건물지 등을 2025년까지 발굴 조사 중에 있다. 이곳은 특히 영조와 사도세자 정조가 다녀간 산성이기도 하다. 정조는 사도세자의 능 가까운 수원에 화성을 건설하고 이곳 독산성을 화성의 외곽 방어선으로 중요시하였다.

선조들이 목숨으로 지킨 이곳이 지금은 입구까지 자동차가 오르내리고, 역사의 한 유적으로 남아서 오산 시민들의 휴식처로, 건강을 다지는 운동 장소로 그 역할을 대신하고 있다. 하지만 이 높은 곳에 적을 방어하고 생존을 지켜내기 위해 켜켜이 쌓아올린 성벽 돌 하나에도 백성들의 피와 땀으로 이룩된 것임을 생각할 때 한 뼘의 국토도 그냥 지켜지지 않았음을 실감한다.

# 겸손하고 부드러운
## – 방장산과 고창읍성

영하 12도라는 날씨에 버스를 타고 전남 장성과 전북 고창의 경계에 위치하고 있는 방장산과 고창읍성을 답사하기 위해 집을 나선다.

온 산이 하얗다. 나무들도, 바위도 세상에 존재하는 모든 것은 모두 한 아름 눈을 안고 있어 한겨울 잔치에 취해 있는 모습이다. 이곳 눈 속에서 모습을 드러낸 조릿대의 녹색 잎과 그 위에 덮인 하얀 눈이 선명하게 대비되어 색채의 멋진 조화를 이룬다.

눈이 20cm 이상 쌓였다. 눈길이 부드럽다. 순백의 하얀 대지는 순수함 그 자체다. 모든 근심도 걱정도 더러움도 미움도 원망도 모두 덮는다. 한참을 올라 우뚝 솟은 봉우리 바위와 나무가 서로 어울려 정으로 감싼 듯 풍경의 쓰리봉이란 표지석이 반긴다. 어찌해서 쓰리봉이 되었는지 모르지만 이곳에서 멀리 조망되는 정읍벌은 물론, 장성의 산과 들이 더 없이 깨끗하다. 하얀 들판, 현란하지 않은 단색의 고요하고 순수함은 마음까지 편안한 느낌으로 다가온다.

봉수대를 지나고 방장산(743m)에 이르기까지 산이 겸손하다. 방장산은 산이 크고 넓어 백성들을 감싸준다는 뜻이라고 한다. 그래서 그런지 봉우리들이 높이를 자랑하지도 아니하고 산길도 크게 힘들지 않게 맞아 준다. 나무들도 심심하지 않게 종류를 바꾸어 가며 모습을 보여 준다. 한겨울이라 가지마다 눈을 가득 안고 있어서 자세하게는 모르지만, 푸른 소나무가 있는가 하면 조릿대, 편백나무도 있고 잎들을 모두 버린 이름 모를 나무들이 저마다의 특성에도 불구하고 사이좋게 지내고 있다. 사람도 이처럼 서로 의지하고 배려하고 조화롭게 사는 모습이면 더 없이 좋을 것이라 생각된다.

햇볕이 다소곳하게 내려앉은 양지바른 나무 사이로 새들이 숨는다. 작은 새들이 열매를 먹다가 황급하게 날아가는 모습이 보인다. 이 겨울, 춥고 먹을 것도 부족한 힘든 계절에 꿋꿋하게 살아남아 살아가는 것이 고맙고 신기하다. 한편으로는 이곳 산이 저들의 집이자 터전인데 사람들이 무단으로 와서 놀라게 했으니 이 또한 미안한 일이다.

방장산에서 이어진 억새봉은 고운 잔디로 덮여 있어 행글라이딩 장으로 이용되고 있다. 이곳은 탁 트인 위치여서 시야가 충분히 확보되고 산봉우리와 계곡 그리고 이어진 들판 등 멀리까지 보여 조망도 좋다. 이런 곳에서 날아오르는 상상만 해도 가슴이 탁 트인다. 저 아래 남쪽 장성 방면으로는 방장산 휴양림이 위치하고 있고, 북쪽으로는 고창읍이 고즈넉이 자리 잡고 있다. 방장산은 방등산이라 하기도 하는데 지리산, 무등산과 함께 호남의 삼신산 중의 하나로 손꼽는다고 한다.

방장산(방등산)은 고창의 진산이자 영험한 산으로 알려져 있다. 이곳 방장산 억새봉에는 〈방등산가〉비가 서 있다. 옛날이나 지금이나 나라가 어지럽고 살기가 고단하면 민초들의 삶은 더욱 피폐해진다. 삼국을

方等山歌碑

方等山在臨州屬縣長城之境 新羅末滅城大起擄此山 民家子女多被擄掠 長日縣之女亦在其中 作此歌以誠其夫不即來救也 一品麗史樂志

방등산은 나주의 속현인 장성의 경계에 있는데 신라 말 도적이 크게 일어나 이 산에 웅거하였는데, 양가 여자들이 많이 음탈해 잡는데 장일현의 여인도 그 안에 있었다. 이 노래를 지어 남편이 즉시 와서 구해주지 않음을 풍자하였다.

방등산가는 신라 말에 지어진 백제 후예의 노래이다. 가사는 전하지 않으며 위와 같은 해석만 전하는데, 장일현은 장성이라와 주민이 옛 기록도 있다. 또한 방등산은 방등산(方等山) 또는 방장산 (方丈山)이라고도 부르는데, 고창 고을의 신산(鎭山)이 되며 예로부터 영산(靈山)으로 방장여의 받들어 이때 아스라히 넌넌 세월이 흘렀으나 이 노래에는 당시 고인의 삶을 살던 반초같은 애송한 사연이 담겨 있거늘 그 애달라만 되는 이 산에 충만했의 마음을 모아 삼가 이 노래비를 세운다.

2014. 2. 28
고창군·고창문화원

〈방등산가〉비. 방장산을 방등산이라 하기도 하는데 지리산, 무등산과 함께 호남의 삼신산 중 하나이다. 〈방등산가〉는 도적에 잡혀간 아내를 구해주지 않은 남편에 대한 아내의 서러운 마음이 담겨 있다는데 노래 가사는 전해지지 않고 있다.

통일한 신라의 국운이 쇠약해져 나라가 어지러울 때, 도적들이 이 산에 웅거하면서 부근 양민들을 잡아다 괴롭히곤 하였다고 한다. 이런 가운데 도적들에게 잡혀 온 한 여인이 있었다. 아내가 잡혀 와도 도적이 무서운 남편은 아내를 즉시 구출하지 못했다. 아내는 서러운 노래를 불렀는데 이렇게 부른 노래가 〈방등산가〉이다. 남편이 즉시 구해주지 않음을 풍자한 노래라고 한다. 아쉽게도 노래 가사는 전해지지 않고 있다.

벽오봉을 지나고 배넘이재, 양고살고개까지 약 12km 구간, 눈으로 덮인 겨울 산길을 종주하니 5시간 가까이 소요된다. 고창과 장성을 이어주는 양고살고개는 병자호란 때 고창 출신 박의 장군이 누루하치의 사위인 양고리를 살해하여 붙여진 이름이다.

고창은 고창읍성을 비롯하여 세계유산인 고인돌, 선운산 도립공원, 판소리 여섯마당을 집대성한 신재효의 고택, 그리고 이곳 출신 시인 미

고창읍성 정문. 공북루는 고창읍성의 정문이자 북문이다.

당 서정주의 문학관과 생가 등 많은 문화재와 명소들이 있는 곳이다.

일행들이 식사 중인 시간을 잠시 이용하여 인근의 고창읍성 북문인 공북루를 답사한다. 기록에 의하면 읍성은 단종 원년에 왜침을 막기 위해 전라도 각 군현의 주민들이 동원되어 축성한 성곽이다. 성벽은 방어하기 쉬운 높은 언덕 위에 석축으로 쌓았는데, 높이가 4~6m, 둘레가 1,684m이며, 성내 면적은 165,848㎡라 한다. 동원된 각 고을마다 위치를 정하여 자연석을 다듬고 운반하여 축성하였으니 그야말로 민초들의 땀으로 완공을 보게 했다.

이곳 성을 도는 답성놀이는 여인들이 작은 돌 하나씩 머리에 이고 성곽을 도는 풍습으로 지금까지 전해오고 있다. 한 바퀴 돌면 다리 병이 낫고 두 바퀴 돌면 무병장수하며 세 바퀴를 돌면 저승길이 환히 보여 극락에 갈 수 있다는 전설이다. 성 입구에는 조선 후기 판소리를 6편으로 집대성한 신재효 고택과 판소리 박물관이 위치해 있는데 아쉽게도 방문하지 못했다. 혼자 온 길이 아니라서 아쉽지만 다음을 기약한다.

오늘 하루 겨울 속의 한 줄기 햇볕 그리고 바람, 눈 속 산행을 하면서 깨끗하고 청정한 자연을 즐겼다. 자연에서 왔다가 자연으로 가는 것이 살아 있는 생물들의 운명이다.

사람이 한 평생을 살면서 어디에 가치를 두는가 하는 것은 사람마다 다르다. 무슨 일을 하든 자신의 삶에 가치를 부여하고, 자신이 살아온 나라와 자신의 주변을 살피며 자연과 더불어 평범하고 건강하게 살아 가는 것도 삶의 한 방법이자 즐거움의 하나라 생각된다.

# 붉은 치마를 두른 것처럼
## – 적상산성

전북 무주군에 위치한 적상산을 가기 위해 길을 나선다. 아직 어둠이 지배하는 새벽 공기가 차다. 하지만 삶을 영위하는 도시민의 바쁜 일상은 새벽이라고 예외는 없다. 날씨가 흐리고 추위가 몸을 움츠리게 한다. 11월 하순의 전형적인 날씨다. 이제 단풍도 지고 나니 겨울이 더 가까이 온 느낌이 든다. 남으로 달리던 차는 적상산 입구에서 몇 시간의 휴식에 들어간다.

대륙에 붙은 한반도에서 역사를 이어왔던 우리 민족은 항상 외침에 시달려 왔다. 산속 척박한 곳에서도 끈질기게 자리를 잡아 생계를 영위하고 후손을 기르던 우리 민족은 전쟁이 나면 생존을 위해 성을 만들고 생명을 걸고 나라와 지역을 지키면서 오늘에 이르렀다.

적상산은 무주읍의 진산이다. 무주는 높은 산속에 위치한 곳이다. 금강의 지류가 적상산을 감돌고 있는 지형에 위치한 적상산은 주변에서 가장 높은 곳이다. 입구에서 바라본 산 정상부는 병풍처럼 늘어선 바위가 아름답기도 하지만 가파른 층암절벽으로 둘러싸인 곳으로 천연 요새와 가깝다.

안국사. 적상산 정상 부근에 위치해 있다. 조선 광해군은 이곳에 사고를 설치하고 사고를 지키는 수직승의 기도처로 삼았다.

　덕유산 국립공원에 속하는 적상산을 답사하기 위하여 서창 안내소 부근에 내리니 몇 채의 가옥이 다소곳이 앉아 있다. 사람 사는 정이 느껴지는 곳이다. 집집마다 감나무가 있고 감을 추수한 후 몇 개의 감을 달아 놓아 새들의 한겨울 식량으로 제공하는 여유도 보인다. 또한 산행객을 위해 깨끗한 화장실도 제공하고 있다. 이곳이 마지막이라며 볼 일을 보고 가라는 주민의 말씀도 따스하다. 도시의 여느 화장실 못지않게 따뜻한 물도 나오니 감사한 마음 가득하다. 세상 참 좋아졌다. 불과 수십 년 전만 해도 포장된 도로가 별로 없었는데 오지인 이곳에도 잘 포장된 도로가 산행객을 반기는 것을 보면 그만큼 경제가 발전되고 잘 살고 있다는 증거일 터이다. 한적한 이곳에 식당 3곳이 위치해 있는 것을 보면 휴일이나 단풍철이면 많은 산행객들이 모일 것이라 예상된다.

　적상산 정상을 향하여 오르는 길이 가파른 산세에 비해 그다지 험하지 않다. 천리 길도 한걸음부터라 했다. 초겨울 입구라서 나무들이 모두 옷을 벗어 낙엽이 가득 쌓인 길을 한발 한발 천천히 올라간다. 계단으로 된 데크를 지나고 나면 최영 장군이 장도로 바위를 잘랐다는 장도

적상산 사고. 임진왜란을 겪은 조선 광해군이 북쪽 후금이 강성해지자 묘향산에 있던 사고를 이곳으로 옮겨 《조선왕조실록》 등을 보관했다.

바위가 나온다.

사방이 깎아지른 절벽 사이 길이 열리고, 다시 9부 능선 부근에서 산성이 보인다. 적상산성이다. 누각과 아취의 성문이 없는 일반 통로의 산성이다. 성의 수축 년대를 정확히는 알 수 없으나 삼국시대로 추정하고 있다. 이곳 안내판에 의하면 백제가 신라와 국경을 맞닿은 곳, 나제통문이 위치한 부근에 국경 수비를 위해 쌓은 것으로 추정하고 있다. 신라가 삼국을 통일하고 고려 초기까지는 성을 방치했으나 고려 중기 이후 거란과 왜구의 침입으로 부근 지역 주민들이 이 성에 의지하여 안전을 도모하였을 것으로 보이며 임진왜란 이후 이곳의 중요성이 대두되었다고 한다.

성벽의 길이는 8,143m로 성내 면적은 약 215,000㎡라 한다. 산행을 왔으니 정상 방문은 필수다. 적상산의 주봉인 향로봉은 1024m로, 주변 산들이 모두 이곳을 향하여 엎드려 있는 듯하다. 아래는 운해가 덮고 있어 마치 잘 그려진 동양화 속으로 들어온 느낌이다. 11월 말 산 정상

적상산성. 붉은 치마를 두른 듯 아름답다는 적상산에 백제가 신라와 국경이 맞닿은 이곳. 나제 통문이 위치한 부근에 국경 수비를 위해 쌓은 것으로 추정하고 있다.

은 기온이 뚝 떨어진다. 힘들게 쌓아올렸을 성벽들을 돌아 성내를 살펴본다. 안개 낀 산정은 나무에 상고대가 형성되어 자연의 신비를 더 한다. 아래에서는 느끼지 못하던 겨울이 어느새 바짝 다가왔음을 실감하게 한다.

산 정상 부근에 있는 안국사가 늠름하다. 전각이 15채의 안국사는 고려 충렬왕 3년 (1277년)에 창건한 절이다. 조선 광해군은 이곳에 사고를 설치하고 안국사를 중수하여 사고를 지키는 수직승의 기도처로 삼았고 영조 때 법당을 다시 지으며 안국사라 했다.

안국사에서 길을 따라 조금 내려가다 보면 적상산 사고가 나온다. 적상산 사고는 임진왜란을 겪은 조선 광해군이 북쪽의 후금이 강성해지자 묘향산에 있던 사고를 이곳으로 옮겨(광해군 6년, 1614년) 《조선왕조실록》 등을 보관했던 장소다. 이 높은 곳에 사고를 설치한 것을 보면 조선 왕조가 자신들의 역사와 기록을 얼마나 소중하게 보관하고 유지했는지 알 수 있다. 하지만 나라가 망하고 적상산 사고도 폐지되는 운명을 맞았다. 현재의 사고는 건물을 복원한 것이다.

적상산 사고를 떠나 더 아래로 내려가면 적상산 양수 발전을 위한 적상호가 나온다. 밤에 하부의 물을 끌어올려 낮에 필요한 전력을 생산하기 위한 저수지다. 국가가 필요한 에너지를 확보하기 위한 절실한 노력의 일환이다. 이곳의 발전량은 전북도민 전체가 3시간 반 동안 사용할 수 있는 전기량이라 하니 실로 엄청남을 느낀다.

적상산, 붉은 치마를 두른 것처럼 아름답다는 산이다. 우리 선조들은 살아남기 위해 이런 높은 곳에 힘들게 성을 쌓았고, 골짜기 마다 삶의 터전을 이루었다. 오늘 하루 이곳에서 우리의 역사와 국토의 소중함을 체험하고 다시 오던 길을 되돌아서 하산을 한다. 낙엽이 가득한 등산로를 따라 겨울이 내려오는 듯하다. 산촌의 이른 추위에 사람들이 모두 집으로 들어갔는지 동네가 쓸쓸하다. 젊은 사람들이 떠난 고장, 그래도 우리가 대를 이어 살아가야 할 터전이자 소중한 우리 국토다.

4 부

섬, 그곳의 발자취

# 서해 최북단 백령도 가는 길
– 대청도

　10월 단풍이 다가오는 좋은 계절, 인천항 연안 부두, 우리 대한민국에서 북으로 가장 멀리 갈 수 있는 곳 백령도·대청도·소청도 그곳에 가기 위해 아침 7시 50분 여객선에 오른다. 비가 오는 날씨에다 뱃고동이 뿌우 뿌우 소리를 내니 여행을 떠난다는 즐거움보다 착잡한 감회가 마음을 가라앉게 한다. 복잡한 인천항 부두를 떠나고 지정된 좌석에 앉으니 흐린 날씨라 조망이 어렵다. 배가 출항한 지 3시간, 졸다가 깨어 보니 바다 한가운데라 어디가 어딘지 분간하기도 어려운데 심하게 요동을 친다. 하늘이 한번 보이더니 바다만 보이고, 다시 하늘과 바다가 반복으로 보이면서 서 있기가 힘들다.

　소청도에 들른다는 안내 방송이 나온다. 동서 9km, 200여 명의 주민이 거주한다고 하는데 지도에서 보는 것보다는 그래도 큰 섬이다. 여기는 우리나라에서 두 번째로 오래된 등대가 있다는 곳이다. 선착장에 도착하는가 싶었는데 다시 출발하고 10분 후 대청도 선진포구에 도착한다. 인천에서 떠난 지 무려 4시간이다.

　처음으로 찾은 대청도, 1,600여 명이 터전으로 살아가는 땅. 미지의

매바위 전망대. 대청도는 과거 사냥용 매인 해동청의 서식지이자 채집지였다.

지역을 찾는 기쁨에 마음이 설레기도 하니 살아온 나이도 소용없는가 싶다. 4시간의 바닷길을 달려간 대청도, 흐리고 파도가 심했는데 언제 그랬느냐는 말이 저절로 나올 정도로 날씨 좋아진 선진항에 닿는다. 육지에서만 살다가 바닷가 포구 풍경은 또 다른 맛을 안겨 준다. 산 아래 펼쳐진 조용한 어촌의 풍경, 바다와 방파제 그리고 작은 선박의 질서 정연함이 시선을 사로잡는다.

대청도는 자연경관이 빼어난 곳이다. 먼저 대청도의 조망을 감상하기 위해 이곳의 최고봉 삼각산으로 향한다. 해발 343m, 육지 산에 비하면 높지 않지만 인천시 관할에서는 두 번째로 높은 산이라 한다. 골짜기마다 마을들이 그림처럼 숨어 있고 해안가 포구와 백사장이 아름답게 펼쳐진다. 바다 건너 소청도, 그리고 백령도가 이웃해 있는 것을 제외하곤 푸른 바다 망망대해다. 더구나 바람까지 불어오니 가슴까지 뻥 뚫린 상쾌함이 느껴진다. 주차장에서 금방이라도 날아오를 것 같은

옥중동 사막. 1.6km에 달하는 광활한 모래사막이다. 마치 고운 콩고물 같은 미세한 모래가 바다에서 불어오는 바람에 의해 산을 이루었다.

매 조각상이 위용을 자랑하고 있는데 하늘을 나는 사냥꾼 매의 기분이 이런 것이 아닐까 싶다

서해의 최북단. 그 이상은 더 갈 수 없는 이북이다. 남북이 대치하고 있는 해상의 최북단 경계선, 국토방위의 요충지다. 백령도와 대청도, 소청도는 위로부터 아래로 나란히 위치하고 있어 마치 정다운 삼형제 같은 모습이다. 면적도 백령도, 대청도, 소청도 순이다.

대청도는 거의 전부 산이다. 일용할 식량인 벼를 재배할 들판은 거의 없고, 90%가 어업으로 생활을 하는 곳이라 한다. 이곳 주변은 천혜의 바다로 꽃게는 물론 우럭과 놀래미 등 어족 자원이 풍부하고 특히 꽃게 철에는 선장이 아닌 선원들의 수입도 상당하다고 한다.

농여해변에 기암괴석의 단층이 세로로 선 바위와 미아동해변에 끝없이 넓게 펼쳐진 모래는 장관이다. 바닷물이 끝이 보이지 않을 만큼 멀리까지 빠져 나가면 넓게 펼쳐지는 모래밭과 풀 등이 아름다운 곳, 바로 천혜의 땅이 전개되는 곳이다. 더구나 흔적을 남기지 않을 만큼 단단한 모래를 따라 걸어가다 보면, 건너편 백령도가 걸어서 건너갈 수 있을 정도로 보인다. 또한 모래사장에 순비기나무들이 군락을 이루며 작은 열매를 달고 바람에 일렁이는 모습이 앙증스럽다. 나무도 풀도 아

모래울해변 전경. 굽거나 휘어진 아름드리 붉은 노송들이 무리지어 있는 아름다운 해변이다.

닌 것에다 나무라는 이름을 지어 놓은 것도 이색적이지만 하고 많은 땅
을 두고 이런 척박한 모래땅에다 삶의 터전을 잡았는지 모르겠다.

모래울해변은 굽거나 휘어진 아름드리 붉은 노송들이 무리지어 자연
의 아름다움을 연출하고 있다. 푸른 바다와 넓은 백사장과 푸른 노송은
어느 화가도 창작하지 못할 자연의 아름다움일 것이다. 한국의 아름다
움은 품격 있는 붉은 노송들을 자연스럽게 펼쳐놓은, 그 멋있는 자태에
서 비롯된 것이 아닌가 하는 생각을 하며 마음껏 만끽한다.

대청도는 섬이 넓어서 여행사 차를 타지 않고 걸어 답사하기는 힘들
정도로 명소도 많고 거리도 만만하지 않는 것 같다. 버스를 타고 옥죽
동해변의 모래사막으로 간다. 사막은 길이만 1.6km에 달하는 광활한
지역으로 마치 고운 콩고물 같은 미세한 모래가 산을 이루고 있다. 바
다에서 불어오는 자연의 바람이 쌓아 올린 것이다. 사막 주변에 방사림
을 조성하여 피해가 많이 줄었지만 이곳 처녀들은 모래 서 말을 먹어야
시집을 간다는 말이 있을 정도로 어려움을 겪었다고 한다. 지금은 넓은
면적의 모래사구가 아름다운 숲을 이룬 해송과 함께 어울리며 대청도
의 이름난 명소 중의 하나가 되었다.

여행에서의 음식은 또 다른 매력이다. 이곳 대청도는 꽃게와 우럭 홍어로 유명한 곳이다. 특히 홍어는 흑산도보다 이곳에서 더 많이 잡힌다고 한다. 싱싱한 꽃게로 만든 매운탕은 바다를 그대로 옮겨 놓은 듯 푸짐하고 달콤하다. 갓 잡은 싱싱한 우럭회도 감칠맛이다.

여행사 소유 숙소에서 따뜻한 하루 밤을 지내고 식당에 가니 가정식 아침이 나온다. 해조류와 생선 그리고 각종 반찬 등. 여행사 소유 펜션에서 이곳 가족들이 정성껏 마련해 준 음식들이 깔끔하고 좋다. 40여 명분의 음식을 이곳 사장의 어머니와 젊은 아내가 모두 시간에 맞추어 준비한 것이다. 식당이란 느낌보다 집에서 맛보는 포근하고 정겨운 음식 맛 그것이다.

대청도는 원나라 마지막 황제인 순제가 11세인 태자 시절 1년여 동안 유배생활을 했다는 곳이며 인천에서 약 200km 떨어진 섬이다. 대한민국 국민으로서 갈 수 있는 가장 북쪽에 있는 소중한 곳, 백령도 · 대청도 · 소청도다. 국방의 요지인 그곳에 터전을 이루고 사는 사람들이 있어 고맙고, 거센 바닷바람과 추위를 감내하며 한 뼘 땅이라도 소중한 내 나라 우리 국토를 밤낮으로 지키는 해병대원들의 노고가 있어 가능한 일이다.

여행은 그 자체가 소중한 경험이자 자산이며 공부다. 부족한 부분을 채우면서 자신을 돌아보는 기회도 되는 것이며, 나아가 국가나 국토에 대한 생각을 다듬는 기회도 되는 것을 느끼게 된다. 아름다운 대청도, 멀리 위치하고 있지만 우리의 소중한 국토임을 다시 한 번 실감하면서 여객선에 몸을 싣는다.

# 백상어의 이빨

## — 백아도

    아침 햇살을 맞으며 인천항 연안 부두를 출발한 배가 바다를 가른다. 바다로 나오니 해방된 기쁨에 가슴이 트이는 듯하다. 흰 물결을 만들며 달리는 뱃전에서 바라보는 무의도는 잠든 듯 고요하고 하얀 부표들이 떠 있는 바다는 한없이 여유롭다. 여객선 안에는 이야기꽃이 피고 만면에 웃음이 가득하다. 일상에서 벗어난 자유와 여행이라는 즐거움이 밝고 행복한 얼굴로 바꾸어 놓는다. 영흥도 앞바다에 이르자 대형 선박 10여 척과 컨테이너를 실은 배들이 유유히 항해하고 있는 풍경이 눈에 보인다. 크고 작은 섬들을 스치고 지나는 뱃길 두 시간이 지나면 덕적도 진리항에 도착해 모두 하선한다. 백아도로 가는 배는 덕적도에서 다시 갈아타야 한다. 덕적도에서 소야도를 잇는 다리 공사가 한창이다. 30분을 기다려 도착한 배에 올라 문갑도, 굴업도를 거쳐 백아도까지는 한 시간 반이 소요되었다.

    백아도는 옹진군 덕적도의 부속된 섬으로 그 모양이 먹이를 노리는 백상어의 이빨과 흡사하다고 하여 붙여진 이름이라 한다. 25세대 40명이 거주한다는 백아도는 생각보다 큰 섬이다. 선착장에서 마을까지 잘

백아도마을. 백아도는 그 모양이 먹이를 노리는 백상어의 이빨과 흡사하다고 붙여진 이름이다.

닦여진 도로를 달리다 보니 동네가 나오는데, 어느 섬이나 농촌이나 고향을 지키는 사람의 대부분 연세든 어르신들뿐 인데 이곳도 예외가 아닌 듯하다. 집들이 낮게 엎드려 있고 3층 건물은 보건지소가 위치한 곳이다. 오래된 느티나무가 있는 이 작은 마을에도 존재하는 교회가 신기하고, 집집마다 전기·수도는 물론 인터넷이 설치되어 문명의 이기를 누리고 있어 우리의 생활 문화 수준을 가늠하게 한다.

부두에 내리니 민박집 주인이 차를 가지고 대기하고 있다. 짐을 싣고 민박집에 도착하니 정갈하게 준비된 음식에 식사가 즐겁다. 점심을 먹고 산행에 나선다. 곳곳에 진달래가 선명하다. 진달래뿐만 아니라 자주색 각시붓꽃, 노랑 각시붓꽃과 소사나무를 비롯하여 산벚나무, 망개나무로 불리는 청미래 덩굴 등 봄을 맞이하는 각종 식물들이 자신들의 모습을 드러내기에 여념이 없는 자연의 보고다. 내일 산행을 위해 남겨둔 구간을 제외한 두 시간 반 남짓 산행을 한다. 높지 않은 봉우리지만 몇 개의 봉우리를 넘고 보니 땀이 몸을 휘감는다.

다음날 아침 바다 위로 뜨는 일출을 감상하고, 깎아지른 절벽을 감상하며 남봉에 오른다. 억겁의 시간 동안 파도와 햇빛과 자연이 만들어낸

백아도 부두. 백아도는 생각보다 큰 섬이다.

경관에 탄성이 절로 난다. 쉽지 않는 남봉 등산로와 동백 군락지를 돌아 나오면 바다와 경계로 길게 닦여진 도로와 만난다. 아침 두 시간의 산행은 바다와 산을 두루 감상할 수 있는 좋은 기회가 된다.

인간이 아무리 유능해도 자연현상인 밀물과 썰물의 위력 앞에서는 미미한 존재임을 확인하는 계기가 있었다. 새벽 일출 때까지만 해도 해변에서 멀리까지 밀려난 썰물로 인해 갈매기도 백사장에서 쉬고 있었는데 산행을 하고 오니 상황이 완전히 달라졌다. 백아도 명물인 기차바위를 답사하려 했다. 멀리서 보아도 멋있게 조각된 바위 집합체다. 밀물 때는 갈 수 없는 곳이다. 그런데 썰물 때 밀려갔던 바닷물이 무섭게 흐르더니 7~8m 높이의 부두가 잠길 만큼 푸른 물결이 도도한 강물처럼 흐르면서 순식간에 차올랐다. 바닷물이 밀려오는 거대한 광경을 보니 자연의 위대함과 신비로움에 할 말을 잊었다.

사람이 살아가는데 직업은 필수다. 나름대로 적성에 맞는 일을 찾아서 하되 즐겁게 해야 피곤하거나 싫증나지 않고 오래 할 수 있다. 바다에 둘러싸여 있는 섬이란 곳에서 할 수 있는 일은 고기를 잡거나 관광객을 상대로 하는 일이다. 그런데 이런 일을 천직으로 삼아 바쁘면서도 즐겁게 하는 사람이 바로 이곳 주인 부부다. 경기도 여주가 고향이라는 이곳 주인의 생활력은 보통 강한 게 아니다. 제대로 된 밭 하나 없는 이곳은 고기잡이 이외는 크게 소득 될 것이 없어 보이지만 이곳 민박 주인은 부부가 함께 고기도 잡고 민박도 운영하는 만능선수이기 때문이다. 일행이 식사 후 산행을 하러 나가자 트럭을 타고 선착장에 간 부부가 함께 배를 타고 고기를 잡아 다시 집으로 돌아온다. 그리고는 회를 뜨고 매운탕을 끓이는 등 식사 준비를 하는데 빠르기도 하거니와 솜씨가 여간 아니다. 이런 가운데 잡은 고기를 말려서 외지에 팔고 봄철 나물도 팔고 있다. 이 모든 것을 부부가 함께하면서 웃고 즐기는 얼굴 모습이다. 그리고 다음날 아침 · 점심까지 19명의 식사를 차질 없이 준비하는 모습이 직업에 대한 긍지와 손님에 대한 정성과 배려의 마음을 느낄 수 있다.

사람이 도시나 섬, 농촌 등 어디에 살든 자신의 역할을 충실히 하면서 소박하고 자신의 분수대로 즐겁게 살아가는 것이 사람으로서 기본적인 자세가 아닌가 생각된다. 자신의 터전을 지키면서도 마음의 여유를 가진 사람들, 그런 삶이 아름답게 느껴진다. 다녀 온 사람들이 오랫동안 기억하는 섬 백아도, 청정한 지역에 청정한 마음들이 모여서 살아가는 섬이자, 찾는 기쁨 또한 크게 누린 섬이다. 이후로도 자연식생과 경관뿐만 아니라 터전으로 살고 있는 동네 인심까지 잘 보존되어 찾는 기쁨을 다시 누리는 기회가 있으면 한다.

# 물이 돌아 흐르는 모퉁이
― 석모도

영하 13도다. 올 한 해를 마감하는 송년 산행을 위해 오전 6시 반, 아직 컴컴한 새벽에 집을 나선다. 봄이 지나고 여름의 열정이 가득하던 때가 어제 같은데 가을이 지나고 다시 한겨울이다. 나이가 드니 주변 이웃들이 함께하던 산행도 건강 상 참여하지 못하는 안타까운 일들이 발생한다. 우리 인생도 태어나서 성장하고 인생을 알 만하면 노령기에 다다른다. 나이가 들면 건강해야 하고 마음을 나눌 친구가 있어야 한다. 함께 산행을 하고 정겨운 사람들을 만나기 위한 강화도 옆 석모도 송년 답사 산행이다.

새벽에 떠나는 산행은 혼자가 아니다. 아내가 잠을 설치며 일어나 어느 틈에 김이 모락모락 오르는 밥을 따뜻한 국과 함께 내어 놓는다. 따뜻한 밥 한 그릇을 위해 적어도 한 시간은 먼저 일어나 이것저것 챙겨야 하는 정성은 물론, 몇 십 년을 힘들어도 함께 살아 준 아내가 오늘 아침 다시 고맙게 느껴진다.

천호역에서 산악회 버스를 타고 북부 순환도로를 거쳐, 고려시대 몽고군의 침략을 피해 수도를 옮긴 강화도의 외포리를 지나 석모도 다리

보문사. 남해의 보리암, 동해의 낙산사 홍련암과 함께 우리나라 3대 관음 기도처이다.

를 건넌다. 얼마 전까지 외포리는 석모도를 연결하는 중요한 항구로, 사람들이 선착장에서 시간에 맞춰 배를 기다리다 함께 타고 건너갔는데 지금은 배 시간을 따로 기다리지 않아도 되니 세상이 참으로 많이 변하고 발전한 것을 느낀다.

산행 들머리는 석모도 입구의 진득이 고개다. 단단하게 무장을 하고 석모도의 아기자기한 등뼈인 등산로를 답사하기 위해 계단을 올라서 능선을 넘고 봉우리를 넘는다.

한 해가 저물어가는 세모이자 모든 사물이 움츠린 겨울에 보는 석모도는 차라리 처연하기까지 하다. 몇 해 전 봄 이곳에 왔을 때는 나무들이 저마다의 모습으로 특색 있는 꽃을 피워 올리고 아름다운 자태를 자랑했는데, 이 겨울에는 나무들도 낙엽이 지고, 바닷물이 밀려가간 갯벌도, 산 위의 바위도 얼어붙은 듯 하나같이 풀이 죽은 모습이다. 하기야 만물의 영장이라는 우리 인간들이 더 추위를 느끼지만 세모에 매운바람을 온몸으로 맞서는 모습은 보기에도 딱하고 애처롭다.

산은 작아도 산이다. 무엇이든 작다고 무시하거나 태만하면 순식간에 사고가 난다. 조심하면서 산을 오르니 사방이 탁 트인 시원한 바다

석모도 평야. 석모도는 다른 섬들과 달리 넓은 평야가 있고 사면이 바다로 되어 있어 쌀뿐만 아니라 어족 자원도 풍부하다.

눈썹바위. 보문사 뒤쪽 404개의 계단을 올라야만 하는 눈썹바위. 그곳에는 마애석불좌상이 있다.

가 한눈에 들어온다. 강화도는 물론 교동도를 비롯한 주변 섬들이 지척이다. 작은 섬들은 잔잔한 바다 위에 떠 있는 배처럼 느껴지기도 하는 풍경이 아름답고 평화롭게 느껴진다. 매서운 바닷바람이 얼굴을 때리고 손이 얼얼한 가운데 올라온 곳이 해발 324m 해명산이다. 석모도에서 가장 높은 곳을 오르니 한겨울에도 땀이 난다.

마음 맞는 친구들과 담소를 나누며 더불어 함께하는 산행은 자연과 동화되어 순리를 생각하는 일종의 명상이다. 올 한 해 동안 일어난 모든 일들을 모두 산에서 묻어버리고 자연과 일체가 되는 나를 찾는 길이다. 오직 등산로와 바람소리 그리고 바다만 보일뿐 그야말로 물아일체다. 세상의 모든 욕심이나 근심은 어디에도 없는 순수 그 결정체의 모습이다.

석모도의 산이 비록 높지는 않지만 길게 이어진 능선이라 오르내림이 여러 곳으로 진득이고개에서 상봉산까지 거리는 7.3km에 달하는 비교적 큰 섬이다. 석모도는 다른 섬들과는 달리 넓은 평야가 전개되어 있고 사면이 바다로 되어 있어 쌀이 많이 생산되고 어족 자원도 풍부하다. 석모도는 본섬을 제외하고 3개의 섬으로 이루어져 있었으나 조선 숙종 때 간척사업으로 북쪽의 송가도, 남쪽의 매음도, 어유정도가 합쳐져서 석모도가 되었다고 한다.

낙가산에 도착한다. 바로 아래를 보니 보문사 대웅전이 내려다보인다. 상봉산까지 거리는 아직도 1.8km를 더 가야 하는데 시간이 없다. 급경사로 내려가서 정문에 이른다. 하지만 일행이 탄 버스가 떠날 시간이라 나 혼자만 고집을 세울 수도 없어 아쉽지만 보문사 경내 답사는 다음으로 미룬다. 하지만 보문사에 대한 역사는 알아야 석모도에 온 보람이 있다.

왜냐하면 보문사는 남해의 보리암, 동해의 낙산사 홍련암과 함께 우리나라 3대 관음 기도처로 손꼽히는 곳이기 때문이다. 보문사의 창건 소개에 따르면 보문사는 신라 선덕여왕 때 회정대사가 금강산에서 수행 중 관세음보살을 친견하고 강화도로 내려와 창건하게 되었으며, 창건 당시 관세음보살이 상주한다는 이름을 따서 낙가산이라 하고 관세음보살의 원력이 광대무변함을 상징하여 보문사라 이름을 짓고 지금에 이르렀다고 전한다.

또한 나한전 조성 일화는 바다에 고기 잡으러 나간 어부로부터 시작된다. 그물을 내리자 22개의 돌이 걸려 올라와 자세히 보니 사람 형상을 하고 있어서 허겁지겁 버리고, 다시 다른 곳에서 그물을 들어 올려도 똑같이 올라와 다시 모두 버리고 집에 왔다. 꿈에 노스님이 나타나서 "우리가 이곳에 온 것은 부처님의 무진법문과 중생들의 복락을 성취하는 길을 전하러 온 것이니 우리가 편히 쉴 수 있는 명산으로 안내하라."고 하여 이곳 보문사에 모셨고, 그로부터 참배하는 중생들의 발걸음이 끊이지 않는다고 한다.

석모도의 명물 해수 미네랄 온천을 찾아 몸을 담근다. 따뜻한 기운이 온몸을 타고 오르니 이보다 더 큰 복이 없는 듯하다. 비누도 치약도 없는 순수의 해수, 짠물에서 아직도 남은 미련도 욕심도 모두 보낸다.

함께 모여 친목과 우정을 다지는 자리, 늦은 점심이다. 석모도 명물 겨울 밴댕이 회무침이다. 채소와 밴댕이와 콩가루가 버무려져 맛이 환상적이다. 여기에다 시원한 버섯찌개를 맛본다. 덕담이 곁들어지고 새해 인사가 오가는 정겨운 풍경이다. 오늘처럼 산행으로 건강도 다지고 정신도 수양하며 자연과 일체가 되어가는 감사한 날이다.

여행은 자신을 알아가는 것이다. 오늘 비록 짧은 거리 짧은 시간이지만 함께 마음을 나누고 건강을 다지는 가운데 세모가 저물어 간다.

# 분단의 아픔이 녹아 있는
### - 교동도

　난생처음 교동도를 찾아가는 길이다. 오늘은 금년 한 해 산행인들의 안전과 국가의 안녕 및 발전을 함께 기원하는 시산제를 올리기 위해 섬을 찾아 나선 것이다.

　교동도는 강화도 옆에 위치하고 있는 섬으로 북한과도 짧은 거리에 마주하고 있는 곳이다. 섬은 생각보다 평야가 넓게 잘 발달되어 있다.

교동향교. 고려 충렬왕 시대. 안향이 원나라에서 공자와 제자의 초상을 가져다 전국 최초로 이곳 향교에 모셨는데 수묘(首廟)라고 하였다.

이곳이 북한과 접경을 이루는 곳이라는 생각을 제외하면 여느 농어촌과 같이 해안선을 가진 평화롭고, 여유 있게 느껴진다. 오히려 이곳이 섬인가 하는 생각이 들 정도로 넓은 저수지가 있고, 바로 아래 바둑판처럼 전개된 곳에 기러기 등 겨울 철새들이 한가로이 먹이를 찾고 있는 모습 때문이다.

이곳은 예전부터 한양으로 연결되는 수로가 발달되어 교통은 물론, 외부에서 침입하는 적들로부

연산군 유배지. 조선의 열 번째 왕이었던 연산군이 중종반정으로 왕위에서 퇴위 당하고 한양에서 이곳까지 나흘 만에 당도하여 두 달을 넘기지 못하고 31세의 나이로 하직하였다.

터 한양을 지키는 주요한 길목이었다. 특히 조선 인조 이후 이 섬에 부사와 방어사가 위치할 정도로 국방의 요충지 역할을 하던 곳이다. 이곳에서 가장 높은 화개산은 260m에 불과하지만 주변을 한 눈에 내려다볼 수 있는 전망 좋은 곳이다. 수백 년 전 이곳에 쌓은 화개산성은 그 둘레가 2천 미터가 넘는 큰 규모다. 민초들이 힘들게 쌓아 올렸을 성벽의 돌들이 무너져 내려앉은 성 위로 등산로가 나 있다. 생물이건 무생물이건 태어난 것은 언젠가 소멸해야 한다는 어쩔 수 없는 자연의 법칙이지만 시간의 무게를 이기지 못하고 허물어져 가는 모습에 안타까운 마음이 일어난다.

옛날 고려 충렬왕 시대, 안향이 원나라에서 공자와 제자의 초상을 가져다 전국 최초로 이곳 향교에 모셨는데 수묘(首廟)라고 하는 교동 향교가 산 아래 숲속에 있다. 지금은 면 소재지에 불과한 곳이지만, 고려시대에는 몽고의 침략을 피해 수도 개경에서 피난 온 귀족들과 그 자제들이 이곳에서 학문을 닦고 인격을 수양했을 것이라 짐작이 된다. 또한 교동읍성도 이곳에 위치하고 있어 이 땅의 중요성과 지난 시절의 역사를 되돌아볼 수 있는 소중한 기회가 되고 있다.

망배단. 교동도 바다 건너 북쪽으로 예성강을 비롯하여 북녘의 들판이 이어진다. 교동도는 6 · 25 전쟁이 끝나면 바로 고향에 갈 수 있을 거란 희망에 가지고 내려온 사람이 많았다.

그리고 이곳은 변방에 위치하여 왕족이나 귀족들의 귀양지로서 아픈 역할을 하던 곳이기도 했다. 조선의 열 번째 왕이었던 연산군이 그러했다. 오늘 화개산 산행 길에 연산군의 유배지를 본다. 10여 년 동안 조선 삼천리를 호령했던 연산군이 중종반정으로 인해 왕위에서 퇴위 당하고, 죄인의 몸이 되어 한양에서 이곳까지 나흘 만에 당도하였다. 유배지는 햇볕이 잘 드는 양지 바른 곳이 아닌 산 북측에, 그것도 절해고도와 다름없는 산속에 있다. 하루아침에 왕에서 군으로 신분이 바뀐 것은 물론, 대문 밖 출입도 할 수 없는 위리안치라는 중죄인의 몸이었다. 지난날 왕으로서의 위엄과 자존감을 송두리째 잃어버리고 통한의 시간을 보내다 두 달을 넘기지 못하고 31세의 젊은 나이로 병이 들어 이곳에서 세상을 하직하였다. 왕으로 재임하던 시절, 무오사화와 갑자사화를 일으켜 수많은 생명과 가문들을 멸족시키고 나라를 어지럽게 한 것으로 역사는 전하고 있지만, 인간 연산군도 폐비로 사약을 받은 어머니의 존재를 알기 전에는 제왕으로서 백성을 위한 정치를 하고, 수백편의 시(詩)를 짓던 착실한 임금이었다고 전한다. 수백 년이 지난 오늘, 연산군이 이곳에서 유배생활을 하는 동안 겪어야 했을 마음의 상처가 아직도 가시지 않는지, 입춘이 지나고 대동강물이 풀린다는 우수가 지났는데도 날씨는 아직도 뚝 떨어진 영하의 한겨울이다.

현재 대한민국은 휴전 중인 나라임을 이곳 철조망에서 실감한다. 남과 북이 대치하고 있는 바다에는 갈매기나 철새 한 마리도 없다. 이곳의 아픔을 그들도 알고 있는 것이다. 전쟁 중 휴전을 하고 있는 것을 말이다. 지금, 우리 대한민국은 같은 민족이 남북으로 분단된 세계에서 유일한 나라다. 이곳 교동도에서 눈을 들어 우리의 산하를 본다. 멀리 강화도와 석모도, 장산도가 보인다. 바다 건너 북쪽에는 예성강을 비롯하여 연백평야, 개풍으로 이어진 북녘의 들판과 산들이 이어져 있다. 6·25 전쟁 이전에는 대한민국이 지배했던 곳인데 지금은 아쉽게도 갈 수 없는 동토의 땅이 되었다. 교동도에는 6·25 전쟁이 끝나면 바로 고향에 갈 수 있을 거라는 희망에 따라 북한 땅에서 자유를 찾아 내려온 사람이 많았다. 하지만 남북이 갈라지고 막히면서, 바다 건너 저편 고향을 눈에 보면서도 갈 수 없는 아픔으로 반세기 이상을 지내왔다. 부모와 형제, 아들과 딸이 생이별한 후, 만나지도 못하고 볼 수도 없는 한을 간직하고 살아온 수십 년의 세월에 이들의 아픔이 고스란히 녹아 있는 곳이 이곳 교동도다.

세상에 거저 얻어지는 것은 없다. 국가 안보도 마찬가지다. 이곳은 오늘도 대한의 해병들이 추운 날씨에도 불구하고 국토방위를 위해 열심히 근무하고 있다. 우리의 안녕과 나라의 발전도 이들의 수고로움에 의해 이룩된 바 크다 하겠다. 그러나 지금 한 곳으로 힘을 모아도 힘든 대한민국이, 국론이 분열되어 나라가 어려운 시기다. 이곳에서 무엇이 나라를 위한 길인지 되돌아보게 된다.

# 검붉은 하늘과 희미한 달
## — 자월도 6시간

    서해 바다에 위치한 옹진군의 자월도 섬 트레킹을 위해 집을 나선다. 9월도 하순에 접어드니 이른 아침에는 제법 서늘하게 느껴져 가을이 왔음을 실감하게 한다. 서울을 출발한 버스가 노오랗게 익어가는 들판을 지나고 시화공단을 지나서 바다를 가로 막아 건설한 시화 방조제 위에 설치된 조력 발전소를 거쳐 대부도 방아머리 항에 승객을 내려놓는다.

    대부도에서 출발한 배가 시화 방조제, 멀리 영종도를 이어주는 인천대교, 인천시의 고층빌딩 등 발전한 한국의 모습을 보여준다. 대부도와 연결된 구봉도의 푸른 숲과 인근 섬들이 지나가고 영흥대교와 영흥도의 아름다운 섬에 위치한 그림 같은 집들이 보인다. 이어서 산과 바다 위로 이어진 수많은 송전탑이 줄지어 서 있고 거대한 풍력 발전기들이 주변을 압도하고 있다. 지금은 송전탑 건설 때문에 해당지역에서 많은 민원이 제기되고, 해결하는데도 어려움이 많다는 보도를 보았는데 저런 시설이 없었다면 우리나라의 안정적인 발전은 어쩌면 기대하기 어려웠을 것이라고 함께 배를 탄 승객이 말하기도 한다.

푸른 바다 물길로 승객과 자동차를 실은 배가 항구에서 이동하면서 길게 펼쳐놓은 하얀 포말이 여운을 남기고 갈매기 수십 마리가 끼룩 끼룩 뱃전을 따라오는 모습도 장관이다. 드넓은 바다와 함께 승객들이 던져주는 새우깡을 절묘하게 받아 물고 평화롭게 비상하는 광경을 보니 마음이 즐겁다. 1시간가량 주변 풍경과 해풍을 즐기다 보니 어느 사이 자월도 달바위 선착장에 이른다.

　자월도는 300여 세대가 거주하는 섬으로 국사봉을 비롯하여 능선이 길게 이어진 산과 농토가 산재해 있다. 해안가에서부터 도로가 개설되어 있고 집들도 현대식으로 개조되고 신축되어 산뜻한 풍경이지만 정감어린 옛 모습은 보기 어렵다. 이곳 지명은 조선시대 남양부 소속 호방이 조세 징수 차 왔다가 파도가 심해 수일간 돌아가지 못하고 있는데 남양 쪽 하늘을 바라보니 검붉은 하늘과 희미한 달이 보여 자월도라 이름했다고 한다. 이곳은 참조기 새우, 농어, 우럭 등 해산물과 큰말, 장

달바위 선착장

골 등의 해수욕장이 있어 여름에는 피서객들로 붐빈다고 한다.

달바위 선착장에서 국사봉으로 오르는 길에 알알이 영글어 고개 숙인 수수밭과 하얀 메밀꽃을 비롯하여 깊은 산속이 아니면 볼 수 없는 산머루도 보인다. 특히 이곳에서만 자생하는지 생전 처음 보는 조그맣고 빠알간 꼬투리의 야생 콩이 신비로운 모습을 드러내고 있다. 그리고 겨울에도 파아란 모습을 하고 있는 맥문동을 비롯한 산딸나무와 각종 야생화들이 저마다 가을을 알리는 꽃을 피워 생존의 아름다움을 보여주고 있다. 칡덩굴이 밭을 이루고 있는 등산로를 따라 걸으니, 먹을 것이 지천인 이 섬에 누가 심었는지 토실한 알밤들이 여기저기 쉽게 발견되어 가을 탐방객을 즐겁게 하고 있다.

좌우 양면으로 보이는 풍경은 다도해를 닮은 듯하다. 자월도 건너편의 이름 모를 섬들이 바다 위에 배를 띄워 놓은 듯 아름다운 풍경을 선물하고 있는 모습에 한동안 취하기도 한다. 바닷가로 내려가 보니 여름

자월도 풍경. 조선시대 남양부 소속 호방이 조세 징수 차 왔다가 파도가 심해 수일간 돌아가지 못하고 있는데 남양 쪽 하늘을 바라보니 검붉은 하늘과 희미한 달이 보여 자월도라 이름했다고 한다.

에는 붐볐을 해수욕장의 백사장에 이제는 인적이 끊어져 쓸쓸한데 여행객 한 사람이 기어 다니는 고동을 줍고 있고 늦게 핀 해당화 꽃과 빠알간 열매가 해변 가 풍경을 대변해 주고 있다.

자월도는 해안선이 20km라 한다. 곳곳이 낚시터요, 갯벌 또한 발달되어 있다. 바닷물이 멀리 밀려나서 드러난 갯벌 인근 바위와 돌에는 자연산 굴이 널려 있어 아낙들의 손놀림을 바쁘게 한다. 갯벌 위 돌들을 뒤적이니 손가락 두 마디만한 작은 게들이 숨을 곳을 찾아 도망치기에 바쁘다. 살아있는 생명은 그 모습이 크든 작든 모두 소중한 것이며 그들은 본능적으로 생을 유지하기 위해 필사적으로 노력하고 있는 것이다.

배가 출항하기까지에는 시간이 남아 선착장 주변 바닷가를 거니는데 갯바위 낚시터에서 낚시꾼들이 바닷물에 낚시를 넣은 지 얼마 되지 않아 고기들이 연달아 올라와 환호성을 지른다. 일행이 저녁으로 먹은 생선회도 낚시로 잡은 농어와 매운탕이라 하니, 잠시 미끼의 조그만 욕심을 못 참아 결국에는 생명을 잃은 것이다.

자월도를 떠나 바다로 나오니 아름다운 자월도 주변 섬들을 보며 국토의 소중함을 생각한다. 우리는 예로부터 강대국 사이에 끼어 있어 힘이 있을 때는 평화를 누렸고 힘이 없을 때는 전쟁의 참화 속에서 어렵게 버티며 우리 스스로 힘을 길러 외부로부터 생존을 해야 하는 지정학적 위치에 있었다. 지금도 사정은 변함없는 듯하다.

돌아오는 뱃길에도 갈매기들이 동행하면서 하늘에 한 폭의 수를 놓는다. 물결이 하얗게 부서지는 뱃길 따라 검은 물체가 물 위에 올랐다

사라졌다 하는데 자세히 보니 돌고래가 뱃길 주위를 서성인다. 동물도 나름대로 사람과 사귀고 함께 살아가는 친구 같은 느낌이다. 자연은 모두 저마다 독특한 모습으로 조화를 이루니 다툼이나 욕심도 없다. 해가 구름 뒤로 얼굴을 감추고 평화로운 바다에 저녁 낙조가 붉게 드리운다.

# 봄

## ― 사량도

3월 중순에도 불구하고 꽃샘추위가 며칠째 계속되는가 싶더니 황사와 미세 먼지로 서울의 하늘이 뿌옇게 덮이는 날이 자주 목격된다. 잠시나마 새로운 변화를 가지고 싶은 마음이 간절했는데 바다와 산을 한번에 답사할 수 있는 기회가 생겼다. 일상생활에서 시간을 저축할 수는 없지만 주어진 시간을 적절하게 사용하는 것은 사용자 자신들의 몫이다. 12시까지 잠을 이루지 못하다가 잠깐 수면을 취하고 깨어보니 새벽 3시다. 통영시에서 사량도로 가는 배 시간에 맞추기 위해 6시에 출발했는데 오전 10시 반이 안 되어 바닷가에 도착했다.

몇 시간 자지도 못하고 멀리까지 왔는데도 피곤하지 않았다. 오랜만에 푸른 바다와 주변 풍경, 그리고 일행들과 함께 타고 갈 배를 바라보니 기분이 상쾌해짐은 물론 마음까지 시원해진다. 정신과 환경이 사람을 지배하고 있음을 느낀다.

통영시의 가오치항에서 떠난 배가 40분 동안 하얀 물살을 가른다. 푸른 바다 위에 점점이 떠 있는 크고 작은 섬들이 어머니의 품에 안겨 포근히 잠을 자고 있는 아이와 같이 고요하고 평화롭게 보인다. 그리고

사량도 금평항

잔잔한 바다에 사열하듯 줄지어 떠 있는 하얀 부표가 이 바다야말로 청
정 수산물 양식을 하는 대표적인 곳임을 알려주고 있다.

사량도 금평항 선창에 내린 후 산행 코스 들머리인 돈지 팔각정으로
향한다. 등산로는 작은 칼날을 거꾸로 세워 놓은 듯 바위들의 집합체
같다. 한참을 올라 잠시 고개를 돌려보니 아무것도 없을 것 같은 황량
한 관목 사이에서 봄이 기다리고 있다. 겨울의 모진 해풍을 이겨낸 춘
란이 길게 드리운 잎 사이로 수줍은 듯 꽃잎을 감추고 있고, 현호색이
가냘픈 작은 몸으로 겨울을 이겨낸 연보라색 꽃들과 함께 어제 내린 빗
물 방울을 잎에 올려놓고 보석처럼 햇빛에 드러내고 있다. 가파른 바위
산을 오르는 동안 진달래가 주홍색 꽃망울을 금방이라도 피워 올릴 듯
하고, 앙증맞은 제비꽃도 연보라 빛으로 웃고 있다. 추위에 떨던 지난
겨울동안 연약하게 보이는 이처럼 작은 풀 한 포기, 나무 한 그루도 모

두 제 역할을 다하며 봄을 맞기 위해 끊임없는 준비와 노력을 하고 있었다.

한 시간여 바위와 씨름하며 능선에 오르니 이곳 최고봉 해발 397m 지리산이다. 비록 고도는 높지 않지만 바위로 이루어진 능선과 오르내려야 하는 각종 봉우리들이 포진하고 있어 계속 걸어야 하는 산행에서 결코 쉽지만은 않은 산이다. 이곳에서 북쪽을 바라보니 옥빛 바다 저 멀리 삼천포 화력발전소와 지난해 찾았던 와룡산이 모습을 드러내고, 넓은 바다에 떠 있는 크고 작은 섬들과 파란 하늘까지 자연의 아름다움을 연출하고 있다.

촛대봉을 지나고 나무 계단을 내려가니 다시 봉우리를 오르는 급경사 계단이 나온다. 힘은 들어도 걸을 수 있다는 자체가 행복하다는 생각이다. 건강이 있어 이런 아름다운 산도 무시로 오르내릴 수 있는 여유와 보람을 느낄 수 있는 것이다.

가마봉이란 곳에서 사방을 살펴본다. 섬을 일주하는 도로와 골짜기마다 빨갛고 파란 지붕을 한 마을과 어촌 항구가 발아래 보인다. 좁은 면적의 얼마 되지 않은 산비탈 다랑이 밭도 색다르고 이 외진 곳에 언제부터 사람들이 살아왔는지도 궁금하다. 온 천지가 바다와 잘 배치된 섬들의 연속이다. 육지의 산에서 내려다보는 풍경과는 또 다른 가슴까지 탁 트이는 시원한 맛이 일품이다. 지나가던 바람이 흐르던 땀까지 시원하게 닦아 주니 몸이 한결 가볍다. 철 계단을 지난다. 이곳 등산로에는 가는 곳마다 진달래가 자생하고 있고 일부는 활짝 피어 있어 산행객들이 즐거워하며 사진에 그 모습을 담느라 열심이다.

사량도 지리산. 해발 397m. 고도는 비록 높지 않지만 바위로 이루어진 능선과 오르내려야 하는 각종 봉우리들이 포진하고 있어 결코 쉽지 않은 산이다.

옥녀봉 가는 길. 옥녀봉에 깃든 슬픈 설화와 달리 옥녀봉의 풍광은 빼어나다.

　사람은 누군가의 도움과 노력해 준 덕분에 살아가고 있다. 오늘 산행 길도 마찬가지다. 절벽 같은 오르막도 설치된 계단을 따라 오르고 다시 봉우리를 넘으니 산봉우리를 연결하는 수십 미터 길이의 흔들다리 2개가 나온다. 흔들림에 현기증까지 난다. 그냥 걷는 것도 힘든데 수십 길 절벽을 사이에 두고 무거운 자재를 운반하고 안전한 다리를 설치하기 위해 수고를 아끼지 않았을 많은 사람들에게 미안하고 감사하다.

　이제 옥녀봉 정상이 나온다. 이곳을 대표하는 곳이다. 풍광이 빼어나기도 하지만 산 위에서 조망할 수 있는 마지막 좋은 위치이며 하산 코스이기도 하다. 산 자체도 멋이 있지만 산 아래 나지막하게 엎드려 있는 집들과, 옥색 바다 위 하얀 물살을 그리며 떠나가는 배 한 척, 드넓은 바다 위 사열을 받는 것처럼 드리워진 수많은 양식장, 점점이 떠 있는 섬들의 아름다운 풍경 모두 절경이다. 옥녀봉에는 슬픈 설화가 내려온다. 외딴집에 아버지와 옥녀가 살았는데 과년한 옥녀가 시집을 못가고 있었다. 어느 날 아버지가 흑심을 품고 딸에게 접근을 하자 옥녀가

옥녀봉 꼭대기로 올라서 떨어져 죽었다는 슬픈 전설이다.

내려오는 길도 급경사다. 사량중학교까지 약 8km구간을 산과 바다의 멋진 풍경에 취하다 보니 하산에 거의 4시간이나 소요되었다. 쉬운 코스가 아니었다. "사량도의 지리산은 한국 100대 명산 중의 하나로서 설악산의 용아 능선을 연상할 만큼 경치가 뛰어난 곳"이라고 이곳 안내판에 기록되어 있다. 외지 사람들이 사량도를 즐겨 찾는 이유다.

봄은 희망이며 새롭게 태어나는 생명의 원천이다. 모든 살아 있는 생명들이 갈망하는 봄. 이곳 사량도에 봄이 온 것이다. 금평항이 있는 이곳의 면사무소 마당에 동백꽃 몇 그루가 심어져 있다. 탐스러운 붉은 동백꽃이 활짝 피었다가 아쉽게도 땅에 진 꽃도 있었고 사군자의 하나로 사랑받고 있는 매화도 벌써 하얀 꽃잎이 바람에 날리고 있다.

5 부

서울, 부산 둘레길

# 시(詩)와 바다와 갈매기의 길

## 부산 갈맷길 1, 2구간: 임랑-송정-해운대 해수욕장-오륙도

이 땅의 동남쪽, 희망의 밝은 아침 태양이 먼저 솟아오르는 곳, 아기자기한 산과 멀리 수평선을 바라보는 바다가 있고, 그 가운데 우리네 삶이 어우러지는 도시가 있는 곳, 그런 곳에 가고 싶다는 생각에 부산 갈맷길을 찾아 나선다. 갈맷길은 갈매기와 길의 합성어다. 부산에서 아름다운 바다와 그 주변을 돌아볼 수 있도록 길을 만들고 이름을 붙인 곳이다. 평소 답사 여행을 좋아하는 관계로 인터넷으로 잠시 대략적인 현황을 검색해 보고 배낭에 짐을 꾸려 무작정 길을 나선다.

처음부터 아는 것은 없다. 보고 듣고 체험으로 알게 되는 것이다. 모든 것의 처음은 두렵기도 하지만 새로운 희망과 기대도 있다. 서울에서 4시간 반을 달린 고속버스가 노포동 고속버스종합터미널에 멈춘다. 인터넷으로 본 갈맷길 1코스 시작점인 임랑 해수욕장에 가기 위해 터미널 관광안내소에 갈맷길 지도를 부탁하고 어떻게 가는지 물었다. 관광안내소는 그 지역의 얼굴이다. 수많은 사람들을 상대하는데도 상냥한 미소로 친절하게 37번 버스를 타면 한 시간 반이 소요된다는 설명이다.

저녁 임랑 해수욕장은 여느 시골 해수욕장 풍경이다. 오래된 주택 담장에 꽃과 사람 등을 그린 벽화가 정답다. 여기서부터 길을 걸어 남쪽으로 방향을 잡는다. 항구 그리고 바위와 숲길이 잘 어우러져 절경을 이룬 해변 길, 그 속에 자리를 잡은 횟집에 불이 켜진다. 어두워진

오영수 갯마을 문학비. 시인이자 소설가인 난계 오영수 선생이 젊은 시절 잠시 이곳에 머물며 체험한 것을 소설로 쓴 작품이 〈갯마을〉이다.

해변에 랜턴을 켜고 혼자 밤길을 걸어 본다. 일광 해수욕장까지 2시간을 걸으니 밤 7시 반이다. 이곳에서 하루 여정을 마감한다.

아침이다. 해수욕장을 걷는데 어둠을 가르며 떠오르는 일출을 목격한다. 육지에서는 보기 어려운 또 하나의 장관이다. 수평선 너머 바다를 붉게 물들이며 솟아오르는 태양은 역시 모든 생명의 원천이자 벅찬 희망의 빛이다. 백사장에서 위대한 자연의 감격스런 광경을 한참 동안 주시하다 보니, 시인이자 소설가인 난계 오영수 선생의 '갯마을 문학비'가 보인다. 젊은 시절 잠시 이곳에 머물며 체험한 것을 소설로 쓴 작품이 〈갯마을〉인 것이다

내륙으로 통하는 길을 따라 기장군청에 들러 안내 책자를 얻는다. 이곳 기장지역은 임진왜란 당시 왜군들의 만행으로 온 고을이 참혹한 고초를 겪은 지역이다. 바닷가로 이어진 길을 걸으니, 당시 삼중으로 축조한 왜성이 아직도 바다 포구를 내려다보고 있고, 그 당시 왜군들이 주둔하던 성 아래 수백 년 묵은 아름드리 소나무들이 당시 우리 선조들

해동용궁사. 해가 제일 먼저 뜨는 절로 알려진 해동용궁사는 진심으로 기도하면 누구나 한 가지 소원은 꼭 이루는 사찰로 유명하다.

이 피눈물로 겪었을 아픔을 말없이 대변하고 있는 듯하다.

기장은 멸치와 미역의 고장이다. 선조들이 겪은 아픈 역사를 가슴에 담고 살아온 해변 마을인 월전에서는 온 마을 사람들이 미역 말리기에 한창이다. 겨울부터 채취한 미역을 차에 실어다 널고, 리어카로 실어 덕장에 말리는 것이다. 미역을 말리는 덕장 풍경에 발을 멈추고, 현장을 사진에 담아 본다. 다른 덕장에서는 널어서 말리는데 이곳은 줄에 걸어서 말리고 있다. 모녀지간인 듯 보이는 여인들이 부지런히 움직이던 바쁜 일손을 멈추고, 잠시 미역 잎 몇 줄기를 주면서, 맛을 보고 쉬어가라고 한다. 길 가는 행인에게 베푸는 친절이 고맙고 아름답다. 간식인 떡과 과자도 주고, 점심에 먹으라고 생미역 긴 줄기 하나를 통째로 비닐에 넣어서 주는 넉넉한 인심을 보여 준다. 이곳 월전마을에서 사람의 향기를 느끼고 가는, 추억이라는 행운을 얻는다.

대변항 포구에 다다른다. 이곳 초등학교 담장 안에는 조선 말 대원군이 세운 척화비가 있다. 외적의 침입에 대비하고 백성들의 마음을 한 곳으로 모아 국난을 극복하기 위한 척화비를 왜성이 지척에 있는 이곳 대변항에 세운 이유를 알 만하다.

누리마루 APEC하우스. 이명박 전 대통령 시절 세계 각국의 정상과 회담을 나눈 장소로 순 우리말 누리(세계)와 마루(정상)를 조합하였다.

바닷가에 위치한 절경, 해동용궁사는 이름에 걸맞게 사람으로 넘쳐 난다. 송정 해수욕장을 지나고 스탬프를 찍기 위하여 헤매는데, 1코스 의 마지막인 문텐로드에서 길을 안내해 주는 친절한 부부를 만나니 시 간도 절약되고 여행의 즐거움도 맛본다. 1코스의 마지막이자 다시 2코 스 시작인 문텐로드에서 석양을 보고, 해가 진 해운대, 젊음이 넘치는 곳에서 하루 여정을 마친다.

다시 이른 아침, 해운대 백사장에서 조선 선조 때 동래부사를 지낸 이안눌 선생의 〈해운대에 올라〉라는 시를 만난다. 일출과 우거진 숲, 조망이 아름다운 동백섬 정상에서는 신라의 문장가인 최치원 선생의 동상과 주변 시비(詩碑)를 만난다. 그리고 동백섬에서 바다를 마주하고 있는, 이명박 대통령 시절 세계 각국의 정상과 회담을 나눈 누리마루 APEC하우스가 모습을 드러낸다. 하늘 높은 줄 모르고 솟아오른 마린 시티 빌딩들을 지나 광안리 해수욕장이다. 이곳 광안리도 넓은 백사장 을 가진 아름다운 명소지만, 이기대로 오는 바윗길 산행 코스는 부산의 색다른 코스로 또 다른 명승지다. 광안대교와 오륙도까지 탁 트인 바다 를 조망하며 이어지는 곳곳의 쉼터에서 바라보는 바다와 바위가 절경

임은 두 말을 할 나위가 없다. 오늘 2코스의 마지막인 오륙도까지 오후 2시에 도착했다. 그렇게 해서 2박 3일 동안 52km를 걸으면서 이곳 사람들이 살아가는 생생한 모습도 보고, 곳곳에 시인들이 바다를 배경으로 한 시(詩)와 아름다운 경치를 감상하는 뜻깊은 여행을 하게 된다.

부산에 와서 갈맷길 전체를 돌아본 것은 아니지만 부산의 바다, 산, 그리고 해수욕장은 자연이 준비해 놓은 천혜의 구성물이고, 그 속에서 살아가는 부산 시민들 모두 선택 받은 분들처럼 느껴진다. 자연을 감상하며 사진에 담고, 또 길을 찾아 나서는 것은 멋진 추억이다. 비록 초행 길이고, 이정표를 쉽게 찾을 수 없어 가던 길을 다시 되돌아와야 할 때도 있었지만 그것 역시 여행의 한 과정이라 생각하면 추억이자 즐거움 그 자체가 아닐까 한다.

오륙도 원경. 오륙도는 보는 사람의 위치와 방향에 따라 섬이 다섯 개로 보이기도 하고 여섯 개로 보이기도 해서 오륙도라 한다.

# 자신의 길을 생각하게 하는 정원
## 서울 둘레길 1구간: 창포원-수락산-화랑대역

밝은 햇빛이 온 누리에 가득하다. 싱그러운 초록 물결이 일렁이는 초여름 아침, 서울 둘레길의 첫 번째 코스를 답사하기 위해 지하철을 탄다. 지하철 7호선과 1호선 도봉산역에는 한국의 명산이자 국립공원인 도봉산으로 향하는 등산객들로 홍수를 이룬다.

저 수많은 사람들이 산을 찾고 자연을 찾는 이유가 무엇일까. 한마디로 자신을 찾고자 하는 마음 때문일 것이다. 현대인들은 피곤하다. 빠르게 변화하는 도시문명에 적응하고 경쟁사회에서 살아가려면 적극적인 사고와 노력이 필요한데, 뒤돌아볼 겨를도 없는 바쁜 생활이 사람들을 지치게 하는 것이다.

서울 둘레길 1코스는 도봉산역에 내려 수락산 방향의 서울 창포원을 거쳐 수락산 자락의 숲길과, 불암산 그리고 화랑대역으로 이어지는 14.3km의 짧지 않은 길이지만 그리 높지도 않고 잘 조성된 길이라 답사에 위험한 곳은 없다.

제일 먼저 만나는 곳이 서울 창포원이다. 2009년에 개원된 서울 창포원은 1만 6천 평의 부지에 붓꽃, 창포, 약용식물, 습지식물 등 다양한

서울 창포원. 2009년 개원된 창포원은 16,000평의 부지에 붓꽃, 창포, 약용식물, 습지식물 등 다양한 종류의 식물을 식재·조경하여 가족과 함께 나들이하기에 좋은 곳이다.

종류의 식물을 식재하고 물과 연계한 조경을 조성해 놓아 계절을 달리하면서 가족과 함께 관찰하고 감상할 수 있는 곳이다. 붓꽃과 창포가 군락을 지어 여기가 창포원임을 말없이 알려주고, 약용식물이 식재된 곳에는 탐스러운 작약 꽃이 금방이라도 꽃봉오리를 열고 웃을 차비를 하고 있다. 하얀 이팝나무도 화려한 옷으로 사람들의 눈길을 끌고 있는 등 12가지 테마로 조성된 창포원은 서울시민들에게 생태교육과 휴식공간을 제공하고 있다.

서울 둘레길 안내를 해 줄 지도를 얻기 위해 서울 창포원 안내소로 향한다. 비치된 안내도와 둘레길에 흥미와 성취감을 더해줄 스탬프를 찍기 위한 종이가 함께 비치되어 있다. 다시 창포원 입구로 나와, 빨간 우체통 모양의 둘레길 스탬프대에서 날인을 한 후 중랑천을 가로지르는 상도교를 건넌다. 유유히 흐르는 강물에 팔뚝만한 잉어들이 보인다.

수락리버시티 사이 개천을 끼고 난 둘레길을 따라 도로를 넘으면 수락산 자락이 나와 본격적인 산행이 시작된다. 우거진 숲길을 따라 오르락내리락 하는 길을 반복하면서 끝없이 이어진 길을 간다. 하얀 아까시 꽃이 오월의 정취를 더하고 아까시 향기가 둘레길을 뒤덮고 있어 마음까지 상쾌하다.

산에는 크고 작은 나무들이 조화를 이루며 살아간다. 또한 꽃을 피워 세대를 잇고 하루가 다르게 힘차게 뻗는 역동적인 모습도 보인다. 생동의 계절인 초여름 숲은 사람을 가리지 않는다. 토요일이라 주택가 가까운 곳은 아기와 어머니가 손잡고 걷는 모습이 귀엽고, 단체로 올라온 어린이들도 보인다. 손잡고 웃음꽃을 피우며 다니는 연인들도 있고, 나이가 지긋한 친구들과 함께 자연을 즐기는 단체도 보인다.

수락산의 채석장 전망대에서 노원구 일대와 불암산을 바라보는 전망도 멋지다. 다시 길을 가다가 덕릉고개로 길게 돌아서 불암산 코스로 가는 길과 당고개역을 거쳐 불암산으로 향하는 갈림길을 마주한다. 발길을 돌려 평지인 당고개역에 도착하니 출발지로부터 2시간 20분이 지나고 있다. 금강산도 식후경이라 했던가. 중국집에 들러 시원한 굴 우동으로 점심을 해결하고 다시 불암산 입구 철쭉동산으로 향한다.

불암산은 정상이 거대한 바위로 이루어진 산이다. 하지만 둘레길은 한없이 부드러워 누구에게나 접근을 허락한다. 주택가를 지나는 도로 위의 산으로 오르는 둘레길 철쭉동산에서 다시 스탬프를 찍고 잠시 길을 재촉하니 잘 정비된 불암 약수터가 나온다. 시원한 물이 많이 나오는데 아쉽게도 음용 부적합의 경고문이 부착되어 있다. 아쉬움을 뒤로하고 다시 이어진 길에 도암샘(생성) 약수터가 나온다. 여기도 음용 부적합이다. 자연을 오염시킨 죄로 바위틈에서 나오는 시원한 물 한 모금 마시지 못하는 안타까운 마음이다.

정암사 가는 길을 지나고 나니 하얀 꽃들이 줄지어 피어 있는 쪽 동백 군락지가 길손을 기쁘게 맞이한다. 둘레길을 오르내리면서 땀으로 흥건해진 몸을 나무들이 내뿜는 향기와 불어오는 바람의 시원함을 더해 자연의 맛과 산행의 묘미가 무엇인지 알려 주고 있다.

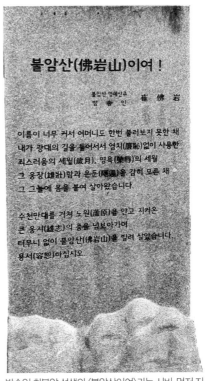

방송인 최불암 선생의 〈불암산이여〉라는 시비. 먼저 지어진 이름을 따다 쓴 불경함을 시로 용서 구한 선생의 겸손함이 길손의 발걸음을 멈추게 한다.

방송인 최불암 선생의 〈불암산이여〉라는 시비가 보인다. 2연을 살펴보니 "수천만대를 거쳐 노원을 안고 지켜온 큰 웅지의 품을 넘보아가며 터무니없이 불암산을 빌려 살아온 것을 용서하십시오"라는 내용이다. 거대한 바위산이 태초부터 이름을 가지고 있었던 것은 아니었을 일이나, 먼저 지어진 이름을 따다 쓴 불경함을 시로 용서 구한 선생의 겸손함이 길손의 발걸음을 멈추게 한다.

불암산성으로 향하는 삼거리에서 공릉 백세문으로 향하는 길은 그야말로 맨발로 걸어도 되는 비단길이다. 아까시나무와 이팝나무가 향기를 더하는 산길을 걸어 여기까지 오는데 5시간이 소요되었다. 화랑대역까지 아직 10여 분 남아 있으나, 둘레길 인근에 위치하고 있는 세계문화유산으로 2009년 6월 30일에 등재된 조선 왕릉 중 태릉을 방문해 본다.

태릉은 조선 11대 왕인 중종의 계비인 문정왕후의 능이고 인근에 아드님인 13대 명종과 명종의 비 인순왕후의 능인 강릉이 위치하고 있다. 태릉 경내에는 조선 왕릉 전시관이 있어 왕릉의 조성 역사와 문화를 일목요연하게 볼 수 있도록 되어 있다. 1,619천㎡의 넓은 면적에 숲속 산책로와 의자 등 편의시설이 역사를 공부하고 조용히 휴식을 할 수 있는 공간으로 조성되어 주말이면 가족 단위의 방문객이 많이 찾는 명소 중 한 곳이다. 태릉은 화랑대역에서 별내 신도시와 퇴계원 방향으로 서울여대와 삼육대 사이에 위치해 있어 접근성도 좋다.

도봉산역에서 수락산과 불암산을 거쳐 화랑대역까지 이어진 서울 둘레길 1코스는 편리한 접근성과 울창한 숲으로 조성된 숲속의 정원 같은 코스다. 걸으면서 자신의 길을 생각하고, 건강도 다질 수 있는 좋은 하루 코스가 아닌가 생각된다.

# 길이 있어 걷고, 걸을 수 있어 즐거운
## 서울 둘레길 2구간: 화랑대역-망우산-용마산-아차산-광나루

 날마다 새롭게 변신하는 서울이다. 화랑대역 4번 출구 앞의 옛 경춘선 선로가 산뜻한 모습의 가로 공원으로 새롭게 태어났다. 길을 건너 빨간색 스탬프대가 설치된 입구에서 스탬프를 찍고 갈대가 무성한 묵동천 산책길로 내려선다. 오리 가족 4마리가 한 여름 물속에서 유영하는 한가하고 평화로운 모습이 보인다. 이곳 서울 시내를 흐르는 좁은 개천에도 물고기 등 먹을 것이 있고 생명이 살아있다는 증거다. 사람이나 동물이나 가족은 함께 식사도 하고 어려움도 기쁨도 함께 나누는 생활공동체다. 세상이 아무리 힘들고 각박해도 서로 아끼고 사랑하고 희생하면서 생활을 같이 하는 것이 가족이다. 오늘 오리 가족을 보면서 새삼 그 느낌이 다가온다.

 양원역과 중랑 캠핑 숲이다. 여름 저수지에 물이 가득하니 마음까지 시원하다. 능선에는 한 알 한 알마다 봉지로 정성스럽게 싼 복숭아와 배나무들이 지나가는 행인의 시선을 사로잡는데 도심 인근에 이런 과수원이 있는 게 이채롭다. 언젠가는 사람들의 입맛을 사로잡을 생각을 하니 절로 군침이 돈다. 능선을 지나니 도시민들이 숲속에서 자연을 즐

아차산 4보루. 아차산을 비롯하여 용마산, 망우산 일대는 고구려 시대 남진정책의 전진기지였으며 총21개의 보루가 있었다고 한다. 아차산 4보루는 외곽에 석축 성벽을 쌓고 내부에 건물 등과 저수 시설 및 배수 시설 등이 있다.

기는 모습도 보인다. 망우산 숲길이다. 포장된 도로 삼거리에서 우측으로 난 둘레길을 따라가는데 30살 내외의 짧은 생을 살면서 〈목마와 숙녀〉, 〈세월이 가면〉 등을 발표한 박인환 시인과, 역시 소설 〈고국〉, 〈탈출기〉, 〈해돋이〉 등을 발표하며 활발히 활동하다 30살이라는 짧고 안타까운 생을 마감한 최학송 등 문인들의 이름이 보인다. 이곳 망우산에는 많은 문인들과 애국지사들이 잠들어 있는 곳이다. 그분들이 있어 오늘 우리가 독립된 국가에서 풍요로운 삶을 누리고 있음을 알고 있다.

울창한 숲이 하늘을 가리고 있는 이곳에서 바라보는 서울의 모습도 한 폭의 그림같이 아름답다. 더위가 몰려오는 숲속에 위치한 산책로가 사람들의 마음을 잡는다. 조용한 숲길에서 용마산으로 오르기 전에 김 광섭 시인의 시 〈저녁에〉가 행인을 맞이한다. 김광섭 시인의 맑은 정신 과 마음을 이 시에서 읽을 수 있다.

해발 348m 용마산에 올라 서울을 본다. 멀리 한강과 남산을 비롯하 여 북한산이 선명하다. 우리나라의 발전상을 상징하는 도심의 수많은 건물들을 한 눈에 볼 수 있는 이곳이 수도 서울임을 일깨워 주고 있다.

다시 길을 돌려 고구려·백제·신라의 삼국시대 이곳을 차지하기 위 한 전초기지이자 국토방위의 현장이었던 아차산 4보루에 이른다. 기록 에 의하면 이곳 아차산을 비롯하여 용마산, 망우산 일대에 총21개의 보 루가 있었다고 하는데 고구려 시대 남진정책의 전진기지로 이용되었던

온달장군과 평강공주 입상. 평강공주의 남편인 온달 장군이 신라에 빼앗긴 땅을 되찾고자 이곳 아차산성에서 신라와 전투를 하다 전사하였다.

군사 요충지라고 한다. 발굴된 기록에 의하면 아차산 4보루는 외곽에 석축 성벽을 쌓고 내부에 건물 등과 저수 시설 및 배수 시설 등을 설치하였다. 아차산에는 4보루 이외에도 몇 개의 보루가 설치되어 있었으리라 추측한다. 그래서 유사시 서로 응원하고 연락을 주고받았을 것이다.

아차산 4보루에 서서 멀리 예봉산과 검단산 사이로 유유히 흐르는 한강물을 본다. 강변은 문명이 발달하는 토대다. 하남 시가지를 비롯 강동, 송파와 남양주, 구리시가 강변을 사이에 두고 이어져 발전을 거듭하고 있다. 멀리 태백에서 발원한 한강의 넉넉한 기운과 함께 어우러져 잘 그려진 풍경화를 연속으로 이어 놓은 듯 아름답다.

아차산에서 하산 길에 낙타고개에 이른다. 여기는 아차산성과 구리시에 있는 고구려 대장간마을과 광진구 아차산 공원관리소로 가는 길목이다.

아차산성은 백제가 산성을 축조한 것으로 추정하고 있으며 책계왕 원년(서기 286년)에 수리하였다는 기록이 있다. 475년 고구려 장수왕이 이곳에서 백제 개로왕을 죽이고 아차산성을 차지하였다고 한다. 또 평강 공주와 바보 온달로 전해지는 전설이 이곳에서 그 마지막을 장식하고 있다. 평강공주의 남편인 온달 장군이 신라에 빼앗긴 땅을 되찾고자 이곳 아차산성에서 신라와 전투를 하다 전사하였다. 시신을 옮기려 하자 관이 움직이지 않자 평강공주가 달려와서 관을 어루만지며 통곡을 하니 그제야 관이 움직여졌다고 한다. 그들의 사랑과 온달 장군의 한이 지금도 느껴지는 듯하다. 이곳 아차산 일대 보루와 아차산성은 강 건너

풍납토성과 몽촌토성을 바로 눈 아래로 볼 수 있는 곳이고 삼국시대 국토를 방위하는 거점이었음을 문외한이 보기에도 짐작하고 남음이 있다.

온달 장군과 평강공주의 상을 지나면 인어공주가 있는 아담한 연못도 정겹게 보인다. 광나루입구역 부근에서 갖가지 양념의 보리밥 한 그릇으로 늦은 점심을 해결하는데 바로 꿀맛 그것이다. 화랑대에서 출발하여 망우산, 용마산, 아차산을 거쳐 광나루까지 12.6km 코스는 숲속에서 휴식을 하면서 동부 서울과 삼국시대 역사를 조망할 수 있는 더없는 좋은 코스다.

# 역사와 문화가 함께 살아 숨 쉬는
서울 둘레길 3구간: 광나루역─일자산─수서역

서울은 역사와 문화가 함께 살아 숨 쉬는 도시이다. 한강을 건너는 다리 하나에도 나름대로 사연이 있고 역사가 있다. 사람은 세상에 없는 것을 새롭게 창작할 수 있는 능력을 가진 개체임을 이곳 광진교에서 느끼고 있다.

다리 하나를 건설하면서도 본래의 기능인 편리성 추구는 물론 자연을 배우고 느끼면서 사색할 수 있는 새로운 창작물을 내어 놓았다. 원

역사와 문화가 함께 살아 숨 쉬는 도시 서울. 서울을 가로지르는 한강.

암사동 선사유적지공원. 1925년 대홍수 때 땅 속에 묻혔던 유물이 드러나면서 발견되었다. 국가사적지 제267호다.

래 이곳은 조선시대에 충주와 동래를 이어주던 주요한 길목이었다.

광진교는 1936년에 건설된 다리로 한강을 건너는 2번째로 오래된 다리였는데, 시설이 너무 낡아 2003년 확장 후 다시 개통하였다. 4차선 도로였지만 차선은 2차선으로 축소하고 여기에 자전거 도로를 만들었다. 그리고 사람들이 사색하며 즐겁게 이용할 수 있는 각종 시설을 설치하여 사람 위주의 다리를 조성한 것이다. 한강 교량에서는 유일하게 각종 나무를 식재하는 등 아기자기한 녹지 공간들이 잘 조성되어 있고, 사람들이 편안하게 한강을 조망하며 걷고 휴식할 수 있도록 조성해 놓은 곳이다.

둘레길은 한강암사지구로 이어지는데 각종 체육시설이 설치되어 있어 축구와 마라톤 등 운동에 열중하는 사람들의 모습을 자주 볼 수 있다. 삶의 여유를 만끽하고 강 건너 길게 펼쳐진 아차산 자락의 멋진 경관을 조망하면서 건강을 증진하는 활기찬 생활의 모습이다. 한편으로는 갈대와 억새가 우거진 숲을 이루는 생태공원이 한강과 잘 조화를 이루고 있다.

국가사적지 제267호로 지정된 암사동 선사유적공원을 만난다. 1925년 대홍수 때 땅 속에 묻혔던 유물들이 드러나 발견되었고, 1960년대와 70년대 조사 발굴 결과, 이곳이 신석기 시대 거주지임을 알게 되었다. 유적지 면적은 약 78,000㎡ 규모로 여기에 30여 기의 집터, 빗살무늬 토기, 석기 등이 발견되어 우리 조상들의 삶을 짐작해 볼 수 있는 유적지다.

서울은 대부분 아파트촌으로 변하여 도시 근교에서조차 단독주택을 보는 것은 쉬운 일이 아니다. 하지만 이곳 서원마을은 담장이 낮고 아담한 단독주택으로 형성되어 있다. 마당에는 감나무와 과실나무들이 심어져 있고 한적한 농촌같이 정감이 넘치는 마을이다.

고덕동은 고려 말 형조참의를 지내던 이양중이라는 사람이 조선 태조의 건국을 반대하고 숨어 살던 곳으로 그 후에도 몇 차례 벼슬을 제안받았으나 거절하는 등 굳은 절개를 지켜, 덕이 높은 사람이 살던 동네라는 이름에서 유래되었다고 한다. 이곳에도 지난 몇 년 전 주변 산에 태풍이 휩쓸고 지나가 삼림이 황폐화 되었던 적이 있었다. 이후 나무들이 쓰러져 삭막하던 산을 조림하였고 자연의 위대한 복원력이 더해져 지금의 숲으로 변모한 것이다. 방죽공원과 명일공원도 주변 사람들에게는 없어서는 안 될 휴식처로 둘레길이 잘 조성되어 있고, 계절마다 다른 모습으로 사람들의 사랑을 받고 있다. 특히 요즈음은 가을의 소리를 전하는 밤나무들이 토실한 알밤을 선물하고 있는 곳이다.

한영고등학교 뒷산 조용한 숲속 길에 〈젊은 베르테르의 슬픔〉이란 소설을 쓴 독일의 소설가이자 시인인 괴테의 시가 나그네의 가던 길을 멈추게 한다. 〈그리움을 아는 사람만이〉라는 시다.

"그리움을 아는 사람만이/내 가슴의 슬픔을 알아줍니다//홀로/이세상의 모든 기쁨을 등지고/멀리/하늘을 바라봅니다//아, 나를 사랑하고 나를 알아주는 사람은/지금 먼 곳에 있습니다./눈은 어지럽고/가슴은 찢어집니다//그리움을 아는 사람만이/내 가슴의 슬픔을 알아줍니다."

괴테가 젊은 시절에 쓴 〈젊은 베르테르의 슬픔〉은 나폴레옹이 이집트 원정 때에도 들고 갔고, 일곱 번이나 읽은 책이라고 한다. 남의 약혼자를 사랑할 수밖에 없었으나 이룰 수 없는 사랑에 자살로 마감하는 슬픈 내용이다. 소설을 쓸 당시 괴테의 심정을 둘레길에서 만나 볼 수 있을

둔촌 선생 훈교비. 둔촌동은 고려 말 문인인 이집 선생이 이곳에 은거하면서 생겨난 이름이다.
일자산에는 이집 선생이 후손에게 전하는 간곡한 훈교비와 선생이 은거하였던 둔굴이 있다.

지, 그 뜻을 다시 음미해 본다.

일자산은 해발 134m로 강동구와 하남시의 경계를 이루며, 남북 약 5km로 큰 오르내림이 없이 평탄하고 길게 뻗어 있다. 가족캠핑장, 허브천문공원, 강동 그린웨이 등이 위치해 있어 강동 구민들의 휴식처로 이용되는 곳이기도 하다.

둔촌동은 고려 말 문인인 이집 선생이 이곳에 은거한 사연으로 생겨난 이름이다. 이집(李集) 선생은 고려 공민왕 때 신돈의 실정을 탄핵한 계기로 이곳에 은거하였고 호도 둔촌으로 바꾸었다. 이색, 정몽주, 이숭인 등과 더불어 절개로 널리 알려진 인물이라 한다. 일자산에는 이집 선생이 후손에게 전하는 간곡한 훈교비가 설치되어 있고, 은거하였다는 둔굴이 있다. 둔촌 선생 '훈교비'의 내용은 이러하다.

성내천. 남한산성 청량산에서 발원하여 한강으로 흐르는 약 10km의 성내천은 2005년 생태하천 조성사업을 통해 현재 지역구민의 사랑받는 휴식처가 되었다.

"독서는 어버이의 마음을 기쁘게 하느니/시간을 아껴서 부지런히 공부하라//늙어서 무능하면 공연히 후회만 하게 되니/머리 앞의 세월은 괴롭도록 빠르기만 하느니라//자손에게 금을 광주리에 준다 해도/경서 한 권 가르치는 것만 못하느니라//이 말은 비록 쉬운 말이나/너희들을 위해서 간곡히 일러둔다."

성내천은 남한산성이 위치한 청량산에서 발원하여 마천, 오금, 풍납동을 거쳐 한강으로 흐르는 약 10km의 하천이다. 수량이 부족하여 생태하천 조성사업을 하고 한강물과 지하수를 유입시켜 2005년에 복원하였다고 하는데, 지금은 송파구민들이 즐겨 찾는 친수 공간의 휴식처로 변신하였다. 백로와 오리 등 각종 조류는 물론 팔뚝만한 잉어가 수십 마리씩 무리를 지어 놀고 있고, 크고 작은 물고기들이 유영하는 생태하천으로 거듭나고 있다. 하천 위에 설치된 다리에 사람이 모이면 잉어 떼 무리가 어김없이 나타나서 사람들을 즐겁게 하며 자연의 소중함을 느끼게 한다.

성내천을 지나고 남부순환고속도로 아래로 이어진 둘레길은 체육동산으로 연결된다. 도로 옆으로 잘 조성된 숲길을 따라가는데 아파트 사이로 심어진 산사나무의 붉은 열매가 나무마다 주렁주렁 달려 있고, 산딸나무의 열매도 붉게 물들어 가을의 운치를 돋보이게 하고 있다.

깨끗하게 잘 조성된 아파트를 뒤로하고 장지천에 이른다. 장지천 주변은 2~30년 전만 하여도 전형적인 농촌마을이었는데 상전벽해가 되었다. 도심을 흐르는 냇가에도 정성을 다하여 가꾸어 가니 시민들의 사랑을 받는 산책코스가 되고, 작은 물고기를 포함한 생명체들이 자신들의 세계를 개척하고 있는 것이다.

탄천은 용인에서 발원하여 성남을 거쳐 한강으로 흐르는 지천이다. 갈대와 억새가 바람결에 꽃물결을 이루며 가을을 노래하고 있다. 모든 것이 속도전 같다. 하루가 다르게 변하는 세상이다. 저물어 가는 가을 빛이 완연한 탄천강변에 잘 정비된 자전거길과 도보길을 따라 한 무리의 자전거 행렬이 바람처럼 지나가고 사람들도 부지런히 걸어간다.

왜 걷는가. 앞으로 나아가기 위해서, 누구를 만나기 위해서, 즐겁게 살아가는 방법을 터득하기 위해서다. 사람이 살아있음은 걷는다는 것으로 증명되는 것이다. 걸으면 복잡한 머리도 정리가 된다. 걸으면서 살아온 길을 돌아보기도 하고, 앞으로 살아갈 방향도 영감 얻게 되는 것이다. 서양의 철학자 니체나 프랑스의 천재시인 랭보도 부지런히 걷는 속에서 영감을 얻었다고 한다.

서울 둘레길 3코스는 광나루에서 고덕동을 거쳐 수서까지 26.1km로 8개 코스 중 두 번째로 긴 코스다. 오늘 이 길을 쉬지 않고 걸었다. 6시간 15분이 소요되었으나, 내가 살고 있고, 앞으로도 살아야 할, 변화하는 서울을 내 힘으로 답사하는 기쁨을 얻었다.

# 모든 것을 품는 산에 욕망을 두고 오다
### 서울 둘레길 4구간: 수서역—우면산—사당역

　서울은 어느 방향으로 가나 도심에서 한 시간 이내의 거리에 우거진 숲이 가득한 아름다운 산들이 있다. 대도시 근교에 이렇듯 산과 강이 조화를 이루고 있는 곳은 매우 드물다. 몇 년 전 유럽의 관광도시로 이름 높은 프랑스의 수도인 파리와 영국의 수도인 런던에 가 본 일이 있다. 모두 평지에 위치하고 있어 도시를 가로지르는 강은 있지만 우리 서울과 같이 근교에 산다운 산은 없었다. 그래서 서울이 다른 지역보다 넉넉하고 좋은 여건의 자연적인 혜택을 누리고 있는 곳이라 생각된다.

　오늘은 강남에서 접근하기 편리하고 주민들이 즐겨 이용하고 있는 서울 둘레길 4구간을 답사한다. 지하철 수서역 6번 출구를 나서면 바로 대모산 능선이 나온다. 대모산은 높이 293m의 평범한 산이다. 하지만 접근성이나 걷기에는 더 없이 적당한 곳으로 강남 주민들이 즐겨 찾는 휴식공간으로 손색이 없는 산이다.

　같은 산이라도 계절에 따라 다르게 보이는 것이 산의 풍경이다. 봄이면 각종 야생화들이 지천이다. 여름에는 시원한 그늘과 청정한 공기를 제공해 주고 가을이면 각종 열매와 아름다운 단풍으로 즐거움을 주는 강남의 보배가 대모산이다. 오늘도 남녀노소 할 것 없이 많은 사람들이 마지막 가는 가을을 아쉬워하며 낙엽에 취해 걸어가고 있다.

겨울의 문턱에 선 11월 하순에 비가 내린다. 낙엽을 밟고 지나가는 길에 바스락 거리는 소리와 함께 받쳐 든 우산 위로 내리는 빗소리가 조화를 이루는 음악 협주회 같다. 나무들은 옷을 벗어 힘겹게 추위를 대비하고 떨어진 낙엽은 따뜻한 이불이 되어 나무들을 보호하는데 마지막 힘을 쏟는다. 어머니의 모성애처럼 느껴진다.

대모산은 높이는 낮아도 어머니 산답게 생명수를 제공하는 약수터가 많다. 하지만 산을 찾은 사람들이 많아짐에 따라 약수가 오염되어 음용 부적합이란 글이 마음을 아프게 했다. 둘레길에서 처음 만나는 쌍봉 약수터를 지나고 하나하나 정성을 들여서 쌓아 올린 돌탑들이 나타난다. 대모산에서 15년째 돌탑을 쌓아 올린다는 어떤 이는 아름다운 자연과 함께 건강하게 살아갈 수 있도록 염원하는 마음을 담는다고 했다.

실로암 약수터와 고려 공민왕 때 건립하였다는 대모산 유일의 사찰인 불국사와 불국사 약수터를 지난다. 대모산과 구룡산의 경계를 지나고 개암 약수터를 지나도 모두 음용 부적합이니 목이 말라도 먹을 수 없는 안타까움이 가득하다. 사람들이 자연을 훼손한 결과가 이렇게 나타난 것이니 누구를 탓할 것인가.

구룡산의 능인선원 입구와 염곡동 마을을 지나고 여의천을 지나면 양재 시민의 숲이다. 양재 시민의 숲 공원은 개포 토지 구획 정리 사업으로 확보된 땅으로 조성하여 1986년에 개장하였는데 수많은 종류의 나무들이 식재되어 시민들의 휴식 공간으로 이용되고 있다. 이제 그 나무들은 겨울을 맞아 모든 잎을 땅 위에 소복이 떨어트렸다. 열심히 일하다가 마지막 소명을 다하듯 땅 위에 아름다운 풍경을 그려내고 있다. 그런데 납엽송 잎들이 가을비에 소리 없이 흘러내리는 모습에서 애잔한 느낌을 받는 것은 나 혼자만의 생각일까.

매헌 윤봉길 의사의 기념관이 나온다. 매헌 윤봉길 의사는 충남 예산 출신으로 우리 민족이 일제 강제 통치에 신음하던 암흑시대에 농촌계몽운동과 민족운동을 전개하다 국내에서의 독립운동을 지속하기 어려워지자 중국으로 망명, 임시정부가 있는 상해에 도착한다. 1932년 일본군이 상해를 침공한 후 홍구공원에서 상해 점령 전승 기념식을 하는 틈을 타서 윤 의사는 단신으로 폭탄을 투척하여 일본군 수뇌부를 폭사시키고 체포되어 25세를 일기로 순국한 애국지사다.

대모산 돌탑. 대모산에서 15년째 돌탑을 쌓아 올린다는 어떤 이는 아름다운 자연과 함께 건강하게 살아갈 수 있도록 염원하는 마음을 담는다고 했다.

윤봉길 의사 매헌 기념관. 윤봉길 의사는 1932년 홍구공원에서 일본군 수뇌부를 물통형 폭탄을 이용해 폭사시키고 체포되어 25세 일기로 순국하였다.

비가 계속 내리는데 우면산 청솔모 한 마리가 먹이를 찾다 화들짝 놀라서 쏜살같이 나무 위로 달아난다. 나무 위에서 동그란 눈으로 내려다보는 모습이 무척이나 앙증맞게 보인다.

낙엽이 덮인 등산로를 혼자 조용히 걸으니 온 세상이 잠들어 평화가 온 듯 고요하다. 우면산 중턱에 위치한 대성사도 빗소리에 잠들어 있다. 비를 맞으면서도 빙긋이 웃으며 앉아 계시는 부처님도 말씀이 없고, 계곡으로 흐르는 물소리만 정적을 깨트린다. 산속에 들어오니 욕망이나 잡념도 모두 사라지고 마음도 순수해진다. 산은 사람의 마음을 청정하게 하고 비우게 하며 모든 것을 품어 안는다.

예술의 전당이 보인다. 이곳 산자락에 터를 잡은 지 30여년이 되었다. 예술이 마음을 순수하게 만드는지 비가 오는데도 많은 사람들이 건물 안으로 들어가는 모습이 보인다. 걸으면서 생각한다. 하루가 바쁘게 돌아가는 세상이지만 조금이라도 뒤를 돌아보고 마음도 가다듬으면 한결 평화로울 것이며 이웃과 더불어 살아가는 세상이 될 것이다.

우면산은 소가 편안하게 누워 있는 형상을 하고 있는 산이다. 해발 300m도 안 되는 산이지만 이곳에도 약수터가 많다. 그래서 등산객에게 맑고 시원한 약수를 제공한 적이 있지만 지금은 음용 부적합이라는 표지가 붙어 안타깝다. 그리고 지난 몇 해 전 산사태가 나서 아랫동네에 인적·물적 피해가 많았다. 지금은 깨끗하게 정비해 놓았다.

겨울의 문턱에 선 모든 나무들이 옷을 벗어 삭막해져 가는데 우면산 자락에 늘 푸른 옷을 입고 있는 나무들이 있다. 전나무 숲이다. 비가 오는데도 향긋한 나무 내음이 신선하다. 푸른 나무들은 사람들의 안정시켜 주는 자연 안정제다.

누가 쌓았는지 능선에 돌탑이 반기고 있다. 하나하나 쌓은 공덕에 사람들의 마음도 이곳에 쌓이는 듯하다. 목이 타는데 약수터를 찾으니 마침 성산 약수터가 나온다. 이곳도 음용 부적합이라고 한다. 사람도 모든 생명도 물이 없으면 살 도리가 없다. 한여름 타는 목마름에는 한 잔의 물이 생명수가 되기도 하는 것이다. 깨끗하게 가꾸어야 하는 이유다. 둘레길에 빨간 우체통 모양의 스탬프가 나오더니 드디어 하산 길이다. 사당역 3번 출구에 도착한다.

산행을 하는 사람은 하나같이 표정이 밝다. 산행 중에 모르는 사람이라도 만나면 반갑게 인사를 하고 이야기도 하고 음식도 나누어 먹기도 하고, 친구가 된다. 그래서 산이 좋은 것이다. 서울에서 차를 타고 멀리 가지 않아도 걸을 수 있는 산이 있고, 조용한 산에서 혼자서 사색하면서 걷는 것도 즐거운 일이다. 갈 수 있는 길이 있기에 걷는 것이고 건강하기에 걸을 수 있어 행복을 누린다. 아침 9시 20분에 출발하여 15시 50분이다. 17.9km의 거리를 비가 오는 가운데 무사히 마친 행복한 하루다.

# 함께 걸으면 더 즐거운
서울 둘레길 5구간: 사당역—서울대—석수역

새해를 맞이하고 벌써 보름이 지나간다. 치열한 경쟁사회 시대에 앞만 보고 달려가는 현대인들의 바쁜 생활로 사통팔달의 교통요지이자 지하철 2호선과 4호선이 교차하는 사당역은 늘 사람으로 붐빈다. 그러나 출근 시간이 지난 탓인지 몰라도 사당역 4번 출구를 찾아 나오니, 조금 여유가 느껴진다. 한 겨울 아침 공기가 싸늘하게 다가온다. 서울 둘레길 표지판을 따라 빌딩과 주택가 건물들을 지나서 관악산 관음사 입구로 향하는 계곡까지 10분 남짓 거리를 걷는다.

한겨울 영하 10도라는 매운 추위에도 불구하고 둘레길을 도는 행인에게 먼저 다가와 반갑게 인사를 건네는 것은 빨간 우체통 모양의 스탬프대다. 잠시 걸음을 멈추고 빈 칸을 하나 채워 보는데 찍고 보니 스탬프 모양이 관악산과 삿갓 모양으로 각인되어 있다.

관음사 옆을 지나고 언덕으로 오르는데, 지난 밤 추위를 온몸으로 버텼던 나무 위에 까치 한 마리가 아침 햇살을 물고 앉아 날갯짓하며 산행객을 맞는다. 나무들도 알고 있었다. 비워야 채워질 수 있다는 것을. 하지만 그 모습이 처연하다. 자신들의 몸에서 태어난 꽃과 열매를 위해

낙성대. 고려 시대 명장이자 외적으로부터 나라를 수호한 인헌공 강감찬 장군의 생가터다. 장군이 태어날 때 별이 하늘에서 떨어졌다고 하여 이름 붙여졌다.

열심히 일한 것을 자랑하거나 어떤 텃새조차 한 번 부리지 않고 마지막 한 잎의 나뭇잎조차 보내할 시기가 오면 조용히 떠나보내는 그 의연한 마음을 잘 알기에 보는 이도 편하지 않다.

추운 날씨임에도 둘레길을 걸으면서 즐기는 사람들이 생각보다 많다. 나이 지긋한 친구 여럿이 함께 정담을 나누며 걷는가 하면, 젊은 아빠가 어린 아들의 손을 잡고 부자간의 정을 돈독하게 하는 광경도 아름답다. 부부나 연인들이 산길을 다정하게 걷는 모습은 사랑스럽다. 함께 걷는 산행 길은 두고두고 추억의 이야기 한편이 되어 전해질 것이다. 할머니 단체도 보인다. 높은 산은 부담되지만 둘레길은 함께 운동하며 우정과 건강을 다지기에 더 없는 좋은 장소이기 때문이다.

고려 시대 명장이자 외적으로부터 나라를 수호한 인헌공 강감찬 장군의 유적지인 낙성대다. 장군이 태어날 때 별이 하늘에서 떨어졌다고 하여 장군의 생가터 이름을 '낙성대'라 불린다. 장군은 평소 학문을 즐겼으며, 고려 현종 때 거란이 40만 대군으로 고려를 침략하였을 때 설

강감찬 장군상. 고려 현종 때 거란 40만 대군을 설유하여 물러가게 했고 다시 거란 소배압이 대군을 이끌고 침략했을 때 귀주에서 격퇴하여 거란병 중 살아 돌아간 자가 불과 수천 명밖에 되지 않았다.

유하여 물러가게 하였고, 다시 거란 소배압이 대군을 이끌고 침략해 왔을 때 귀주에서 이를 격퇴시켜 거란병 중 살아 돌아간 자가 불과 수천 명밖에 되지 않았다고 하는 구국의 영웅이었다. 우리 민족을 가난에서 벗어나도록 한 박정희 대통령의 지시로 성역화한 경내에는 장군의 초상을 모신 안국사와 삼층석탑이 위치해 있고 외부에는 늠름한 기상의 강감찬 장군 동상이 서 있다. 평소에는 국리민복을 위하여 헌신하고 나라가 위급할 때는 전쟁터에서 국가를 위하여 몸을 바치는 충성심에 마음이 숙연하다.

안국사를 지나고 언덕을 올라 숲길을 사색하다 보면 관악산 품에 안긴 서울대학교가 보인다. 대한민국의 수재들이 모여 학문을 연마하는 서울대학교 정문을 지나고 관악산으로 들어가는 공원 입구에서 다시 붉은 우체통 모양의 스탬프대가 사람들을 맞이한다.

행복이 별 것 아니라는 생각이 든다. 무슨 일을 하든지 자신의 마음이 즐거우면 그것이 행복이다. 오늘 둘레길을 함께 걷던 중년 부부들이 관악산 연주암 높은 절벽이 각인된 스탬프를 찍으며 다정하게 웃는다. 걸어온 흔적을 빈 여백에 하나하나 저축하듯 채워 가는 것도 즐거운 모양이다.

물레방아와 천하대장군들이 사열하듯 늘어서 있는 산길을 지나고 소나무 숲길을 오르니 조망 좋은 전망대 표시가 나와 살펴보니 관악산과 이를 품은 서울대 건물 전경이 눈앞에 펼쳐진다. 이어진 숲길을 지나 보덕사 팻말을 뒤로하고 숲의 나무들이 무언의 대화를 나누는 평탄한 길을 따라 맑은 기운을 온몸으로 받아 본다. 숲에 가려진 정자와 바위에서 나오는 이름도 희미한 상호 약수터다. 붉은 바가지 두 개가 사이좋게 걸려 있어 목이 마른 산행객들에게 생명수를 제공하고 있다.

이를 지나니 바로 천주교 삼성산 성지다. 1839년의 기해박해 때 천주교 성직자였던 성인 선교사 3인이 순교하여 이곳에 안치한 교회 사적지라 한다. 종교를 위해 목숨까지 바친 성인들이다.

눈앞에 호암산이 버티고 서 있는가 싶더니 이어서 호압사 경내다. 현지에 설치된 안내판에 의하면, 조선 태조 때 서울에 도읍을 정하고 궁궐을 짓는데 꿈에 반은 호랑이고, 반은 모양을 알 수 없는 이상한 괴물이 나타나 군사들이 아무리 활을 쏘아도 궁궐을 부수고 사라지곤 했다고 한다. 태조가 침통한 마음으로 침실에 들었을 때 꿈속에 "한양은 좋은 도읍지"라는 소리가 들려 보니 한 노인이 있어 무슨 묘안이 없느냐고 물으니 노인이 한 곳을 가리켰다. 가리키는 곳으로 보니 호랑이 머리를 한 산이 굽어보고 있었다. 태조가 이를 무학대사에게 전하고 무학대사가 호랑이의 기세를 꺾기 위하여 호압사를 건립하였다는 설이 전해 오고 있다.

계곡에는 아래로 향하는 집념을 조용히 가슴에 담고 있는 호암산 폭포가 모습을 드러낸다. 맑고 하얀 모습으로 단장한 자연의 얼굴이다. 바위를 타고 아래로 내려오는 절벽마다 그만 힘이 부쳐서 손짓으로만 대신하는 아쉬움과 여운을 남기면서 내려다보고 있다.

우리 선조들은 한 치의 땅도 그냥 방치하지 않았다. 국가사적 343호인 호암산성이 위치하고 있는 곳이다. 둘레길에서 700여 미터 거리에 위치한 산성은 통일 신라 후 당나라와 전쟁 때 수원으로 넘어가는 육로와 남양만으로 침입하는 해로를 효과적으로 방어 공격하기 위해 세운 성이라고 전하고 있다. 또한 성안에 위치한 한 우물은 통일신라 시대에 축조되었고, 임진왜란 때 선거이 장군이 왜군과 전투하면서 군용수로 사용하였다고 한다.

다시 오르내림의 반복이 끝나고, 주택가 입구에서 마지막 스탬프를 날인, 드디어 석수역에 도착한다. 길은 마치 인생길의 복사판 그것이다. 관악산을 거치고 삼성산과 호암산까지 수많은 오르내림의 반복이 있었다. 멀기만 한 길도 한걸음부터 시작된다. 꾸준하게 걸어온 오늘 서울 둘레길 5구간 12.7km를 10시 28분에 사당역 4번 출구에서 출발하여 15시에 석수역에 도착한다. 비록 바람이 차고 눈발이 날리는 궂은 날씨지만 걷는 것은 즐거운 것이다. 삶이란 걷는 것이고 생명이 살아있음을 절실히 느끼게 해 주기 때문이다. 둘레길 그곳에도 파릇한 기운이 도는 봄도 함께 오고 있었다.

# 강물이 흐르며
## 서울 둘레길 6구간: 석수역-안양천-가양역

초등학교 시절 지도를 펼쳐 들고 새로운 지역을 찾아보는 것이 재미있었다. 산맥을 넘고 강을 건너거나 들판을 지나다 보면 강물이 어디서 와서 어디로 흘러가는지 궁금하기도 했다. 경부선, 호남선, 중앙선이 그려진 지도를 펼쳐 놓고 철로를 따라 눈으로 하는 여행을 했다. 실제로 하는 여행은 아니었지만 그래도 미지의 세계를 가 본다는 호기심이 펼치는 상상 여행은 즐거웠다.

현대인의 생활이란 것이 빼곡하게 짜인 일상에 얽매여 누구나 바쁘다 한다. 그러나 바쁘다는 이유로 마음의 여유까지 함께 잃어버리면서 살고 있지 않나 생각한다. 가장 소중하게 대해야 할, 함께 생활하는 가족을 소원하게 대하고, 우리에게 많은 혜택을 주는 주변의 자연도 가까이 있기에 언젠가는 가 볼 수 있다는 생각만으로 찾기를 미루는 것이 현실이다. 하지만 멀리 보지 않아도 자신의 주변이 가장 핵심인 것임을 살다 보면 알 게 되는 것이 인생인 듯하다.

봄이 달려오고 있다. 그 동안 억눌렸던 자유를 조금씩 확인하면서 날마다 수줍은 듯 한 뼘씩 얼굴을 내어 밀고 있는 것이다. 계절이 바뀌니

홍매화. 길가에 봄이 피었다. 겨울 동안 숨을 죽이며 살아낸 홍매화가 수줍은 듯 탐방객을 반긴다.

사람들의 얼굴과 표정, 그리고 차려입은 옷에서 마음까지 변화된 밝은
모습들을 보여주고 있다. 사람만 아니다. 많은 생명들이 긴 겨울 동안
움츠렸던 몸을 가다듬고 새로운 희망에 부풀어 있는 모습을 이곳 안양
천에서 음미할 수 있다.

오늘은 서울과 경기도의 경계에 위치한 수도권 전철 1호선인 석수역
에서 안양천을 따라 한강과 가양역에 이르기까지 서울 둘레길 제6구간
18km를 걸어 답사하면서 주변에 펼쳐지는 이야기들을 담아볼 생각이
다.

우리는 오랜 시간 아름다운 강의 효용성과 자연의 혜택에 대해 잊고
살아왔다. 여름이면 가물거나 홍수로 생활에 타격을 입었고 지난

안양천. 제방을 사이에 두고 빠름과 느림을 한눈에 볼 수 있는 곳이다. 겨울을 이겨낸 개나리가 저 멀리 봄의 여유를 즐기며 걷는 이들의 관심을 모은다.

6~70년대는 산업화로 인한 오염의 대명사로 접근조차 꺼려하던 곳이었다. 하지만 생활의 여유를 가진 이제는 인근에 물이 흐르는 강이 있는 곳이 얼마나 소중한 자산인지 모르는 사람이 없을 정도가 되었다.

강물은 주변의 풍경을 바꾸면서 삶의 여유와 휴식 공간을 제공하는 필수 공간이 되었을 뿐만 아니라 현대인에게 있어서 삶의 활력소 역할을 한다. 특히 오늘날 구획화되고 획일화된 단조로운 도시 구조에서는 더욱 그러하다.

석수역에서 100m 서쪽으로 안양천이 흐른다. 길가에 봄이 피었다. 겨울 동안 숨을 죽였다가 이제 겨우 얼굴을 내어 민 하얀 매화꽃 나무 몇 그루와 붉은 홍매화가 수줍은 듯 탐방객을 반기고 있다.

안양천은 제방을 사이에 두고 빠름과 느림의 현상을 한눈에 볼 수 있는 곳이기도 하다. 금천구청역까지 이어지는 제방 옆으로 경부선 열차가 굉음을 내며 질주한다. 현대 문명을 관통하며 유유히 흐르는 강에는 검둥오리와 쇠백로, 청둥오리가 한가로이 잠을 자거나 자맥질한다. 평화롭다. 이어지는 안양천 위에는 겨울을 이겨낸 개나리가 노오란 모습으로 봄의 여유를 즐기며 걷는 이들의 관심을 모은다.

안양천은 봄꽃의 여왕 벚나무가 하늘을 덮고 줄지어 서 있는 산책로가 장관이다. 금천, 구로, 영등포구마다 끝이 보이지 않을 정도로 긴 벚꽃길이 특색 있게 조성되어 있다. 아직은 추위가 채 가시지 않아 활짝 핀 아름다운 꽃을 볼 수 없는 아쉬움이 있다. 하지만 봄의 축포를 마음껏 쏘아 올리기 위해 가지마다 경쟁하듯 잔뜩 몽우리를 간직한 채 금방이라도 꽃피울 듯 시간만 애타게 기다리는 모습도 아름답게 보인다.

다음달 4월이면 아름다운 왕 벚꽃들의 개화로 일대가 꽃의 향연이 펼쳐지고 수많은 사람들의 사랑을 독차지할 것이다. 이 외에도 장미원, 영산홍, 단풍나무 등으로 잘 정비된 안양천은 사람들의 휴식 공간이자 사랑과 마음을 나누는 아름다운 곳이다.

봄의 위력은 쌀쌀한 날씨임에도 사람들 마음부터 움직이게 한다. 안양천에는 봄을 찾아 나온 부지런한 아낙네들이 여기저기서 고개를 내민 쑥을 채취하면서 봄을 담아내고 있다. 무성했던 갈대 옆으로 잘 정비된 자전거길에는 유치원생 어린이와 젊은 아버지가 함께 자전거를 타다 힘이 들었는지, 강변 버드나무 가지에 걸려 말라버린 지난 가을의 덩굴 열매를 따고 있다. 그리고는 그 속에 있는 씨앗을 바람에 훅 하고 분다. 하얀 홀씨가 기분 좋게 하늘로 날아오르는 광경에 아이와 아버지가 웃고 즐거워하는 모습이 아름답다. 제방 위에 조성된 길에서는 아기를 안은 젊은 엄마와 어린 자매 3명이 킥 보드를 타면서 웃음꽃이 가득하다. 사람들이 이 아름다운 벚꽃 길을 따라 걸으며 함께 웃고 행복해하는 모습이 좋다.

편리한 생활을 위한 공간 설치는 강 위라고 예외가 아니다. 비좁은 도시 공간이 안양천 위로 전철 역사를 세우게 했다. 인천행 전철 구일역이 그것이다. 강 건너편에는 서울의 유일한 고척 돔 야구장이 모습을 드러낸다.

안양천 구로구간에 강물과 어울리는 한 편의 시가 길손을 맞이한다. 최훈해 시인의 〈강물이 흐르며〉라는 시다. 이 밖에도 몇 편의 시가 마음을 헤아린다. 도시 한 가운데로 유유히 흐르는 안양천을 따라 걷다 보면 마음까지 편안해져 옴을 느낀다. 끝도 없이 늘어서 있는 벚나무 아래 다정한 모자가 눈길을 끈다. 서너 살 남자아이와 엄마가 산책을 나왔다가 길가 벤치에 앉아 엄마가 준비해 온 간식을 조용히 먹고 있다. 오이와 과일을 집어 입으로 가져가는 아이를 바라보는 젊은 엄마의 얼굴에서 잔잔한 미소가 흐른다. 아이의 먹는 모습에서 행복을 느끼는 것이다. 노부부도 벤치에서 오후의 따뜻한 햇살을 즐기고 있고 손잡고 걸어가는 젊은 연인들의 모습도 아름답다. 행복이 먼 곳에 있는 것이 아님을 눈으로 보고 있다. 일상에서 마음이 기쁘고 즐겁게 느끼면 그것이 행복이 아닌가 생각한다.

강변을 따라 잘 조성된 길에 자전거 동호인의 힘찬 레이스, 곳곳에 설치된 운동시설과 전망대, 갈대 숲속에 가려진 강물 위에 노니는 각종 철새들의 한가로운 모습을 보다 보면 어느새 목동 아이스링크장과 목동 운동장이 나온다. 연두색 버드나무가 봄을 부르는 듯 강물과 어울려 한 폭의 그림을 그려낸다. 그렇게 흘려 내려온 안양천도 이제 여행을 멈추는 곳에 다다른다.

안양천 강물을 말없이 담아내는 한강이 그 모습을 드러낸다. 넓은 한강에 강태공들이 여유를 낚고 있다. 붕어도 낚고 잉어도 낚는다고 했다. 강물을 바라보니 팔뚝만한 고기들이 봄이 즐거운지 물 위로 뛰어오르기 경쟁을 하는 것 같다. 안양천 합수지점에서 가양대교 가는 곳에는 자전거와 인라인을 즐기는 동호인들의 행렬이 줄을 잇는다. 유유히 흐르는 한강을 따라가다 둘레길은 가양대교 부근의 염강 지하 나들목으로 안내한다. 석수역에서 가양대교 입구까지 서울 둘레길 6구간 18km 거리다.

# 쓰레기 산 난지도의 새 이름, 월드컵경기장 공원

## 서울 둘레길 7구간: 가양역—월드컵 공원—구파발역

    싱그러운 오월이다. 비가 오고 난 후 모처럼 맑은 하늘과 상쾌한 공기를 맛 볼 수 있는 기회를 가진다. 마침 지하철까지 붐비지 않으니 마음이 한결 여유롭다. 강서구에 위치하고 있는 지하철 9호선 가양역 3번 출구를 나온다.

    오늘 답사할 서울 둘레길 7구간도 지하철 접근성이 좋아 누구나 마음만 먹으면 갈 수 있는 코스다. 한강 하류를 가로지르는 가양대교에 오른다. 한강은 강원도 태백산 검룡소에서 발원하여 수백km를 거치고 여기까지 달려왔다. 이제, 바다로 가기 전 마지막 숨을 고르는 듯 속도를 조절한다. 가양대교를 걷다 보니 파리 중심부를 흐르는 아름다운 세느강이 생각난다. 강폭이 한강의 반 정도밖에 되지 않은 강인데도 유람선을 비롯하여 화물선 등 각종 배들로 가득했고 거기에다 분주하게 강을 이용하던 사람들의 생동감 넘치는 모습이 생각났기 때문이다. 우리도 남북이 갈라지기 전에는 한강을 통하여 마포나루까지 각종 농산물과 해산물을 가득 싣고 다니던 배들이 문전성시를 이루었다고 하는데 지금은 정적만 감돌고 있다. 강물을 바라보는 것도 좋지만, 이제는 우

하늘공원 보리밭. 끝없이 펼쳐진 갈대. 바람에 넘실대는 보리밭 풍경을 보며 인간은 자연을 떠나 살 수 없다는 것을 실감한다.

리네 삶을 담아내는 친숙한 모습도 아름다울 것이라는 생각과 기대를 해 본다.

  강 하류 쪽을 바라보니 물길과 맞닿아 있는 곳에 위치한 행주산성이 시야에 들어온다. 행주산성은 임진왜란 3대첩 중 하나인 행주대첩이 벌어진 곳인데 임진왜란이 일어난 이듬해 권율 장군이 수적 열세에도 불구하고 3만 명이나 되는 일본군을 제압하고 조선이 통쾌하게 승리한 곳이다. 당시 민관군이 이곳에서 사력을 다해 일본군과 싸울 때 부녀자들이 치마로 나른 돌을 무기로 사용하였다는 감동의 행주치마의 전설이 있는 곳이기도 하다.

월드컵경기장 공원. 이곳은 1993년까지 서울시민이 버린 쓰레기로 만들어진 2개의 거대한 산과 넓은 면적의 난지도 쓰레기매립장이었다. 2002 월드컵 개최와 새천년을 기념하기 위해 공원화하면서 대규모 환경·생태 공원으로 거듭났다. 평화의공원, 하늘공원, 노을공원, 난지천공원, 난지한강공원의 5개 테마공원이 있다.

　가양대교를 지나고 서울과 수도권 시민들이 사랑하는 서울의 명소, 월드컵공원 영역에 들어선다. 한강수변공원과 노을공원과 하늘공원, 평화의 공원이 위치하고 있는 일대가 월드컵공원 영역이다. 메타세콰이어 길을 지나고 하늘공원에 오른다. 끝없이 펼쳐진 갈대, 바람에 넘실대는 보리밭 풍경이 옛날 시골의 전원 풍경을 생각하게 한다. 그뿐만 아니라 아름다운 한강과 주변 풍경의 조망은 물론이고, 2002년에 우리나라와 일본이 공동개최했던 제17회 FIFA 월드컵에서 세계 4강 신화를 장식한 상암 월드컵경기장과 그 옆으로 울창한 숲이 시원하게 전개되는 평화의 공원이 있다.

　인간은 자연을 떠나서는 살 수 없다는 것을 실감한다. 주변에 숲이 가득하고 잘 정비되어 쾌적하고 편리한 공간에서 자연과 더불어 호흡하며 살기를 원한다. 자연은 아무런 대가를 요구하지 않고 인간의 몸과 마음을 치유해 주는 넉넉한 마음을 가지고 있다. 하늘공원과 노을공원이 위치한 이곳도 한때는 천만 서울시민들이 버린 쓰레기가 90m 높이의 산으로 쌓였던 아픈 추억이 있다. 이런 곳을 열심히 정화하고자 하는 노력이 자연을 감동시켜 초목들이 풍성하게 자라났고, 오늘날 시민들의 휴식처로, 사랑받는 공원으로 완벽하게 탈바꿈하게 되었다.

자연의 법칙에는 한 치의 어긋남도 없다. 북한산에서 발원한 불광천에도 꽃들이 한창 향기를 자랑하는 오월이 왔다. 오월이란 달은 생명이 활동하는데 가장 좋은 시간인 모양이다. 월드컵경기장 주변을 흐르는 불광천의 얕은 물에도 팔뚝만한 잉어 떼들이 여기저기에서 무리를 지어 강물을 휘젓고 다닌다. 자연의 일원으로 후세를 이으려는 치열한 경쟁이 물속에서도 이루어지고 있는 것이다. 강변 산책길도 여유를 즐기는 사람들로 가득하다. 아기를 유모차에 태워서 산책을 하는 젊은 엄마에서부터 연인과 함께 손잡고 걷는 사람, 자전거를 타는 사람 등 남녀노소가 따로 없다. 모두 맑고 밝은 얼굴이다.

드디어 길은 산으로 인도한다. 산에는 사람들을 넉넉하게 안아주는 숲들이 존재한다. 피톤치드 가득한 맑은 공기뿐만 아니라 일상에 지친 몸과 마음까지 품어 주는 여유를 가지고 있다. 온갖 근심걱정도 숲에서는 물거품처럼 사라지고 마음까지 편안 할 뿐 아니라 새롭고 밝은 기운까지 돋우어 준다. 그래서 집에서 가까이 맞닿은 등산로에는 이용객들이 줄을 잇는다. 친구들끼리, 다정한 가족도 보이고, 학생들이 단체로 올라와서 웃고 즐기는 모습도 아름답다. 우리 사회도 이렇게 활기가 넘치는 밝고 건강하고 넉넉한 마음이 가득한 나라가 되었으면 한다.

길이 이어지는 곳에 역사와 전설이 있게 마련이다. 봉수대가 설치된 봉산에 이른다. 조선시대 긴급한 군사정보를 신속하게 알려 위급한 사

봉산 봉수대. 봉산은 산 정상에 봉수대가 있어서 붙여진 이름이다.

태에 대비하기 위한 시설이다. 옛것은 없어지고 새로 설치한 것이지만 옛 선인들의 지혜를 엿볼 수 있는 제도임에 틀림이 없다. 그리고 서울 경계에서 고양시에 위치하고 있는 서오릉으로 가는 벌고개 이야기다. 조선 세조 때 세자로 책봉된 맏아들이 일찍 죽자 묘를 쓸 곳을 물색했다. 유명한 지관이 명당을 찾던 중 현재의 경릉 자리에서 대대로 왕통이 이어질 길지를 발견했는데 문제는 땅 속에 벌집이 있어 지관이 자리를 정해주고, 반드시 일정한 시간이 지난 다음에 땅을 팔 것을 당부하고 떠났다. 그런데 마침 천둥이 치고 비가 내리니 시간을 기다리지 못한 인부들이 땅을 파자 벌들이 고개를 지나지 못한 지관을 공격하여 그 자리에서 죽고 말았다 하여 벌고개라 이름이 지어졌다고 한다. 죽은 지관의 말대로 이곳에 묘를 쓴 덕종의 아들인 성종과 이후 자손들이 대대로 왕위를 계승한 것이 흔히 말하는 명당의 발복(發福)에 의한 것인지는 모르겠지만, 이곳 안내판은 벌고개와 관련된 흥미로운 이야기를 전하고 있다.

모르는 것을 알아가는 재미도 쏠쏠하다. 우리가 살고 있는 마을 주변을 찾아가서 보는 것도 그런대로 의미가 있다는 생각이다. 사람이 살아간다는 것은 길을 걷는 것이다. 길이 있어 걸을 수 있고, 걸어야 건강하다는 생각이다. 산 위에서 세상을 내려다보며 혼자 조용히 걷다 보면 생각이 맑아지고 마음까지 즐거워진다. 걸으면서 생각하고, 생각이 마음을 정리한다. 오늘, 서울의 서부지역인 가양역에서 한강을 지나 월드컵공원과 봉산, 앵봉산, 구파발역까지 즐거운 마음으로 답사하니 16.6km 거리에 5시간 반이 소요되었다. 건강도 다지고 사람을 비롯한 지역 풍경도 살펴보는 배움의 하루였다.

# 서울의 진산, 북한산
## 서울 둘레길 8-1구간: 구파발역—정릉—우이동 솔밭

바쁘게 움직이던 일상생활도 토요일 아침은 여유롭다. 마음이 여유롭지 못하고 관심이 없으면 보물이 옆에 있어도 보이지 않는다고 한다. 북한산이 그런 곳이라 생각한다. 서울 시민의 정다운 휴식처이자 생각만 하면 오를 수 있는 곳, 서울의 진산이다. 오늘은 북한산과 서울의 둘레길이 겹쳐진 곳을 돌아보는 코스로 구파발역에서 출발하는 일정을 잡았다. 옛날부터 구파발은 평양과 원산, 함흥 등 북쪽으로 떠나던 시발점으로 사람들의 왕래가 분주하던 곳이다. 지금도 구파발은 은평 뉴타운의 개발로 쾌적한 삶의 공간이자 북한산을 찾는 사람들의 만남의 장소다.

아파트가 가득한 신도시 가운데 맑은 물이 흐르고 작은 물고기가 뛰어 놀고 있는 개천이 있다. 7월 한여름 이른 아침, 나이 든 어른부터 동네꼬마까지 산책을 하는 사람들의 표정이 밝고 즐겁게 보인다. 젊은 아빠가 이제 갓 3살이라는 쌍둥이를 데리고 산책을 나선다. 한 명은 안고, 또 한 명은 종종걸음으로 흐르는 물을 보면서 걷고 있다. 아기들은 물이 흐르는 냇가에 고기가 뛰어오르자 쪼그리고 앉아 신기한 듯 아빠

평창동 주택가. 뒤로는 차가운 겨울의 북풍을 막아주는 북한산이 품에 감싸 안고. 앞은 탁 트인 양지바른 곳. 터가 좋고 전망이 좋아 고급주택지가 되었다.

와 셋이서 웃기도 하고 종알거리며 걷는다. 그 모습이 작은 모래가 흐르는 물에 씻겨 조금씩 굴러 가는 듯 귀엽다. 또 다른 할머니도 손자를 안고 빨갛게 피어오른 연꽃들과 청둥오리 한 마리가 앉아 있는 곳을 가리키며 평화롭고 한가한 아침을 맞는 행복한 나들이가 한창이다.

북한산 숲길에 있는 선림사가 눈에 들어온다. 선림(禪林)이란 깨달음의 숲이라는 뜻이라고 한다. 조용한 산길을 걸으면 자신의 생활을 뒤돌아보게 되고, 복잡하게 얽힌 생각도 정리가 되면서 마음의 평화가 저절로 찾아오는 듯 느껴진다. 맑은 공기와 새들의 속삭임, 각종 나무들로 조화를 이룬 푸른 숲은 바쁜 일상에 지친 사람들의 몸과 마음을 달래주고 치유해 준다.

둘레길은 사람들을 만나는 즐거움의 장소다. 불광사와 장미공원에 다다르니 젊은 엄마가 아기를 유모차에 태우고 올라와 아기를 내려놓는다. 아장거리는 아기의 모습에 엄마가 미소를 짓는다. 가지고 있던 빵 한 봉지를 건네주니 아기가 귀엽게 인사까지 한다. 자연이나 사람도 어린 것은 예쁘고 사랑스럽다. 연하고 가냘프고 곧 쓰러질 듯 보여도

유연성이 강해 금방 일어선다. 어린
생명들이 있어 세상이 이어지고 자
연이 건강하다.

화계사

　길을 건너 땅속에서 솟는 약수 한
잔으로 더위를 달래고 서울시에서
선정한 '북한산을 볼 수 있는 조망 명소'에 이른다. 향로봉, 비봉, 나한
봉, 보현봉 등 북한산의 영봉들이 한 눈에 들어오는 곳이다. 우리 선조
들이 이 땅에 뿌리를 내리고 역사를 시작하면서 수많은 시간 동안 우리
의 기쁘고 슬펐던 역사를 묵묵히 지켜 보아온 북한산은 사람에게 넉넉
한 삶의 터전을 마련해 주었다.

　전심사를 지나면 나오는 평창동 고급 주택가가 그러한 곳이다. 뒤로
는 차가운 겨울의 북풍을 막아주는 북한산이 품에 감싸 안고 앞은 탁
트인 양지바른 곳, 사람들이 좋은 터를 고르고 전망 좋은 곳에 집을 지
은 특급주택지다. 사찰도 이런 곳을 선호하는지 가는 길마다 아름다운
곳이 즐비하다. 보각사, 청련사, 연화정사 등이 있다.

　평창동 주택가에 '풍경소리'란 찻집이 시야에 들어온다. 고풍스런 가
구 배치하며 정갈한 멋이 가득한 곳이다. 시원한 팥빙수 한 그릇을 주
문하니 노오란 콩고물에 입혀진 인절미와 함께 먹음직스러운 팥을 가
득 얹은 빙수가 우유와 별도로 나오는데, 7천원으로 피곤한 다리를 쉬
면서 더위를 가시게 하는데 그만이다. 벽면에 걸린 액자에 "오늘은 우
리의 남은 생애 중에서 가장 젊은 날이다."라는 글귀가 보인다. 바쁘다
는 핑계로 하루하루를 생각 없이 살 때가 많다.

이준 열사 묘. 이준 열사는 1907년 네덜란드 헤이그에서 개최된 제2회 만국평화회의에 이상설, 이위종과 함께 고종의 특사로 파견되어 을사늑약의 무효와 한국의 독립에 대한 열강의 지원을 요청하다가 순국했다.

국립 4·19민주묘지. 1960년 3·15 부정선거에 맞서 1960년 4·19 혁명 때에 희생된 224분이 안장되어 있으며 이를 기리는 기념탑이 있다.

평창동을 지나 형제봉으로 향하는 숲길부터 정릉까지 길게 이어지는 길목에서 한 여름 계곡을 타고 흐르는 맑은 물은 사막의 오아시스처럼 느껴지기도 한다. 잠시 땀을 씻고 불어오는 바람에 몸을 맡기면 신선이 따로 없다.

조선시대 궁중 여인들이 맑은 물에 빨래를 했다는 전설이 서린 빨래골, 구름전망대도 지나고 나면 유명한 사찰인 화계사가 나온다. 그리고 구한말 헤이그의 만국평화회의에서 독립운동을 하신 이준 열사를 비롯한 광복군 및 독립을 위해 헌신하신 분들이 잠들어 계신 곳을 지나 다시 4·19 국립묘지와 우이동 솔밭공원까지 이어지는 순례길을 걷는다.

이곳 북한산 자락의 둘레길에서 오늘의 대한민국이 있기까지 목숨을 바쳐 보국하신 그분들의 우국충정과 우리의 역사를 생각한다. 번영한 대한민국의 토대가 그분들의 희생 위에 있음을 새기면서, 오늘 하루 서울 둘레길 8구간 34.5km 중 20여km를 걸었다. 생각도 정리하고 건강도 다지는 의미 있는 하루 답사 길이었다.

# 시작이 어렵지, 누구나 즐기는 둘레길
## 서울 둘레길 8-2구간: 우이동 솔밭-도봉산역

소나무는 계절과 장소를 가리지 않고 언제나 의젓하다. 수십 년 이상의 연륜으로 깊게 패인 보굿의 흔적이 가득한 아름드리 소나무는 시간의 무게를 더하여 푸르름과 품격을 더 높이고 있다. 서울 둘레길에서 우이동계곡으로 향하는 곳에 위치한 우이동 솔밭 근린공원이 그런 곳이다. 수천 평에 달하는 넓은 면적의 소나무 군락들이 도로변에 위치하고 있어 주변 사람들은 물론이고, 지나가는 행인에까지 가슴을 열고 넉넉하게 품어주고 있는 것이다.

사람에게 좋다는 피톤치드를 은은한 향기로 발산하는 그 소나무 숲속에 박목월 시인의 〈산도화〉 시 한 편이 행인을 멈추게 한다. 시인의 시심이 얼마나 맑고 순수한지 이 시에 그대로 녹아 있는 듯하다. 산속에 티끌 하나 없을 옥 같은 맑은 물, 여기서 발을 씻는 암사슴은 얼마나 순수하고 아름다운 모습일까 상상이 된다.

자연이 베푼 넉넉하고 푸근한 마음을 담아 가면서 북한산 둘레 소나무 숲길 구간의 '만고강산' 약수 한 잔에 목을 축인다. 가슴까지 시원하다. 약 일백 년 전, 일본에게 나라를 뺏기고 독립운동을 하던, 당시 민

연산군 묘소. 중종반정 이후 강화도로 유배를 떠난 연산군이 31세의 젊은 나이로 병을 얻어 세상을 하직하고 이곳에 묻혔다.

족대표 33인 중의 한 사람으로 삼일절 독립선언식을 했던 의암 손병희 선생이 계신 곳을 지나면 우이동계곡이다. 백운대와 인수봉이 위치한 북한산의 아름다운 자연 경관을 보면서 자연과 함께하기 위한 산행객들이 줄을 잇는 곳이기도 하다. 백운대와 인수봉이 고개를 내밀며 내려다보고 있는 이곳에 지금 경전철 우이역이 있다. 이곳을 지나고 보면 방학동의 조선 왕실묘역길이 나온다. 이곳 붉은 스탬프대에서 흔적을 남기고 다시 고개를 넘는다.

방학동에는 조선 10대 임금 연산군의 묘소가 자리하고 있다. 한때는 전국을 호령하던 군왕이었다. 글씨도 잘 쓰고 시도 많이 지었던 총명했던 군주였으나, 무오사화와 갑자사화를 일으켜 많은 사람들을 죽이거나 상하게 하는 실정을 저지르기도 했다. 그 후 중종반정으로 왕위에서 밀려나야 했다. 생사여탈권을 쥐고 전국을 호령하던 왕도 폐위가 되고 난 후 찾는 사람 하나 없는 쓸쓸함에 권력의 허무함을 절실하게 느꼈을 것이다. 강화도에서 31세 젊은 나이로 병을 얻어 세상을 하직하고 이곳에 묻힌 것이다. 왕에서 군으로 강등되고 그것도 외로운 강화도로 추방되어 죽음에 이르기까지 얼마나 외로웠던지 사위와 딸까지 합장한 형태다. 생각해 보면 한 번 혼자 이 세상에 와서 연습이 없는 길을 걷다가 혼자 가는 것이다. "있을 때 잘 하라"는 말, 그 말이 와 닿는 것이다. 백년도 못 사는 짧은 인생, 측은지심(惻隱之心)으로 베풀면서 살아야 하는데 그게 잘 안 되는 것이 사람인 것 같다.

연산군 묘소 아래 600여 년 된 높이 24m, 둘레 9.6m나 되는 은행나무가 서 있다. 우뚝 솟아 민초들의 삶을 내려다보고 있는 이 나무는 얼마나 속이 깊은지 아무런 말이 없다. 그러나 한 자리에 서서 이 땅에서 일어난 많은 애환의 역사를 함께 겪으며 느꼈을 일이다. 잘 정비된 온당샘에서 물이 나온다. 600여 년 전 파평 윤씨들이 이곳에 자리를 잡았을 때부터 나왔다는 온당샘이다. 물맛도 일품인데다 주변에 정자를 짓고 연못을 만들어 편안한 휴식처로 조성해 놓았다.

점심시간이 되어 이곳 주위에 위치하고 있는 음식점에서 강원도 옹심이 칼국수를 맛본다. 들깨가 듬뿍 든 구수한 맛이 일품이다. 돈을 지불하고 먹는 음식도 많은 사람의 노력에 의해 만들어진다. 오늘 음식도 강원도 감자를 삭혀서 만든 전분 가루로 옹심이를 만들고 메밀가루를 반죽하여 칼국수를 썰고, 다시 들깨가루가 듬뿍 들어간 한 그릇에 배가 가득하니 세상이 넉넉하고 평안하다. 칼국수 한 그릇도 감사한 것은 이런 수고로움이 있어야 가능한 일이기 때문이다.

세월이 가니 사람은 가고 흔적만 남는다. 인근에 김수영 시인의 문학

이매창 유희경 시비. 전북 부안의 이매창과 한양 유희경의 애절한 사랑의 시비다.

관이 위치해 있고, 길을 건너니 세종대왕의 따님인 정의공주의 묘가 나
온다. 세종대왕과 함께 한글 창제 때 어려운 문제를 해결한 공이 컸다
고 한다. 길을 지나 바가지 약수터에서 약수 한 바가지를 먹고 방학동
쌍둥이 전망대에 올라 도봉산, 북한산, 수락산과 불암산 그리고 도봉구
를 비롯한 서울 시내를 한 눈에 내려다본다. 아름답게 경치가 아낌없이
펼쳐지는 전망대. 무수골을 지나고 도봉사를 거쳐 북한산 국립공원
표지석이 있는 곳에 오니 바위와 숲이 멋진 조화를 이루는 도봉산이다.
여기도 탐방객이 넘쳐난다. 여기서 김수영 시비와 김수증의 고산앙지
도봉서원터 등을 더 둘러보려면 도봉산 최고봉인 자운봉 방향 등산로
를 타면 될 일이다. 도봉서원터 부근에 김수영 시비, 고산앙지 등이 있
다.

도봉산역 방향으로 하산하여 도봉산 탐방센터를 지나 데크에 이르면 전북 부안의 이매창과 한양 유희경의 애절한 사랑 시비가 있다.

서울 창포원에서 시작한 서울 둘레길 8개 구간을 9회로 나누어 답사했다. 서울에 살면서도 가까이 하지 못한 지역 그리고 산과 강을 지났다. 전 구간인 157km를 건강한 두 발로 걸어서 완주하는 종착점인 것이다.

비록 작은 일이지만 포기하지 않고 해냈다는 짜릿한 성취감 같은 기쁨을 맛본다. 시작이 어렵지, 중도에 그만 두지 않으면 누구나 가능한 둘레길이다. 건강한 사람이라면 두 발로 답사하면서 자연을 감상하고 건강함에 감사함을 느끼는 여유로운 길이다. 이어지는 곳마다 주변 풍경과 역사를 살피면서 내 주변을 알아가는 재미도 삶의 여유를 느끼는 또 다른 방법이 아닌가 생각된다.

6부

지리산 둘레길

# 사무락 다무락 정겨운 길
## 지리산 둘레길 1구간: 주천-운봉

    기온이 뚝 떨어져 온몸이 얼어붙는 듯 추운 11월 마지막 주다. 겨울의 문턱인 것이다. 아침에 일어나니 불현듯 그곳이 그리워진다. 지난해 9월에 답사를 시작하고 금년도 3월에 종주를 마친 지리산 둘레길이 다시 그리운 것이다.

    혼자 배낭을 메고 고속버스에 올라 남원에 도착하니 오후 한 시가 조금 넘었다. 다시 택시를 타고 주천면 외평마을, 둘레길이 처음 열리는 곳에 내렸다. 개울을 건너고 내송마을 들판을 지나고 나니 비가 내린다. 집들은 조용히 잠자는 듯 엎드려 있고, 넉넉하게 펼쳐진 들판에 가득하던 벼들도 집으로 가고, 빈 공간만 남아 계절의 흐름을 실감나게 한다.

    산길로 들어서는 순간 진눈깨비까지 내린다. 오늘따라 산길을 걷고 있으려니 마음이 외로우면서도 한편으로는 훌훌 털어버리는 듯 시원하고 산뜻함마저 느껴지기도 한다. 비닐 옷을 입고 뒤 따라오는 젊은 청년 두 사람이 있다. 성남에서 같은 직장에 근무하는 친구라 한다. 지리산 둘레길 이름을 듣고 찾아온 것이라 한다. 혼자 작정하고 찾아온 지

지리산 둘레길 출발점. 274km의 순례길. 걷는 즐거움의 시작점.

리산 둘레길이지만 조금은 외로웠는데 이런 한적한 곳에도 찾아오는 사람들이 있어 반갑다. 자연스레 인사를 나누고 함께 동행하는 인연을 맞는다.

소나무가 울창한 산 위로 난 옛길이 체력을 시험한다. 젊은 친구들이 쉬었다 오르기를 반복하는 구불구불한 산길이 고도를 높인다. 이곳에는 정겨운 이름이 있다. 누가 지었는지 그 이름은 개미정지, 구룡치, 사무락 다무락 길이라는 어쩐지 낯설지 않은 이름이다. 개미정지는 장사꾼들이 높은 이곳에 무거운 짐을 지고 가다 힘이 들어 쉬어 가는 곳이며, 구룡치는 고개가 마치 아홉 마리의 용처럼 험하다고 지은 이름이 아닌가 생각되고, 사무락 다무락 길은 이 험한 길을 지나던 장사꾼들이 무사 안녕을 기원하며 소원을 빌던 곳이라고 한다.

눈에 젖은 감나무. 온 세상이 하얀 눈으로 뒤덮였다. 까치밥이라 하기에 매달린 감이 많다. 혹시 일손이 없어 방치된 것은 아닐까. 안타까운 마음도 든다.

　사랑이란 말은 고금을 통해 많은 사람들의 가슴을 설레게 하는 말이다. 문학작품에도 사랑은 단골로 오르내리는 메뉴다. 이 둘레길에도 그 사랑의 증표가 있다. 옛날 남원 고을로 향하던 중요한 통로였다는 이곳에 연리지나무가 있다. 원래 소나무에 다른 소나무가 휘어 감고 오르며 자라던 것인데 언제부터인가 만나고 헤어짐이 아쉬워 칡넝쿨처럼 함께 묶여 자라는 모습이 되었다. 그 모습을 보고 지나가는 이들의 마음속에 사랑이란 감정을 새롭게 새길 기회라도 주는 듯 시선을 집중시키고 있다. 마치 요즈음 지하철에서 젊은이들이 주위의 시선에도 아랑곳하지 않고 서로 안고서 사랑을 나누고 있는 모습을 보는 듯하다.

　산길을 오르고 또 오르면서 고도를 높이니 눈이 펑펑 쏟아져 내려 어느새 하얀 눈들이 온 천지를 뒤덮는다. 소나무, 참나무, 싸리나무 등 크고 작은 나무 가리지 않고 겨울의 문턱임을 알린다. 하늘이 하얀 복을 공평하게 나누어 주고 있는 것이다. 하지만 눈이 내리니 하산 길이 조심스럽다. 한 동안, 산의 정기를 듬뿍 받고 내려오니 온 들판도 하얗게 채색되어 몸단장한 것처럼 보인다. 마을은 물론 마을과 마을을 이어주는 길도, 논도 모두 하얗다. 아름답고 깨끗한 것은 물론, 더럽고 추한 것 가릴 것 없이 모두 덮어 새하얀 천지를 만드는 것이다. 우리가 살아가는 세상도 눈처럼 깨끗하고 순수한 사회가 되었으면 하는 생각을 해 본다. 우리가 살고 있는 이 세상을 부처의 눈으로 보면 부처의 세상으로 보인다고 한다. 세상에서 나 자신이 가장 중요하지만, 나 아닌 남도 서로 이해하고 아끼고 사랑하면서 모두가 잘 되는 방향으로 살다보면 한결 좋은 세상이 되지 않을까 하는 생각도 해 본다.

감나무에 주렁주렁 매달린 감들이 눈을 머리에 이고 있다. 추위에 얼어 있는 모습이 까치밥으로 남긴 포근한 인심처럼 느껴져 정겹기는 하지만 혹시 일손이 없어 방치한 농촌의 현실이지 않을까 하여 안타까운 마음도 든다. 회덕마을을 지나고 노치마을이다. 낙동강과 섬진강이 이 마을을 사이에 두고 나누어지는 공평한 곳이라 한다. 삼산마을 소나무 숲과 눈에 묻혀 있는 농촌 풍경들이 평화롭다.

해가 저물어 운봉읍에 도착하니 오늘의 구간이 종료되는데 14.3km의 거리에 4시간이 소요되었다. 운봉 시가지를 들어서자, 춥고 배도 고프다. 허기진 배를 채우고 어두워진 시가지를 돌아보니 적막강산이 따로 없다. 이른 저녁인데도 상가의 불은 대부분 꺼지고 사람냄새가 드물다. 안타까운 풍경에 마음이 무겁다. 봄철 바래봉 찾는 사람들이 그립다.

# 황산대첩의 역사, 그 길
## 지리산 둘레길 2구간: 운봉-인월

　한반도에서 가장 유역면적(流域面積)이 넓은 곳, 삼국시대부터 민족의 영산으로 신성시 되던 지리산이다. 지난번 봄에 왔다가 이번 겨울에 다시 찾은 곳, 운봉에서 인월 구간이다. 운봉은 해발 고도 500여 미터에 위치한 곳으로 봄철 철쭉으로 유명한 바래봉, 그리고 수정봉으로 이어지는 백두대간을 바라보며 걷는 둘레길이 지나는 곳이다.

　석장승이 위치하고 있는 서림공원을 지나고 나니 강변으로 길이 이어진다. 운봉 들판을 가로 질러 흐르는 맑은 강은 길과 함께하는데 강물이 얼어 있는 가운데도 물이 흐르는 곳, 이곳에 철새들이 떼를 지어 노닐고 있는 한가로운 풍경이 아름답다. 노자의 "상선약수(上善藥水)"라는 말이 떠오른다. 운봉 들판을 가로지르는 이들 강물이 보를 만나면 조용히 머물다가, 물이 차면 넘치고, 넘치는 물은 다시 흘러 주천강으로 들어가 낙동강으로 흐른다. 지금은 아무것도 없이 휑하게 비어 있는 겨울 들판이다. 하지만 이 겨울이 지나고, 다시 생동하는 봄이 찾아들면 말라버린 논에도 물이 흐르고, 다시 무엇인가를 채울 수 있다는 여백이 희망을 담을 수 있는 여유를 주는 것이다.

강을 따라 걷다가 들판의 주차장이 나오는 건너편을 보니, 조선 선조 때 건립한 그 유명한 황산대첩비가 서 있다. 고려 우왕 6년, 수많은 왜구들이 500여 척의 배로 충남 서천에 상륙하여 충남을 비롯 함양, 상주, 이곳 황산 등 중남부의 넓은 지역에서 무고한 백성들을 살육하고, 노략질하면서 그 피해는 국운이 흔들릴 정도로 막대하였다. 이에 조정은 이성계 장군 등을 파견하여 이곳까지 진출한 왜구들을 크게 무찔렀다. 노획한 말이 무려 1,600여 필에 이르고, 사살한 적의 시신이 며칠 동안 강물을 붉게 물들이게 할 정도로 전멸시켰다. 하지만 조선말 나라를 잃은 일제강점기 시대, 일본인들이 이 대첩비문을 쪼아 파괴한 아픈 역사가 있는데 1957년 비문을 다시 세웠다고 한다.

그리고 이곳에 우리 민초들의 애환이 깃든 한을 노래하던 명사들이 태어나 활동하던 곳이 있다. 부근 비전마을에 순조부터 철종 때까지 활동하던 명창이며 판소리 동편제의 시조인 송흥록 선생과 박초월 선생의 생가를 복원해 놓은 곳이 있다고 하여 들러 그분들의 모습을 새겨본다.

지명 하나에도 역사가 있다. 옥계호와 임도를 지나면 인월리가 나온다. 고려의 이성계 장군이 전투를 벌이는 도중 날이 어두워졌다. 하늘에다 달이 뜨기를 간절히 기원하자 동쪽에서 바람이 불면서 밝은 달이 떠올라 전투에서 승리하게 되었다고 해서 이곳을 '인월리'라 한다.

오늘은 마침 전통시장이 서는 날이다. 지리산에서 생산되는 각종 물품이 거래되는 인월시장을 찾는다. 비교적 잘 정비된 시장 골목에 곡물을 비롯한 농산물, 해산물, 공산품 등 일상생활에 소요되는 물품이 다

황산대첩비지. 고려 말 이성계 장군이 황산에서 왜군을 크게 무찌른 사실을 기록한 승전비가 있던 자리다. 일제강점기 시대 일본인들이 이 대첩비문을 파괴하여 1957년 다시 세웠다.

양하다. 교통이 편리하고 남원, 함양 등 인근지역 사람들이 몰려드는 시장에도 물건을 구매하는 사람보다 상인들이 더 많다. 또한 활기가 넘쳐야 할 시장에 젊은 사람은 보이지 않고 노인들이 대부분인 시골 농촌의 시장 풍경이다. 젊은 사람은 물론 어린아이를 잘 볼 수 없는 농촌의 인구 감소는 물론 점점 쇠약해 지는 농촌의 현실을 보는 듯 마음이 착잡하다. 장터에서 순댓국 한 그릇으로 시골의 맛을 마음에 담아본다.

인월면으로 이어지는 다리에서 오늘의 둘레길 일정은 종료되는데 10km 거리의 답사 시간은 2시간 반이 조금 안되게 소요되었다. 시간이 남아서 남원 시내에 위치하고 있는 광한루를 찾았다. 오작교를 비롯한 각종 시설물들이 한국의 아름다운 누각과 정자를 대표할 만큼 잘 배치되어 있다. 오늘날은 사랑도 무게를 달아 균형을 이루어야 하는 시대가 되었다. 하지만 요즈음에도 성춘향과 이 도령처럼 신분을 뛰어넘는 꿈같은 사랑이 소설뿐만 아니라 연극, 영화, 판소리 등 다양한 과정으로

송흥록, 박초월 생가. 비전마을에 순조부터 철종 때까지 활동하던 명창이자 판소리 동편제의 시조인 송흥록
선생과 박초월 선생의 생가를 복원해 놓았다.

심금을 울리며 다가오고 있다.

오늘 둘레길을 돌아보면서 우리 국토의 아름다움과 역사가 이루어진 현장을 돌아보는 귀중한 기회가 되었다. 우리 역사를 되돌아보면, 고려와 조선 시대에도 왜구들의 잦은 침략과 노략질에 의해 나라가 갖은 수난을 당하였고, 임진왜란의 참혹한 전쟁 이후 국력이 쇠약해진 구한말 또 다시 나라를 잃고, 민족의 역사까지 말살되는 비극이 전개된 것이다. 수없는 아픔을 당하고서도, 나라의 힘을 기르기보다 국론이 분열되면서 오히려 국방을 소홀히 하였다. 지도자들이 백성이나 나라의 안위보다 자신들의 안위와 당쟁으로 국력을 소모한 전례가 많았다. 역사를 잊은 민족은 미래가 없다고 한다. 다시는 이런 비극이 없도록 온 국민들이 단합된 힘으로 국력을 기르고, 국방을 강화하여 외침을 막는 것이 바로 백성들의 안녕과 생존을 지키는 것임을 절실히 느끼게 하는 역사의 현장이다.

# 거북이 등을 닮은 아홉 구비
## 지리산 둘레길 3구간: 인월─금계

지리산이 병풍처럼 둘러져 있는 이곳 바래봉으로 통하는 길목인 용산마을에 위치한 민박집 '정원예쁜집'에서 아침 일찍 기상했다. 해발고도 500여 미터 이상인 운봉고원에서도 더 위로 올라온 이곳의 가을 아침 공기는 바래봉 정기가 가슴까지 스며들게 하는 듯한 상쾌함 그 자체다.

오늘 답사 구간은 인월에서 금계까지 22km의 비교적 긴 구간이다. 새벽 6시에 아침식사를 하였다. 이른 봄 이곳 산자락에서 자란 나물들로 한 상 가득 차려진 자연 그대로의 밥상이다. 남원골 음식은 담백할 뿐만 아니라 상 위에 차려내는 음식의 종류나 가지 수도 많아 풍성함을 자랑한다. 봄의 땅 기운을 듬뿍 받고 자라난 쑥을 채취해서 들깨를 넣고 끓인 국이 일품이다. 거기에 더하여 알맞게 간을 하고 정성이 담뿍 담긴 손맛으로 만들어낸 음식이니 더 무엇도 필요가 없다.

식사를 마친 일행은 시작점인 구(舊)인월교 다리에서 답사를 시작한다. 서울에서 타고 온 차량을 원활하게 이용하기 위해서는 도중에 만나서 차량 열쇠를 교환할 수 있도록 해야 하는데, 총 13명의 대원 중 여성

안개 낀 지리산. 아침 운무가 계곡에서 시작하여 산 중턱으로 피어오르고 있다. 보이는 것만이 전부가 아니다. 상상으로도 보고 마음으로도 본다.

5명을 포함한 7명은 차를 타고 금계에서 시작하고 남성 6명은 인월에서 금계까지 구간 답사를 시작하기로 한다.

운봉에서 흘러오는 맑은 냇가를 따라가다가 산 중턱에 위치한 중군 마을을 지나고 계곡을 바라보니, 아침 운무가 이곳 계곡에서 시작하여 산 중턱으로 피어오르고 있다. 그냥 보이는 산의 배경이나 풍경도 시원하고 멋진데 아름다운 모습은 눈에 보이는 것만이 전부가 아니다. 보일 듯 말 듯하며, 상상으로도 보고, 마음으로 보는 모습도 아름다움을 배가 할 수 있다. 시간의 흐름에 따라 자연이 그려내는 수묵화는 그 솜씨가 시간을 달리하여 환상적인 광경으로 다가온다. 숲과 산의 모습을 수줍은 듯 감추었다가 살며시 드러내고 또다시 이동하여 다른 수묵화를

지리산 사과밭. 언덕배기 양지바른 곳에 온 여름 햇볕에 알알이 영글어 살이 찐 붉은 사과들이 가지가 휘도록 달려 가을을 재촉하고 있다.

능숙하게 그려내는 솜씨가 환상적이다. 지리산 둘레길은 이 한 폭의 수묵화만 보아도 그 자체로 만족할 것 같은 느낌이다.

배넘이재를 오르는데 굽이굽이 돌아내려가는 산길도 유순하다. 깊은 숲속에 흐르는 물소리가 경쾌하고 숲속 그윽한 향기는 세상의 시름을 잊게 하기에 충분하다. 오르락내리락 하며 걷는 산길에는 세상의 고사리가 이곳에 모두 안식처로 삼아 둥지를 마련한 느낌이다. 아마도 봄철 한 때 이곳 주민들의 알뜰한 사랑을 한 몸에 듬뿍 받았음이리라.

산길을 돌아 장항마을 400년생 소나무를 지나니 강물이 가을 햇볕에 선명하다. 다시 이어진 산길에 고사리 밭이 널렸고, 언덕배기 양지바른

등구재. 아홉 구비 오르는 재라는 의미와 거북등을 닮아 이름 붙여졌다는 설이 있다. 경남 창원마을과 전북 상황마을의 도경계이다.

곳에는 온 여름 햇볕에 알알이 영글어 살이 찐 붉은 사과들이 가지가 휘어지도록 달려 있어 행인들의 시선을 온몸에 받으며 익어가는 가을을 재촉하고 있다.

처음에 출발지를 달리한 일행과 도중에 만나 식사를 한다. 함께한 여성들이 이른 새벽부터 일어나 주인과 함께 아침밥을 짓고, 점심용으로 별미인 주먹밥까지 만들어 가지고 왔다. 더구나 이번 둘레길에 참여하기 위해 구례에서 자란 당귀 잎과 홍고추, 고추장 그리고 각종 반찬과 꿀까지 준비해서 펼쳐 놓으니 야외에서 먹는 음식이 진수성찬, 금상첨화 격이다. 그냥 와도 힘든 산행인데 그 마음씨와 준비한 정성이 갸륵하다. 식사 후 꿀차 한 잔의 여유로 피곤함을 달래니 마음까지 즐겁다.

일행과 다시 헤어져 고도가 높아지는 산길을 오르니 해발 650미터 등구재다. 아홉 구비를 오르는 재라는 이름과 거북등을 닮아 이름이 붙여졌다는 등구재는 경남 창원마을과 전북 상황마을의 도(道)경계가 되는 곳이며 옛날 이곳을 통하여 시집·장가도 가고 인월장도 보러 가던 고갯길이다. 등구재 숲속을 지나 창원마을 쪽으로 조금 내려가는 지점에 이른다. 요즈음 야생에서 좀처럼 보기 힘든 으름나무 덩굴이 나무를 타고 앉아 줄기마다 열매를 가득 달고 길손을 바라보고 있다. 성급한 녀석들은 회색빛으로 화장을 하고 스스로 갈라져 부끄럽지만 하얀 속살까지 드러내어 무심한 행인들을 유혹하고 있다. 귀한 열매 몇 개를 따다 입안에 넣으니 달콤한 향기가 온몸으로 퍼져 자연의 참맛을 느끼게 해 준다.

둘레길은 굽이굽이 돌기를 말없이 강요한다. 이곳 창원마을은 감나무가 지천이다. 아직은 열심히 영양분을 축적하기 위해 노력하고 있다. 산골의 다랑이 논에도 가을이 영글고 있다. 난쟁이 벼들이 제 몸무게가 힘에 겨운지, 아니면 겸손을 미덕으로 알아서 저절로 고개를 숙이고 있다. 다가오는 추석명절을 준비하는 듯하다. 가을의 따뜻한 기온이 경사진 언덕 위에 내려앉는다. 집집마다 감나무들이 주렁주렁 감을 달고 있고 담장 밖에는 알밤이 벌어져 길가에 뒹굴고 있어도 줍는 사람들이 없는 한적한 시골 풍경 인심이 보인다.

오늘의 목적지 금계마을 지리산 둘레길 함양센터가 나온다. 22.1km 3구간 종주가 완료 되는 곳이다. 수십 년 전 이곳에도 초등학생들이 뛰어 놀았을 법한데 지금은 어린아이들이 보이지 않아 아쉬움이 남는다.

오늘 둘레길 답사 일정은 여기서 마감한다.

　서울로 올라오면서 충남 논산 연산읍에서 순대 음식의 참맛을 즐기고 차에 오르니 밝은 태양도 마지막 타는 노을을 뒤로하고 서산으로 모습을 감춘다. 골짜기마다 우리 조상들이 둥지를 틀고 살아온 지리산 둘레길, 고개마다 간직한 역사와 전설이 깃들어 있는 곳. 건강이 있어 아름다운 우리 강산을 걸으며, 보고, 듣고, 생각하며 삶의 의미를 느낀다. 수십 년 동안 고락을 같이하며 걷는 취미가 같은 친구들과 함께 우리 국토를 답사한 행복한 시간이자 즐거운 지리산 둘레길 3구간 종주다.

# 벽송사와 용유담의 길
## 지리산 둘레길 4구간: 금계—동강

국립공원인 지리산 둘레길을 답사하기 위해 아침 7시 서울 양재역에서 출발한다. 고속도로를 달리고 달려 드디어 지리산권역으로 들어선다. 뱀처럼 굽이굽이 돌아 올라 한국의 아름다운 길 100선에 선택된 길에서 잠시 정차하였다. 아래를 내려다보니 도로가 주변과 어울려 한 폭의 아름다운 풍경화 한 점으로 놓였다. 다시 지리산의 제1관문으로 명명된 오도재를 지난다. 이곳 오도재는 몇 해 전 초겨울 눈이 내린 삼봉산으로 해서 백운산과 금대암으로 이어진 등산로를 통해 등산한 것으로 기억되는 곳이다. 창원마을을 지나고 오늘의 목적지인 마천면 금계마을에 도착하니 11시 30분경이다.

오늘 일정은 지리산 둘레길 4구간 출발지인 금계마을 함양센터에서 점심을 먹고, 이어 칠선계곡에서 흘러내린 엄천강을 가로지르는 의탄교를 지나고 의중마을—벽송사—송대마을—모전마을(용유담)—세동마을—운서마을— 구시락재—동강마을까지 12.7km의 거리를 걷는 지리산 4구간이다.

지리산 자락 의중마을의 800년 된 당산나무는 매년 음력 7월 7일에

벽송사. 조선 중종 때 건립된 사찰로 지리산의 천봉만학을 앞뒤동산과 정원으로 하여 연꽃이 활짝 핀 것과 같은 부용만개, 혹은 푸른 학이 알을 품고 있다는 청학포란의 위치에 자리잡고 있다. 서산대사와 사명대사가 수행하며 도를 깨달은 절이기도 하다.

당산제를 지내는 거목으로 이 마을의 수호자 역할을 하는 나무이다. 이런 깊은 산골짜기에 사람들이 마을을 이루고 살아온 지 수백 년이 되었다는 증거다.

울창한 숲길을 따라 오르고 또 올라가니 산 정상 부근에서 벽송사가 나온다. 안내판 설명에 의하면 벽송사는 조선 중종 때 건립된 사찰로 지리산의 천봉만학을 앞뒤 동산과 정원으로 하여 연꽃이 활짝 핀 것과 같은 부용만개, 혹은 푸른 학이 알을 품고 있다는 청학포란의 위치에 자리 잡고 있다고 한다. 그리고 이곳은 서산대사와 사명대사가 수행하며 도를 깨달은 유서 깊은 절이라는 안내도 있다.

풍수를 모르는 문외한이 보아도 이곳은 지리산 천왕봉에서 내려온 주변 산들이 인간 세상을 내려다보듯 품어 안은 모양새다. 전각들이 단

용유담 다리. 엄천강을 가로지르는 아름다운 아치형 다리.

정하고도 조용하게 배치되어 사대부중의 마음의 안식처이자 스님들의
참선 수행에 더없이 좋은 장소로 생각된다. 석간수 한 모금의 시원한
맛이 열기로 가득한 몸을 시원하게 다스려 준다. 다시 길게 이어진 산
길을 올라 길을 재촉하는데 떨어진 도토리가 지천인데다 시원하게 지
나가는 바람 소리에도 가을이 왔음을 느끼게 한다.

　인적이 드문 산길을 따라 걷다 보니 숲에도 엄연한 질서가 존재함을
볼 수 있다. 수백 년 된 나무 사이로 작은 나무들이 자라고 또 그 사이
로 풀들이 자란다. 큰 나무는 작은 나무들이 자랄 수 있도록 일정한 공
간을 마련하여 공생할 수 있도록 하고 있고, 또 어떤 나무는 생명을 다
하여 새로운 공간을 제공해 줌으로써 또 다른 종들이 자랄 수 있는 환
경을 제공한다. 나무들이 제공한 맑고 신선한 공기는 사람들의 마음까
지 정화시켜 주고 있다. 모든 시름도 근심·걱정도 숲에서는 깨끗하게
사라지기 마련이다. 청정한 산길 중간에 서 있는 이정표가 다음 송대마

을까지 2.8km라고 한다. 굽이돌아 내려오는 산길에서 내려다보이는 풍경은 깊은 계곡을 제외하고는 높고 낮은 산들의 경연장 같다.

송대마을을 지나고 잠시 산비탈에 위치한 모전마을 정자에서 내려다보니 엄천강을 가로지르며 설치된 아치형 다리가 아름다운데 그 아래가 용유담이란 곳이다. 자연과 멋진 조화를 이룬 마을에 터전을 잡고, 내려다보는 곳마다 절경인 이런 곳에서 여유롭게 살아가는 사람들의 모습은 또 하나의 축복을 받으며 삶을 가꾸는 행복의 모습이 아닌가 생각된다. 계단식으로 이루어진 황금 들판을 지나고 보니 100년 이상 되어 보이는 수십 미터 높이의 탱자나무가 노오란 열매를 주렁주렁 달고 있는 아름다운 모습이 보인다. 운서마을을 지나고 그리 높지 않은 언덕인 구시락재를 넘는다. 멀리 황금 들판이 시야에 펼쳐진다. 구시락재는 옛날 김종직 선생이 지리산을 유람할 때 넘었던 고개라고 한다.

이곳 함양 땅에는 산기슭, 산이나 밭, 어디 할 것 없이 가는 곳마다 감나무가 지천이다. 중요한 농촌의 소득원인 것 같은데, 아직 나무에 달려 있는 감들은 가을 햇살을 받으면서 몸 불리기에 여념 없어 보인다. 그리고 보니 여기 농촌 주택도 옛날 주택 그것이 아니다. 모두 산뜻한 양옥집으로 바뀌었고 집집마다 차들이 준비되어 있는 것이 보인다. 고개를 내려가니 엄천강을 가로지르는 다리와 동강마을이 나온다.

둘레길이라지만 남한의 최고봉 지리산 주변을 걷는 길이다. 높은 산도 넘고, 계곡과 마을들을 지나면서 이곳의 자연 경치와 문물을 살피는 12.7km를 약 5시간에 걸쳐 완주한다.

1박 2일 일정 중 첫 번째 일정을 소화하고 함양군 마천면 금계마을에

가을을 머금은 탱자

서 민박을 하는데 지리산 천왕봉이 마주 보이는 곳이다. 이곳에서 나온 각종 재료로 정성껏 차려진 저녁을 먹고 하늘을 보니 같은 대한민국 하늘인데 서울에서는 볼 수 없었던 많은 별들이 쏟아져 내린다. 어린 시절 시골의 밤하늘을 이곳에서 되새겨본다. 오늘 하루는 이렇게 흐르고 있다.

아름답고 소중한 우리 국토의 곳곳을 두 다리로 걸으면서 각 지역마다 삶의 애환과 전설이 깃들어 있는 우리 선조들의 역사를 배우고, 국토의 소중함을 느낀다.

# 절절한 사랑, 상사폭포

## 지리산 둘레길 5, 6구간: 동강-수철리-성심원

푸른 하늘과 맞닿아 있는 어디론가 훌쩍 떠나고 싶은 가을, 길을 나선다. 한국의 대표 청정지역이며 백두대간의 출발점인 지리산의 주변 일대를 돌아보며 자신을 성찰하는 둘레길 답사 1박 2일이다. 첫날은 함양군 마천면 금계에서 휴천면 동강까지 4구간 12.7km를 완주 후, 다시 마천면 금계리로 돌아가 민박을 한다. 동네를 둘러보니 집집마다 감나무와 호두나무가 심어져 있고 전망도 무척 아름다운 곳이다.

새벽닭이 우는 소리에 일어나, 백두대간의 등줄기인 지리산을 바라보니 멀리 능선을 따라 불빛이 계속 움직이며 이어지고 있다. 이른 새벽 공기를 가르며 지리산 천왕봉 정상을 향해 움직이는 부지런한 등산객들의 불빛이다. 그들은 자신들의 미래와 염원을 담아 힘차게 떠오르는 일출의 장관을 상상하며 맑고 청정한 새벽 기운 감도는 길을 재촉하는 것이다. 그 정성의 대단함을 느낀다.

오늘 5, 6구간 일정은 민박집에서 아침을 먹고 점심까지 준비하여 어제 답사를 마무리한 마을까지 차를 타고 간다. 동강마을에서 오늘 답사 예정인 28km 구간의 일정이 시작된다. 시골 자연부락 어느 곳에나 수

산청·함양사건 추모공원. 남북이 갈려 6·25 전쟁이 한창이던 시절, 이곳 주민들이 무참하게 희생된 아픈 역사를 지닌 곳이다. 억울하게 희생된 분들의 영령을 위로하며 우리에게 이러한 역사가 반복되어서는 안 될 일이다.

백 년 묵은 아름드리 당산나무가 있는데 이곳도 예외는 아니다. 그들이 동네의 한 역사가 되고, 마을의 안녕을 지켜주는 안식처가 되기도 한다.

아름답고 평화로운 이곳도 한때 전쟁의 고통으로 치유할 수 없는 슬픔을 간직했다. 동강마을을 지나 벼들이 황금빛을 이루고 있는 계단식 논들 사이로 걷다 보면 산청·함양사건 추모공원을 지나게 된다. 남북이 갈려 6·25 전쟁이 한창이던 시절, 이곳 주민들이 무참하게 희생된 아픈 역사를 지닌 곳이다. 억울하게 희생된 분들의 영령을 위로하며 우리의 아픈 역사가 다시는 반복되어서는 안 될 일이다.

상사폭포다. 개천을 건너고 좁게 이어진 첩첩산길로 숨 가쁘게 오른 깊은 산속에서 만난 폭포 소리는 더없이 청량하여 세속의 시름을 잊게

해 준다. 그러나 폭포 이름에 얽힌 이야기는 참으로 슬프다. 길에서 조금 떨어진 곳에 위치한 30여 미터 높이의 상사폭포. 어느 총각이 동네 처녀를 연모하면서 혼자 짝사랑하다 이루지 못하고, 가슴앓이만 하다 안타깝게도 상사병이 들어 죽었단다. 이루지 못한 사랑일수록 더욱 애처롭게 느껴지는 것이 사람들의 마음일 것이다.

숲이 내어 놓는 신선한 기운을 듬뿍 받으며 다시 산길을 한참 더 올라서니, 전망이 시원하게 펼쳐지면서 풀 한 포기, 꽃 한 송이도 예사롭게 보이지 않는다. 남한의 최고봉인 지리산 천왕봉이 멀리 우뚝 섰고, 함양추모공원과 산청읍이 희미하게 보이는 산불감시초소 전망대다.

길은 다시 옛날 가락국의 병사들이 고동을 불었다는 고동재로 이어진다. 전투복으로 무장한 가락국의 병사가 튀어 나올 예감이 드는 곳. 여기서 잠시 휴식 후, 밤나무 숲과 다락논들을 지나 수철리 마을까지 이어진 12.1km의 5구간 둘레길이 종료된다.

함양군이 끝나고 산청군에 속하는 수철리는 5구간 종점이자 6구간 시작점이기도 하다. 이 마을은 앞에 흐르는 도랑을 정비하여 물고기가 뛰어 놀고 아이들이 물놀이 하는 깨끗한 환경을 조성한 곳으로 현판이 걸린 동네다. 마을에 아담한 정자와 경로당이 주변 나무들과 어우러져 있고, 주차장이 마련되어 있어 둘레길을 답사하는 사람들이 편리하게 이용할 수 있게 되어 있다. 대장마을에 이어 지나는 곳마다 감나무 밭에는 가을의 멋을 알리는 감들이 저마다 노란색으로 단장을 하고 있고, 지천으로 널린 밤나무에도 알밤들이 영글어 가을의 전령사가 되고 있다.

알밤의 여운. 가을이 터질 듯 영글었다.

둘레길은 산청읍을 구비 돌아 흐르는 경호강변으로 이어지는데 고요한 푸른 강물에 앞산과 수목들이 한 폭의 그림보다 더 아름답게 비치고 있다. 더구나 가을바람이 경호강을 끼고 불어와 지나가는 길손에게 상쾌한 공기를 한 아름씩 안겨준다. 물에 잠긴 앞산도 유유히 흐르는 강물도 잠시 쉬어갈 것을 권하고 있다.

낯선 길을 사전 준비 없이 이정표만 믿고 가다 보면 조금 더 걷는 일이 생긴다. 경호강 다리인 내리교를 건너 강변으로 계속 가야 하는 길을 둘레길 지도 한 장 준비도 없이 걷다 보니 석류나무를 가로수로 정성스럽게 가꾼 지곡마을이 눈앞에 나온다. 주먹만큼 크고 탐스러운 석류를 관상용으로 제공하는 마을의 후한 인심을 느낀다. 이어서 산으로 둘러싸인 웅석봉 군립공원인 지곡사지와 선녀탕으로 돌아가는 길이 이어진다. 웅석봉 임도를 한참이나 돌아내려가니 바람재가 나온다. 길을 잘못 선정한 바람에 산길 3.9km를 더 답사한 것인데, 덕분에 아름다운

석류의 가을. 석류나무를 가로수로 정성스럽게 가꾼 지곡마을. 석류가 주먹만큼 크고 탐스럽다.

저수지와 사찰과 하늘 높이 자란 나무들의 울창한 숲 향기를 듬뿍 맛볼 수 있는 기회를 가진다.

둘레길을 걷다 보니 이제 농촌은 산뜻하고 깨끗한 전원주택으로 변한 곳이 많다. 농촌도 이제 여유가 있고 소득 수준이 높은 낙원이다. 농가 주변 논밭뿐만 아니라 산에 진입하는 길까지 모두 포장되어 있고 예전 식량 위주의 농업만 하던 그런 곳이 아니다. 전망 좋은 산 중턱이나 계곡은 물론이고 산 위에도 나름대로 소득이 될 특산자원을 철저히 개발하고 사람들이 찾아와 휴식하면서 소득도 창출할 수 있는 곳으로 육성하고 있는 모습이다. 어느 곳에 살든지 생활의 여유를 가지면서 자연과 벗하며 즐겁게 살 수 있다면, 그것이 진정한 삶의 보람이 아닌가 생각된다.

풍현마을의 성심원이 나온다. 해가 기울고 있는 저녁에 단정한 복장의 수녀 한 분이 풍성한 채소밭에서 조용히 상추 잎을 정성스럽게 추수하고 있다. 아마도 저녁 음식을 준비하는 것이라 생각된다. 함께 생활하는 사람들의 건강을 위한 준비가 평안하고 경건하기까지 한 모습이다. 지리산 둘레길 산청센터에 도착하여 오늘 하루를 마감하는데 아침 8시부터 산과 재를 넘고, 다락논밭을 지나고 강을 건너 저녁 5시까지 걸어온 길이 28km이다. 지리산 둘레길 5, 6구간이 마감된다.

자연은 시간을 그냥 흘려보내지 않는다. 농민들이 이른 봄에 수고한 각종 곡식들이 한여름 태양의 정기를 듬뿍 받아 한창 영글어 가고, 마음까지 풍요로 물들어가는 가을이다. 황금들판을 사이에 두고 자연에 순응하며 느긋하게 살아가는 모습이 부럽기도 하다. 1박 2일의 일정이었으나 지역을 사랑하고 가꾸면서 정겹게 살아가는 사람들의 모습과, 삶을 뒤돌아보며, 우리 국토의 일부를 오직 두 발의 힘으로 답사할 수 있었음에 감사한다.

# 만나면 헤어지는_정당매(政堂梅) 푸른 열매

## 지리산 둘레길 7구간: 성심원-운리

일상생활에서 벗어나 여행을 한다는 것은 또 다른 무엇을 체험할 수 있다는 기대에 부풀게 한다. 새벽 공기를 가르며 집을 나섰다. 서울을 벗어나니 일상 속의 복잡한 감정은 사라지고 황금빛 들판과 맑고 시원한 공기가 일행들의 가슴까지 파고들어 청량감을 느끼게 한다.

지리산의 청정한 강물들이 굽이돌아 흐르는 경호강, 그 푸른 물이 지나는 산청읍을 뒤로하고 단성면 운리에 도착한다. 점심시간이 다 되어 일행이 함께 식사를 하는데 각자 가져온 도시락은 뷔페 음식처럼 갖가지 음식으로 푸짐하다. 정성으로 만들어진 음식을 야외에서 먹는 맛은 그 옛날 어린 시절 친구들과 함께 소풍을 가서 도시락 먹던 그런 기분이다.

그리고는 오늘의 출발지인 읍내리 풍현마을 성심원에 도착했다.

성심원에서 운리로 가는 길은 산청군 군립공원인 웅석봉을 지나야 하는데 아침재를 지나고부터는 서서히 고도를 높이더니 급경사로 이루어진 800여 미터까지 올라간다. 금방 오를 것 같이 느껴지던 산인데 정상을 보여 주지 아니하니 가을인데도 온몸이 땀으로 흥건하게 젖어 여운을 남긴다. 정상에 올라 쉼터에서 잠시 숨을 돌린다. 청정한 자연에다 숲이 울창한 산속의 공기는 온몸으로 순환하여 상쾌할 뿐 아니라 그맛이 달다. 들국화를 비롯한 자주색 도라지꽃이 자신의 존재를 알린다. 두메부추도 동그랗게 보라색 꽃들을 피워 올리고 용담 등 각종 야생화가 지천으로 널려 있어 자연의 아름다움에 취해 본다. 봄, 여름 좋은 시절을 보내고 얼마 남지 않은 가을에 피는 꽃들의 향연이 왠지 처연한 마음으로 다가온다.

다시 산을 돌아 내려가야 하는 코스다. 이곳 산골의 좁은 골짜기에도 황금들판이 고개를 내밀고 있다. 수천 년 전부터 이런 산중에도 사람들이 자리를 잡았고 힘을 모아 가야국까지 세운 전통의 땅이다. 점촌마을에 들어서니 옛날 농촌 풍경이 정겹게 다가온다. 감나무 과수원도 보이고, 집집마다 감나무에 주황색 감들이 휘어지게 매달려 푸른 하늘과 조화를 이루고 있다. 밭에는 알이 가득 찬 수수가 겸손하게 고개를 숙이고, 깊어가는 가을의 여운을 드리우고 있다.

탑동마을에 들어선다. 마을 가운데 보물로 지정된 오래된 돌탑 2기가 가림막으로 둘려져 수리를 받고 있다. 통일신라 경덕왕 시대 건립된 단속사 터라고 하는데, 인근에 당간지주가 서 있다. 주민들이 정당한 보상을 요구하는 플래카드를 걸어 놓았다. 옛 절터 경내에 집이 들어서 있어 이를 정비하려고 하는 모양이다. 일반적인 절의 배치는 탑 위에 대웅전이 위치해 있고 돌탑과 당간지주 사이가 상당히 넓은데 이곳을 보면 옛날 번성했던 절의 규모를 짐작하게 한다. 생각해 보면 흐르는 시간 앞에 어떠한 것도 영원한 것은 없다는 생각이다.

점촌마을 감. 집집마다 감나무의 감들이 가지가 휘어지게 매달려 푸른 하늘과 조화를 이룬다. 밭에는 알이 가득찬 수수가 겸손하게 고개를 숙이고깊어가는 가을이다.

이곳에 정당매와 남명 조식 선생이 유정 사명대사에게 준 시비가 있다. 정당매(政堂梅)는 이곳 출신 통정공 회백, 통계공 회중 형제가 유년 시절 단속사에서 수학할 때 식수한 매화나무로 통정 선생의 벼슬이 정당문학 겸 대사헌이 되어 후세 사람들이 정당매라고 칭하고 630여 년이 지난 오늘날 경상남도 보호수로 지정 관리되고 있는 나무라 한다.

임진왜란 때 승장으로 공을 세우고 왜란으로 일본에 끌려간 조선인을 일본까지 건너가서 구출한 유정 사명대사는 조식 선생의 제자다. 남명 선생이 제자인 사명대사에게 준 〈贈山人惟政(증산인유정)〉이라는 제목의 시는 "꽃은 조연(槽淵)의 돌에 떨어지고/옛 단속사 축대엔 봄이 깊

정당매각. 이곳 출신 통정공 회백, 통계공 회중 형제가 유년시절 단속사에서 수학할 때 식수한 매화나무의 이름이 정당매이고 후손이 매화나무 옆에 전각을 세워 통정 선생을 기렸다.

南冥先生詩碑
유정산인에게 준다 贈山人惟政
꽃은 조연(槽淵)의 돌에 떨어지고.
옛 단속사 축대엔 봄이 깊었구나.
이별하던 때 잘 기억해 두게나.
정당매 (政堂梅) 후론 열매 맺었을 때.
花落槽淵石     春深古寺臺
別時勤記取     靑子政堂梅

단속사에 들린 사명당에게 준 시이다.

남명 선생 《贈山人惟政(증산인유정)》 시비. 만나면 헤어지게 되어 있는 것이 자연의 이치다.

단속사지 당간지주. 통일신라 경덕왕 시대 건립된 단속사 터에 남은 당간지주와 돌탑의 위치로 보아 예전 번성했던 절의 규모를 짐작하게 한다.

었구나/이별하던 때 잘 기억해 두게나/정당매(政堂梅) 푸른 열매 맺었을 때"라는 내용이다. 만나면 헤어지게 되어 있는 것이 자연의 이치다. 대학자로 이름 높은 남명 선생이 제자를 떠나보내면서 이별의 아쉬움을 마음으로 담아 낸 시가 아닌가 생각된다. 다물 평생교육원을 지나고 운리마을 회관이 있는 주차장에서 오늘의 일정이 종료된다. 13.4km의 거리다. 개천변에 붉은 감을 가득 달고 있는 감나무가 줄지어 서 있는 풍경이 석양의 빛을 받아 농촌의 아늑한 풍경과 조화를 이룬다.

　오늘 하루 일정을 마무리하고 내일 다시 출발 준비할 민박집을 찾는다. 산 아래 외딴집 '양삔지'라는 민박집에서 짐을 푼다. 주인은 여성의 몸으로 할머니를 모시고 이곳에서 민박집을 운영하고 있다. 직접 기른 풋고추와 상추 등 채소와 각종 산나물로 만들어 낸 저녁이 꿀맛이다. 든든하게 충전을 한다. 특히 이곳의 주산물인 곶감장아찌와 매실, 콩잎 등 특색 있는 반찬이 일품이다. 몇 년 전 남편을 잃었지만 아들 내외를 외지에 보내고, 취미로 거문고를 배워 경로당 등에서 위문공연도 하고 이곳에서 농사는 물론 감과 밤 그리고 각종 자연식품 등을 가꾸며 자연과 함께 살고 있는 자신의 삶에 대해 즐겁게 이야기하는 것을 들으면 긍정적이고 부지런한 인생을 살고 있다는 느낌을 받는다.

밖으로 나와 하늘을 본다. 앞뒤로 아늑하게 산이 둘려져 있고, 사방이 고요하고 별빛이 총총하다. 해발 고도가 높은 이곳은 기온까지 서늘하다. 사람들이 살아가는 모습은 천차만별이다. 하지만 주인의 자랑처럼 청정한 자연에다 조용한 이곳 삶이 부럽다.

# 감나무 그리고 조선의 선비 남명
## 지리산 둘레길 8, 9구간: 운리—덕산—위태

민박집에서 새벽 6시에 기상하여 인근을 산책하니 시원하고 맑은 공기가 가슴까지 파고든다. 민박집 앞 계단식 논에는 황금색 벼들이 영글어 들판을 가득 채우고 있고, 집 뒤에는 밤나무에다 감나무까지 가지가 휘어지도록 열매를 달았다. 보기만 해도 배가 부르고 마음이 아름다워진다.

정성껏 차려진 아침을 든든하게 먹고, 점심은 주먹밥으로 준비하여 7시부터 둘레길 답사에 나선다. 오늘은 2개 구간을 답사해야 하는 강행군 코스다. 코스모스와 들국화가 가을을 재촉하듯이 둘레길 곳곳에서 해맑게 웃고 있다. 점차 고도를 높이며 길을 걷는데 아침 햇살이 유난히 부시게 내려앉는다. 어젯밤에 묵었던 민박집 빨간 지붕과 노랗게 익은 벼들이 멋진 대조를 이루는 평화로운 고장이다. 돌아다보니 산들이 첩첩으로 둘러싼 아늑한 지역으로 고작 하룻밤 지냈을 뿐인데 오래된 고향에 온 것 같이 정겹게 느껴지는 곳이다.

이곳 산청은 남명 조식 선생을 비롯한 이름난 선비들의 고장이다. 백운계곡으로 오르는데 선비들의 곧은 정신을 나무들도 이어가는지 하나

같이 모두가 곧게 자란다. 드디어 백운계곡이다. 수려한 경치와 맑은 물이 바위를 타고 흐르고 물소리도 청아하다. 이런 명소에서 남명 조식 선생이 지은 것이라고 소개한 시가 보인다. 〈백운동에 놀며〉라는 제목의 시다.

"천하 영웅들이 부끄러워하는 바는/일생의 공이 유땅에만 봉해진 것 때문/가 없는 푸른 산에 봄바람이 부는데/서쪽을 치고 동쪽을 쳐도 평정하지 못하네."

백운계곡을 뒤로하고 마근담 입구를 지나 임도를 따라가니 또 다른 계곡이다. 길게 전개되는 계곡에서 끝없이 보이는 것은 주황색 고운 빛으로 익어가는 감나무 과수원들의 아름다운 향연이다. 다른 지역에서 넓게 펼쳐진 사과나무 과수원은 보았어도 감나무가 이렇게 많이 모여 있는 모습을 보는 것은 처음이다. 감나무 이외의 다른 모습은 눈에 보이지 않는다. 크게 자란 감나무를 마치 조각하듯 키를 조절한 것으로 보아 관리하기 편하게 조성해 놓은 듯한데 광경이 예술이다. 감나무 사이로 드문드문 감을 말리는 시설을 볼 수 있다. 이 지역의 감은 대부분 곶감으로 만들어진다. 이 많은 감들을 어떻게 수확하고 달콤한 곶감으로 만들어낼지 기대가 되면서도 곶감이 완성할 때까지 그들의 정성과 수고로운 모습이 눈에 어린다. 마을로 내려오니 곶감 담을 상자들이 가득하다. 이곳이 곶감 주산지임을 직감하게 한다. 이들의 일상과 생계가 여기에 귀결되는 듯하다.

덕천강이 들판을 가로질러 흐르는 시천면 사리에 이르니 조선 중기 성리학의 대학자이자 사상가인 선비 남명 조식 선생의 유적지가 있다.

감나무 과수원. 백운계곡을 뒤로하고 마근담 입구를 지나 임도를 따라가니 또 다른 계곡이다. 길게 이어진 계곡에 끝없이 펼쳐지는 감나무의 아름다운 향연에 다른 나무들은 보이지 않는다. 주로 곶감으로 상품화되어 전국으로 팔려나갈 예정이다.

일생을 벼슬길에 나아가지 아니하고 오로지 산림에서 후학들에게 사람의 도리를 가르치고 인재를 양성하면서 선비의 도를 실행하였던 선생이다. 1501년에 출생하여 1572년에 별세한 선생은 한 차례도 벼슬길에 나아가지 않고 후학을 양성하는데 전념한다. 선생은 현실에 대한 과감한 비판과 임금의 잘못된 정치에 직언상소인 〈단성소〉를 올리는 등 사회적 적폐 해소를 위해 부단한 노력을 하였다. 이곳에는 제자들을 가르치던 산천재와 기념관 그리고 선생과 부인을 모신 재실이 위치하고 있고, 묘소가 부근에 있다고 하는데 묘소는 답사하지 못했다. 선비정신과 실천을 강조한 선생의 제자로는 임진왜란 때 홍의장군으로 유명한 곽

남명 유적지. 남명 조식 선생은 일생을 벼슬길에 나아가지 않고 오로지 산림에서 후학들에게 사람의 도리를 가르치고 인재를 양성하면서 선비의 도를 실행하였다. 그 뜻이 현세에도 미쳐 이곳 초등학생들이 옛날 복장을 하고 견학하는 모습을 볼 수 있었다.

재우 장군과 정인홍 등이 있다. 광해군 때 영의정으로 증직되고 시호는 문정(文貞)이라 한다. 유적지에는 이곳 초등학생들이 옛날 복장을 하고 견학하는 모습도 보인다. 나라를 걱정하고 백성들의 삶을 지켜보며 이들을 사랑하였던 선생의 정신이 오늘날을 살아가는 우리들에게 시민정신으로 승화되어 우리의 의식 면면히 흐르는 바탕이 되었으면 하는 바람이다.

덕산시장과 약초시장을 지나고 나면 원리삼거리에 이른다. 지리산 천왕봉을 사이에 두고 중산리 계곡과 대원사 계곡에서 내려오는 물이 합쳐져 덕천강이라 이름 지어진 곳이다. 남명 선생이 이곳에서 풍광의 아름다움을 노래한 시가 돌에 새겨져 있다.

> "두류산 양단수를 예 듣고 이제 보니/도화 뜬 맑은 물에 산영조차 잠겨세라/
> 아희야 무릉이 어디메오 나는 옌가 하노라."

이곳에 선생을 기리기 위해 세운 덕산서원이 있다는데 아쉽게도 시간이 없어 답사하지 못하고 천평마을로 이어진 둘레길을 걷는다. 강변을 따라 걸으니 건너편에 한국선비문화연구원의 새로 지은 건물이 빛난다.

둘레길은 덕천강변을 따라 이어지다가 중태마을로 이어지는데 하동군과 경계를 이루는 갈치재에 이르기까지 계곡 일대가 온통 감나무 과수원이다. 햇볕을 받아 익어가는 감나무에 주렁주렁 달린 감들이 파란 하늘과 조화를 이루어 예술작품으로 승화된다. 산 중턱에 위치한 유점마을의 조릿대를 보면서 갈치재를 넘으니 양지쪽 언덕에 굵은 대나무가 군락을 이루면서 하늘을 가리고 있다.

갈치재에서 행정구역이 산청에서 하동으로 바뀐다. 드디어 하동군 옥종면 위태마을이다. 이곳도 집집마다 감나무가 있지만 감나무 과수원은 보이지 않고 산지 사이 계단식 논에는 황금 벼들이 가을의 풍요를 대변하고 있다.

오늘 하루 백운계곡과 갈치재 등 산을 두 개나 넘으며 23.6km의 길을 걸었다. 1박 2일 동안 37km의 둘레길을 걸으면서 넉넉한 지리산의 마음을 생각하고, 우리의 역사와 함께 산자락 곳곳에서 열심히 삶을 영위하고 있는 우리 이웃들의 소중한 생활 문화를 눈으로 본다. 자연을 사랑하며 자연에 순응하는 생활을 배우면서, 마음의 여유도 가지는 즐겁고 유익한 시간이다.

산천재. 남명 조식 선생이 제자를 가르치고 학문을 정진하던 곳이다.

산천재. 남명 조식 선생이 제자를 가르치고 학문을 정진하던 곳이다.

# 사람과 생명을 품는 대나무 숲길

## 지리산 둘레길 10구간: 위태-하동호

봄이 어제 같은데 벌써 달력이 마지막 한 장만을 남긴다. 이제 낙엽도 지고 황금으로 장식하던 계곡의 논들도 모두 빈 공간으로 남았다. 지난번 보았던 위태저수지에 피었던 꽃들도 계절의 변화에 순응하여 자취를 감춘다. 지리산 둘레길 중 위태는 하동군 옥종면에 속하는 곳이다. 위태저수지에서 이어진 길에 당산마을을 지나고 산길로 접어드는데 길 양 옆으로 추수하지 않은 붉은 감들이 가지에 무겁게 달려 초겨울의 태양 빛을 받아 빛나고 있다.

한참동안 산을 오르니 바로 해발 422m의 지네재다. 지난 민박집에서 저녁에 지네가 다니는 것을 보았는데 이곳도 청정지역인 지리산의 둘레길이라 옛날부터 지네가 많아서 붙여진 이름인지 모르겠다. 낙엽이 수북하게 쌓여 길인지 산인지조차 구분이 안 될 정도로 희미한 길이다. 우리 일행 이외에는 오르는 사람이 없다. 하지만 옛날 도로가 없던 시절 이 고개는 다른 마을로 통하는 지름길이자 생존의 통로였다. 수십 년 전만 하여도 멀리 외지에 나간 자식들이 보내온 편지들을 정다운 가족에게 빠르게 전하기 위하여 우체국 집배원들이 어깨가 무겁도록 메

하동호. 깨끗한 자연은 사람과 생명을 품는다. 이곳 하동호의 물은 멀리 사천까지 흘러 그곳 주민들의 식수로 이용된다.

고 부지런히 걸었던 고개이자, 배움에 목말라하던 코흘리개 어린 학생들도 여름·겨울 할 것 없이 부지런히 이 고개를 넘나들며 학교를 다녔을 것이다. 또 이웃동네서 시집을 오던 새색시도 가마타고 이 길을 넘었을 정겨운 역사가 서린 고개였으리라.

지네재를 지나고 내려가니 궁항마을이다. 이곳 계곡에도 제법 너른 들판이 펼쳐져 있다. 계곡마을에서 대대로 생활하던 주민들의 생계수단이던 계단식 논밭을 지나는데 대나무가 지천으로 자생하고 있다. 옛 선비들의 사랑을 받아오던 사군자 중 하나인 연두색 잎 대나무는 굵기도 하려니와 곧게 자라서 숲을 이루고 있는 모습이 올곧은 선비의 모습처럼 낙엽이 떨어진 이 계절에 더욱 돋보인다.

궁항마을을 뒤로하고 다시 시멘트로 포장된 길을 따라가니 사계절 푸른 측백나무들과 대나무들이 길손을 맞이한다. 초겨울임에도 늦가을

꽃의 대명사인 쑥부쟁이가 꽃을 피워 따뜻한 이곳의 기온을 대변하고 있다.

해발 505m의 양이터재에 오른다. 양이터재는 둘레길을 걷는 나그네들이 잠시 쉬어 갈 수 있는 벤치 등 시설이 마련되어 있고 낙동강 수계와 섬진강 수계가 나누어지는 낙남정맥이 지나는 곳이라 한다. 자연과 생명을 주제로 한 글귀를 바위만큼 큰 돌 여러 개에다 새겨 놓았다. 지나가는 길손에게 자연과의 조화를 강조하고 있어 눈길을 끌고 있다. 양이터재에서 나본마을에 이르는 길에도 대나무들이 숲을 이루며 마치 사열을 하듯 서 있어 이곳 하동이 옛날 대나무의 주산지임을 알려주고 있다.

드디어 하동호 체험 공원인 나본마을에 도착한다. 하동호 전망대에서 바라보는 하동호가 시원하다. 멀리 지리산 자락을 보면서 하동호를 끼고 도는 도로를 따라 옆으로 설치된 데크를 걸으며 하동호의 푸른 물을 감상하다 보니 어느덧 하동댐이 나온다. 여름에 비가 많이 오지 않아 가득 차 있어야 할 호수물이 안타깝게도 많이 줄었다. 넓게 조성된 댐 위 도로를 따라 걸으면 하동호 관리소가 나오는데 댐에서 바라본 하동호는 조금 큰 규모의 저수지 정도로 크지 않았다. 하지만 이곳의 물이 멀리 사천까지 흘러 그곳 주민들의 식수로도 이용된다고 하니 소중한 생명수임에 틀림없다. 깨끗한 자연은 사람과 생명을 품고 있다. 청정한 자연 속에서 자연을 배우고 자연 속에 하나가 되어 살아가고 있다. 위태에서 청암면 하동호까지 11.5km를 걸으면서 자연의 이치를 배우고 깨닫는다.

# 존티재를 넘어서니 드넓은 밤나무 과수원

## 지리산 둘레길 11구간: 하동호—삼화실

가을이 스며든 지리산 맑은 물이 계곡을 타고 내려와 청암면에 위치한 하동호에서 가슴 탁 트이는 푸른색 물감으로 색을 갈아입는다. 하동호 관리소를 지나고 오래된 벚나무 숲을 지나서 건너편 산기슭을 바라보니 소수력발전소가 보인다. 청정에너지를 얻기 위한 시설로 이곳 하동호는 농업용수뿐만 아니라 수력발전도 할 수 있도록 설계되어 있는데 아쉽게도 충분한 비가 내리지 않아 부족한 물로는 발전기를 가동하지 못하게 하고 있는 듯했다. 아무리 과학이 발전되었다고 해도 자연에 의지해서 삶을 영위하는 인간이 자연의 힘을 이길 수는 없는 것이다.

이곳 지리산은 산도 높지만 계곡이 깊어 일찍 사람들을 포용하였고 사람은 산이 주는 혜택을 받으면서 자신들의 힘으로 역사를 이루며 살아왔다. 평촌마을에 위치한 청암면 사무소와 농협 하나로마트를 지나 도로를 따라가는데 도로변에 경천묘와 금남사 표지판이 설치되어 있다. 경천묘는 신라의 마지막 왕인 경순왕의 초상화를 모신 곳이고, 금남사는 고려 말 목은 이색과 승은 김충한, 양촌 권근을 함께 모신 사당으로 경천묘와 금남사 모두 경남도 지정 문화재 자료로 관리되고 있다

화월마을 당산나무. 사람들이 깃들어 살아가는 마을마다 수백 년 된 당산나무들이 그 지역의 역사를 간직한다.

고 한다.

농촌 사람들이 깃들어 살아가는 마을마다 수백 년 된 당산나무들이 그 지역의 역사를 간직한다. 이곳 화월마을에도 고목이 되어 세월을 알 수 없는 당산나무 수 그루와 정자가 한 폭의 그림으로 평화로운 정경을 그려내고 있다.

화월마을 경로당 마당에서는 이곳에 터를 잡고 계시는 할머니들이 열심히 바람에 무엇을 날리고 있다. 힘들게 일을 하시는 할머니들의 모습에서 옛날 농촌에서 자라던 시절이 생각난다. 이제 쉬실 때도 되었는데 부지런한 습관이 일상화 되어 그냥은 잠시도 쉬지를 못하는 듯했다. 자세히 보니 취나물의 씨앗을 선별하여 내년 봄 파종을 위한 작업을 하고 있었다. 주름진 얼굴이었지만 자연의 순리대로 열심히 살아온 평온한 어머니의 모습 그대로였다. 들판에 들어서니 비닐하우스에서 취나물이 내년 봄의 입맛을 돋우게 할 것을 기약하고 있는 풍경을 보게 되었다. 아마도 할머니들이 정성을 쏟아 채집하고 선정한 씨앗으로 가꾼 취나물 단지인 것으로 보인다.

둘레길을 지나는 강물 위에는 오랜만에 바위만큼 큰 돌로 놓아 만든 징검다리가 놓여 있고, 다리 사이로 한가로이 노니는 물고기들 떼와 물 위로 흰 구름이 두둥실 떠다니는 냇가의 풍경이 조화를 이루고 있다. 요즈음은 모두 다리를 놓아 징검다리를 보는 것이 쉽지 않는 게 현실이지만 징검다리를 건너니 옛날 어릴 시절 고향 생각이 났다. 한겨울 그믐밤 개천을 건너는데 징검다리인 줄 알고 발을 내디뎠다가 얼음물에 빠지곤 했던 추억이 있다.

무엇이든지 귀해야 대접을 받는 것인가. 다시 관점마을 경로당을 지나는데 앞마당에는 아직도 수확하지 아니한 감들이 나무에 주렁주렁 매달려 있다. 대도시에서 감 하나도 그냥 얻어지지 않는데 이곳은 감이

존티재. 하동군 청암면과 적량면으로 나누어지는 고갯길이다.

지천이니 쳐다보지도 않는다.

관점마을을 지나고 계곡으로 오르는 길을 따라 걷는다. 커다란 돌들로 3~4미터이상 높은 축대를 쌓아올린 계단식 논들이 계속 이어진다. 옛날 우리 선조들이 쌀을 생산하기 위해 얼마나 힘들게 노력했는지 실증적으로 보여주고 있는 현장이다. 생명과 같은 쌀을 한줌이라도 더 생산하기 위해 얼마나 정성을 쏟았는지 짐작하게 한다.

명사마을로 오르는 길에도 감나무에 감이 그대로 달려 있는 곳이 많다. 그리고 감을 수확한 나무들에는 감들이 몇 개씩 남아 있다. 우리 조상들은 다른 생명들에게도 더불어 살게 하고 베풀며 살았다. 추운 겨울날 까치나 새들에게 식량을 제공하기 위한 생명사랑의 현장 증거들이다. 따뜻한 사랑의 전통이 오늘에까지 이어지고 있다. 잠시 쉬어 가는데 동백꽃이 연분홍 꽃봉오리를 맺었는가 하면 일부는 활짝 피어 나그네에게 아름다운 자신의 모습을 선사하고 있다. 자연은 추운 겨울에도 자신의 역할을 제대로 하고 있는 모습이다. 명사마을을 지나고 존티재로 오르는데 길 양편으로 대나무 밭이 숲을 이루고 있다.

드디어 302m 높이의 존티재를 넘어선다. 존티재에서 하동군 청암면과 적량면이 나누어진다고 하는데 옛날 청암면에 거주하던 학생들이 이 고개를 넘어 지금은 폐교된 삼화실마을에 위치하고 있는 삼화초등학교까지 통학을 하였다고 하니 공부에 대한 향학열 못지않게 그 수고로움을 알 만하다.

존티재를 넘어서니 일대가 밤나무 과수원 단지다. 하동관내 밤나무 단지를 수없이 보았지만 이렇게 넓게 펼쳐지는 정경은 처음인 것 같아

놀랍다. 서울에서는 공주 밤을 알아주지만 이곳 하동 밤도 대량으로 생산되는 곳임을 이곳에 와서 보고 알았다. 무엇이든 홍보의 중요성을 실감하고 있다. 이곳 밤은 알이 굵고 맛이 좋다고 하며 더구나 곳곳에 대단지의 밤나무 과수 단지가 많은데 역시 홍보가 부족한 일이다.

고사리와 밤나무 단지를 지나면 동촌마을이다. 동촌마을 아래로 내려서니 삼화실 에코하우스가 나온다. 옛날 삼화초등학교를 리모델링하여 체험학습과 방문자 쉼터로 이용하고 있다고 한다.

삼화실은 옛날 삼화초등학교 주변의 이정마을, 상서마을, 중서마을을 합쳐 삼화실이라고 한다는데, 배꽃의 이정마을, 도화(복숭아)의 상서마을, 자주색인 자두꽃의 중서마을을 합쳐 부른 이름이란다.

오늘 지리산 둘레길 10구간인 위태에서 하동호 구간과 하동호에서 삼화실까지 11구간을 포함 총20.9km를 답사하고 이정마을 민박집에서 하루의 일정을 마무리한다.

# 미련도 미움도 내려놓는 길
## 지리산 둘레길 12구간: 삼화실-대축

　하동군 적량면 동리 이정마을의 민박집 황토방에서 하룻밤을 보내고, 아침을 먹는다. 단돈 6천원에 이곳에서 생산된 재료로 마련된 13가지의 반찬과 정성을 다한 아침이다. 더구나 점심 때 먹으라고 주먹밥까지 싸서 준 민박집 주인의 따뜻한 인정에 감사해 하면서 둘레길 답사에 나선다. 이정마을에는 배나무 꽃의 정자라는 이화정(梨花亭)이 있다. 2박 3일을 머물렀다 떠나는 곳이라 민박집 주인 내외와 정이 많이 들었는데 떠나려니 아쉽기도 하다. 오늘 하동군 악양면 축지리까지 16.7km를 답사하고, 서울로 가야 하는 날이다.

　마지막 마을의 정경을 사진에 담으려 하는데 시멘트 바닥에 사진기를 떨어트렸다. 사진기를 작동해 보았으나 소식이 없다. 오늘 답사하는 길을 담아야 하는데 난감하다. 하지만 어떻게 할 수가 없으니 안타까운 마음뿐, 낙심이다.

　개울을 건너고 밤나무 군락지를 지나 다시 버디재를 지나고 다시 하산하는 곳에도 밤나무가 산자락에 가득하다. 지금은 낙엽이 지고 앙상한 나뭇가지가 늘어서 있지만, 만물이 결실을 자랑하던 가을에는 알밤이 벌어진 밤송이들이 주렁주렁 달려 있었을 모습을 상상해 보니 가을의 정취가 저절로 느껴진다.

다시 서당마을로 접어든다. 서당마을에도 옛날 폐교된 초등학교를 개조해 만든 에코하우스가 있다. 수백 년 동안 사람이 터를 잡고 살아온 동네라는 것을 느낌으로도 알 수 있다. 사람이 사는 곳이면 어린이를 비롯하여 청장년 등의 세대가 고루 분포해야 하는데 고향을 지킬 어린아이들이 없다. 이곳 시골 마을에도 집들은 번듯하게 개량되었거나 전원주택들이 들어차고 자동차들이 곳곳에 존재하고 있어 한눈에 보기에도 풍요로운 곳임을 알 수 있는데 안타깝다. 그러다 보니 아이들이 다녀야 할 학교들이 폐교되는 것을 둘레길 도는 곳마다 보게 된다.

우계저수지 둑을 지나고 아직 나무에 달려 있는 붉은 감을 감상하면서 산 하부 길을 한참동안 걸어 신촌마을에 이른다. 신촌마을에는 바위

신촌마을 계단식 논. 바위만큼 큰 돌을 6~7m 높이로 쌓아 만들었다. 보기에는 장관이지만 이 논을 만들기 위해 얼마나 많은 고생을 했을까. 우리 조상들의 농토 확보를 위한 노력을 짐작할 수 있다.

만큼 큰 돌을 6~7m 높이로 쌓아 계단식 논을 만들어 놓았다. 보기에는 장관이었지만 마치 서울 한양 성곽을 쌓아올린 것 같은 모습에서 사람의 집념을 보는 듯했다. 그만큼 우리 조상들의 농토 확보를 위한 노력을 짐작할 수 있다. 신촌마을에서는 2차선 도로가 끝나고 더 이상 마을이 위치하지 않은 곳에도 시멘트로 포장된 임도가 나타난다.

하동은 감나무의 고장이다. 가을을 추수하고 남은 곳에 감나무가 있고 달린 감들이 평화로운 마을이 곳곳에 자리하고 있는 곳이 하동이다. 어느 마을이든지 감나무가 많고 곶감을 말리고 있는 곳이 많다. 이정마을에서 이곳까지 지나온 곳곳마다 감을 깎은 부산물들이 다시 밭에 거름으로 되돌리기 위해 소복하게 쌓아놓은 모습이 이채롭게 느껴지기까지 했다.

조용하고 구불구불한 임도를 따라 오르니 저 아래 우계저수지를 비롯한 지나온 산천이 한눈에 보인다. 해발 462m의 신촌재에서 우거진 숲길을 따라 한참을 걸어 먹점재에 이르는 동안에도 산속에서 자란 야생 감들이 가지가 늘어지게 달려 있는 풍광이 아름답게 느껴지는데 건드리는 사람조차 아무도 없다. 인적 없는 산길에 가끔 솔바람 소리만 손짓한다. 산속으로 난 길은 구름 속으로 인도하는 것 같은 느낌이다. 저 아래 세상에서 살던 사람들의 가슴에 담겨져 있는 미련도 욕심도 마음의 앙금도 모두 비우게 한다. 신촌재에서 먹점재까지 오늘 둘레길의 절반을 차지하는 느낌의 긴 코스를 자연과 호흡하며 마음껏 걸어본다. 다시 한참을 걸어 먹점재를 내려가니 전망대가 보이고 저 멀리 하얀 백사장과 유유히 흐르는 섬진강이 눈앞에서 꿈같이 나타난다. 비록 카메

먹점재에서 본 섬진강. 저 멀리 하얀 백사장과 유유히 흐르는 섬진강이 꿈같이 나타난다.

라는 망가졌지만 함께하는 일행의 휴대폰으로 아름다운 정경을 담아
달라 부탁한다. 한참동안 아름다운 정경에 취해 있다가 산 중턱 비탈에
위치한 매화나무가 심어져 있는 미동마을을 지나고 다시 오솔길이 나
있는 둘레길로 오르는데 바닥에 내려앉은 솔잎에서 소나무 향이 나온
다.

하산 길에 잔뜩 흐렸던 하늘이 참을 만큼 참았다는 듯 빗방울을 떨어
뜨리기 시작한다. 이정표를 보니 아직 1.4km가 남아 있다. 갈 길이 바
쁘지만 그동안 참아준 것만으로도 감사해야 할 일이다.

오솔길을 지나고 보니 저 아래 박경리 선생의 소설 《토지》의 배경이
된 악양면 평사리 들판이 한눈에 보이고 산등성이에는 대단위 감나무
단지가 시야에 가득한 대축마을이다. 이곳 대축마을은 대봉감으로 이
름난 곳이다. 마치 사과나무 과수원처럼 높이도 너무 높지 않게 해 놓
았다. 그리고 보니 수확하기에도 편리하고 평소 관리하기에도 좋게 가

꾼 이곳 농민들의 정성과 영농 기술을 알 것 같다. 감나무 단지 중간에 천연기념물 제491호로 지정된 문암송(文巖松)이 정자와 함께 겨울비를 맞고 있다. 섬진강과 평사리 들판을 굽어보고 있는 높이 12m, 둘레가 3m인 거대한 소나무가 이곳 민생들과 함께 수백 년 동안의 역사를 가슴에 담고 있다.

오늘 하동군 적량면 동리 삼화실 이정마을에서 악양면 축지리 대축마을 주차장까지 추억의 둘레길 16.7km를 약 5시간에 마감했다.

# 평사리 최참판 댁과 박경리문학관
## 지리산 둘레길 14구간: 대축-원부춘

　2박 3일 동안의 지리산 둘레길 답사를 위해 아침 7시에 일행 7명과 함께 서울을 출발한다. 오늘 오후 첫날 지리산 둘레길 제14구간 대축에서 원부춘까지 답사하기 위해서다.

　하동군 악양면 원부춘에 도착하여 중식을 하고 대축으로 이동한다. 대축마을 주차장에서 악양천을 지나 평사리 넓은 들판에 접어든다. 녹색 보리와 연두색 밀이 땅에서 올라와 바람을 타고 하늘거린다. 평사리 들판은 총 83만 평의 넓은 들로 섬진강 유역 중에서 가장 면적이 넓다고 하는데 대하소설《토지》의 무대가 되었다. 이어서 동정호가 나오는데 멀리 산을 배경으로 하여 가운데 섬이 위치한 아름다운 호수다.

　둘레길에서 조금 떨어진 곳에 25년에 걸쳐 완성된 대하소설《토지》의 저자인 박경리문학관과 소설의 주인공 최참판 가옥이 위치하고 있다.《토지》는 TV에서 인기 연속극으로 방영되기도 했는데 이곳이 바로 그 무대이다. 고래기와집 같은 최참판 댁의 저택과 시중을 들던 사람들의 초가집도 잘 재현해 놓았고 최참판 역할을 하는 자원봉사자도 있어 함께 사진에 담고 소설 속의 기억을 다시 회상할 수 있는 기회를 가질

평사리 들판. 총 83만평의 넓은 들로 섬진강 유역 중 가장 면적이 넓다는데 대하소설 《토지》의 무대로도 유명하다.

수도 있었다. 하지만 시간이 없어 박경리문학관을 관람하지 못한 아쉬움이 남는다.

대촌마을에서 원부춘으로 향하는데 감나무 과수원들이 즐비하다. 어느 나무는 아직 감을 추수하지 않아 가지가 지탱하기 어려울 정도로 많이 매달고 있어 안타까움을 느낄 정도다. 감을 추수한 곳에는 한 두 개씩의 감을 남겨두었다. 한겨울 배고픈 생명들의 양식으로 남겨 놓은 선인들의 지혜와 자연 사랑의 정신이다.

차나무들이 초겨울 햇볕에 진한 녹색의 기운을 뽐내고 있다. 차는 신라 흥덕왕 때 당나라에 사신으로 간 사람이 가져와 지리산 자락에 심은 것으로 되어 있다. 이곳 하동 곳곳에는 차밭이 많은 것을 보면 하동 차

박경리 토지문학비. 둘레길에서 조금 떨어진 곳에 25년에 걸쳐 완성된 대하소설《토지》의 저자인 박경리문학
관과 소설의 주인공 최참판 가옥이 위치하고 있다.《토지》는 TV에서 인기 연속극으로 방영되기도 했던 것인
데 이곳이 촬영지이다.

최참판 가옥. 고래기와집 같은 최참판 댁의 저택과 최참판 역할을 하는 자원봉사자도 있어 소설 속 장면을
재현할 수 있는 기회를 가질 수도 있다.

사람은 길을 내고 길은 역사를 쓴다

의 힘을 한눈에 알 수 있다. 차 밭에서 일을 하고 있는 어르신을 만났는데 어디로 가느냐고 물으신다. 원부춘으로 간다고 하니 이렇게 늦게 가면 오늘 안에 도착할 수가 없다고 한다. 여기서 태어나 큰 산을 넘어야 도달하는 원부춘까지 무시로 걸어 다녔을 어르신의 경험에 비추어 무리라는 말씀이다. 둘레길에 없던 최참판 댁을 둘러보느라 일정을 지체하긴 했지만 반드시 가야만 할 길이다.

대나무 숲을 지나고 나니 드디어 산길로 접어든다. 산을 오르는데 급경사에다 계속 오르막길이고 길도 험하다. 더군다나 승용차가 일상화된 요즈음이라 사람들이 다닌 흔적도 없는 듯하다. 낙엽이 덮여 길을 잘못 든 곳도 있어 다시 내려와 길을 찾아 지나고, 소나무 숲길도 지나

하산 길에 만난 세 그루의 감나무에는 발갛게 익은 감들이 주렁주렁 달려 있다. 아무도 손대지 않은 자연 그대로의 모습이다.

고 대나무 숲길도 지난다. 고갯길과 비탈길을 지나고 나면 또다시 산길의 연속이었다. 이곳은 도봉산보다 높은 해발 742m 높이의 아랫재를 지나는 길이다. 옛 사람들은 이런 길을 무시로 넘고 다녔겠지만 자동차라는 문명의 이기에 익숙한 현대인들은 이용할 가치도 없는 전설의 길이자 이용할 수도 없는 힘든 코스다. 목적도 없이 누가 시키면 하지 않았을 길이다.

드디어 하산길이다. 뒤돌아보니 낙엽이 진 나무들이 가득 찬 아득한 길이기도 하다. 산 중턱에 감나무 세 그루가 발갛게 익은 감들을 주렁주렁 달고 한 폭의 동양화를 그리고 있다. 아무도 손대지 않은 자연 그대로의 모습에 낙엽은 지고 감들만 달려 있으니 정말 아름답다는 말밖에 다른 말이 생각나지 않는다. 계곡에는 맑은 물이 흐르고 대나무들이 길손을 반긴다. 오래된 매화나무들이 내년 봄을 기다리고 있는 산골 마을이 나타난다.

원부춘마을이다. 시간의 여유가 있었으면 박경리문학관과 그 주변을 충분하게 돌아보았을 터인데 내내 아쉬운 마음이고 산 정상에서 악양들판을 내려다보는 여유도 가졌으면 좋았으리라 생각이 되지만 지나간 이야기다. 악양면 대축리의 평사리 넓은 들판과 동정호, 최참판 댁, 그리고 아랫재를 지나서 여기까지 10.2km를 4시간 만에 지나온 것이다.

오늘 일정은 여기서 마무리하고 숙박은 차를 타고 적량면 동리 삼화실 이정마을의 산도리 농원 민박(010-2830-4585)에서 하기로 했다. 민박집에 도착하니 황토방에 나무로 난방을 하여 온돌을 데워 놓았다. 저녁은 1식에 6천원이라 한다. 이곳에서 나오는 각종 채소와 집에서 직접 키우던 토종닭에다 옥돔 찜을 비롯한 13가지 이상의 반찬이다. 마치 서울에서 비싼 한정식을 대하는 듯 푸짐하다. 시골 인심이라는 게 이렇게 후하고 좋은 것이다. 정성껏 준비한 음식을 먹고 늦게까지 주인 내외와 담소를 했다. 구수하고 정다운 말씀과 함께 오랜만에 황토 구들방에서 하루의 피로를 푼다.

# 잊을 수 없는 길, 매화꽃과 녹차 밭
## 지리산 둘레길 15구간: 원부춘-가탄

오늘부터 다시 2박 3일 동안 지리산 둘레길을 답사하는 날이다. 서울에서 고속도로를 따라오다 남원에서 방향을 틀어 섬진강을 타고 내려온다. 맑은 강물이 자연스러운 정취를 나타내는 호젓한 도로다. 몇 주 후면 이 길도 하동 상계사 십리 벚꽃으로 길이 메워질 것이다. 아직은 약간 추위가 꼬리를 드리우고 있는 날씨다.

먼저 가탄으로 간다. 거기서 일행이 가져온 음식으로 점심을 해결한다. 매화가 흐드러지게 피어 있고 살구꽃도 질세라 자신들의 모습을 과시한다. 부지런한 농부들은 밭둑에 거름이 든 비료 포대를 가득 쌓아놓았다. 동네를 지나고 산으로 오르는데 이르는 계곡이나 산등성이 곳곳마다 매화꽃과 녹차 밭이 어우러진 아름다운 정경에 보는 눈이 황홀하다. 봄의 향연이 끝도 없이 펼쳐지고 있다. 백혜마을을 지나고 고개로 오르는데 봄을 부르는 농부는 밭을 갈고 고랑을 만들고 있다. 봄을 심는 것이다. 물어보니 토란을 심는다고 한다.

밤나무 언덕을 지나 고개에 이르니 노오란 히어리 꽃이 지천으로 피었다. 아직 잎도 나오지 않았는데 꽃이 먼저 선을 보인다. 온통 히어리

지리산에서 자생하는 히어리 꽃. 히어리는 한국에서만 자라는 특산종으로 지리산 일대에 서식한다. 이른 봄에 피는 꽃과 가을에 물드는 노란색의 잎이 아름답다. 멸종위기 야생동식물 2급 보호종으로 지정되어 있다.

대비마을의 녹차 밭. 산비탈로 길게 늘어진 동네를 따라 내려가면 매화꽃과 파란 녹차 밭이 조화를 이루어 아름답게 수를 놓는다. 끝도 없이 이어지는 연두색 녹차 밭의 풍경이 더없이 멋지다.

정금마을 녹차 밭. 겨울 동안 활동하지 못하던 벌들이 매화 향기에 취해 부지런히 움직이고 계곡과 능선을 따라 끝도 없이 이어지는 녹차 밭의 풍경에 잠시 걸음을 멈출 수밖에 없다.

군락이 그야말로 장관이다. 지리산에 자생하는 자연산 히어리 꽃을 여기서 본다. 이어진 임도를 따라 고개를 넘고 밤나무 과수원을 지나니 저 아래 그림 같은 동네가 나타난다. 대비마을이다. 산비탈로 길게 늘어진 동네를 따라 내려가는데 매화꽃과 파란 녹차 밭이 조화를 이루어 아름답게 수를 놓는다. 내려갈수록 녹차 밭이 장관이다.

산등성이부터 계곡까지 보이는 곳은 모두 녹차 밭이다. 난생 처음 이렇게 많은 녹차 밭은 본 적이 없는 듯하다. 계곡과 능선을 따라 끝도 없이 이어지는 연두색 녹차 밭의 풍경이 너무나 멋지다. 저 아래 계곡을 따라 자연스럽게 흘러내리는 강물과 녹차 밭 그리고 어우러진 촌락의 풍경은 산골의 멋진 정취 속에 도취될 수밖에 없도록 잠시의 틈도 주지 않는다. 함께한 일행 중 노르웨이나 스웨덴을 여행하고 온 친구가 있는데 그곳보다 더 인상이 깊다는 이야기를 반복할 정도다.

정금마을을 지나니 하얀 벌통이 이색적이다. 겨울 동안 활동하지 못하던 벌들이 매화 향기에 취해 꿀 채취에 여념이 없다. 이어지는 길 옆으로 주홍빛 진달래가 활짝 웃고 있다. 도심 마을을 지나 이어진 계곡에 하얗게 부서지는 시원한 물소리가 봄과 함께 조화를 이룬다.

언덕을 오르고 길은 이어져 중촌마을이다. 하늘호수라는 간판이 나그네를 맞는데 보니 옛집들이 모여 있다. 둘레길이 생기고부터 이곳도 변화의 바람이 불고 있는데 한적하던 산골 동네에 새로 집을 짓는 곳도 보인다. 동네를 조금 지나 산길을 오르는 곳에 얼기설기 지어진 하늘호수 카페가 있다. 카페 주인이 피곤한 나그네를 향하여 쉬었다 가라며 손짓을 한다. 아름다운 경치를 사진에 담느라고 일행과 떨어져 아직 오지 않은 친구를 기다리며 하늘호수 카페에서 따뜻한 커피 한 잔으로 목을 축인다. 산속 깊은 곳, 자연과 함께하면서 마시는 커피의 진한 맛에서 피로가 한풀 꺾이는 느낌이다. 다시 힘을 비축하고 친구와 함께 천천히 산을 오른다. 낙엽이 쌓여 푹신한 경사진 산을 오르는데 숨이 턱에 걸린다.

산에서 같은 목적으로 함께하는 사람을 만나면 모르는 사람이지만 반갑다. 더구나 오늘은 인적이 거의 없는 산에서 70대 노부부가 함께 산에서 내려오고 있다. 노후를 두 분이 함께하는 둘레길이 정겹고 흐뭇하게 보인다. 힘든 산이니 조심하라고 하신다. 즐거운 산행이 되시라는 인사를 하고 오르는데, 한참을 쉬었는데도 천천히 한 발 한 발 옮기는 것이 힘들다. 주변을 살펴보니 이곳에서도 히어리가 노오란 꽃을 달고 서 있는 것을 보니 지리산이 자생지임이 분명하다. 나목들이 우거진 숲을 지나고 다시 조릿대 구간도 지나고 한참을 올라 보니 형제봉으로 가는 임도 삼거리다. 가쁜 숨을 정비하고 이제부터 원부춘으로 향하는 하산 길 임도가 전개된다.

낙엽송 군락지를 지나 한참을 내려온다. 맑은 물이 흐르고 계곡의 물소리도 제법 들리는 곳이 있다. 6~700여 미터의 고지인 이런 곳에 아직도 옛날 논의 흔적이 있다. 돌로 축대를 정성들여서 쌓아 만든 계단식 논의 형태가 남아 있는 것이다. 한 톨의 쌀이 귀했던 시절 생존을 영위하기 위해서는 물이 흐르는 곳을 찾아 나무들을 제거하고 황무지를 개간하여 정착했던 흔적이다. 고달팠던 우리 선조들의 지난 흔적을 보니 마음이 아리다. 임도를 따라 한동안 내려온 배나무 골에도 계단식 전답이 있었던 흔적이 보인다. 지금은 모두 수십 년생 밤나무로 채워져 있고 반대편에는 지난 가을 추수 후 빈 밭으로 남아 있는 곳이 있어 마음이 쓸쓸하다.

지통골이란 마을을 지나니 현대식 마을이 산을 배경으로 계곡 마을을 이루고 있다. 이런 계곡에 지리산 부춘골 펜션이란 넓게 잘 조경된 여러 채 규모의 큰 기와집이 사람들을 기다리고 있다. 문명에 시달리는 도시인들의 휴식을 위한 치유 공간 그것이라 생각된다.

드디어 오늘의 목적지 원부춘마을 회관이 보인다. 거리는 13.3km이지만 산을 넘고 물을 건너 온 길이 아득하게만 느껴지는 코스다. 하지만 잊을 수 없는 길이다. 매화꽃과 녹차 밭이 환상적인 조화를 이루고 아름다운 계곡과 높은 산으로 이어진 길은 4시간 40분이 소요되었으나 자연이 준 선물로 가 보지 않고는 다시 볼 수 없는 선물이기 때문이다.

# 누구든 열 수 있다, 타인능해(他人能解)
## 지리산 둘레길 16, 18구간: 가탄-송정-오미

봄이 아름다운 섬진강을 따라 올라온다. 숲 게스트하우스 앞에 핀 붉은 동백꽃도 아름답지만, 동트기 전 운무에 잠긴 강 건너 산봉우리들의 언덕에는 매화가 하얗게 피어 그림처럼 아름다운 시간을 그리고 있다. 섬진강을 돌아 나오는 길 따라 벚꽃이 꽃망울을 가득 담고 애타게 봄의 절정을 기다리며 서 있고 푸른 강물 위를 백로와 왜가리가 날아올라 평화로운 풍경을 연출한다. 섬진강가에 위치한 구례의 숲 게스트하우스에서 피곤한 몸을 따뜻하게 녹이며 보낸 일행은 일찍 아침을 먹은 후 다시 둘레길 답사에 나선다.

가탄마을에서 송정마을을 거쳐 운조루가 위치해 있는 오미마을까지 여러 개의 산과 물을 건너서 가야 하는 코스다. 가탄마을에서는 쌍계사 계곡에서 흘러오는 화개천을 건너고 쌍계사로 가는 10리 벚꽃 길을 건너야 한다. 아직은 벚꽃 피는 시간이 일러서 한적하지만 이곳도 벚꽃 시즌이 되면 차량과 인파로 도로가 넘쳐나고 막혀서 걸어서만 다녀야 하는 곳임을 이미 경험한 바 있다.

법하마을 돌탑을 지나고 계단식 녹차 밭과 피톤치드가 최고라는 편백 숲, 그리고 관음죽 군락지를 지나서 오르고 또 오른다. 얼마나 오르

법하마을 돌탑. 누가 쌓았을까? 이 돌탑에서 왼쪽 농로를 따라 올라가면 편백 숲. 관음죽 군락지를 지나 오르고 또 올라야 한다.

는지 어제 만났던 70대 노 부부가 올라가다 드러누워 쉬고 있는 모습이 보인다. 고령의 부부는 지금은 비록 힘에 겨워 쉬고 있지만 높은 산 둘레길 힘든 여정을 쉬지 않고 계속하는 모습이 감명으로 온다.

한 시간 가량을 올라 작은재라는 팻말을 마주한다. 살펴보니 구례군 작은재다. 경남 하동에서 전남 구례로 도의 경계를 넘는 순간인데 여기까지 오르는데 땀을 빼지 않고는 오를 수 없는 곳이다. 소나무 숲길로 이어진 곳을 지나는데 돌로 둑을 쌓아 만든 옛날 계단식 논에 농사를 지었던 흔적이 나온다. 사람이 살고 있는 동리와 한참 떨어진 높은 지역임에도 물이 있는 곳을 찾아 힘겹게 농사를 지었던 농부들의 마음을 이곳에서 읽는다.

얼마를 걸었을까. 저 멀리 섬진강이 고개를 내어 민 아름다운 풍광을 지나 하산 길이다. 산수유가 동네를 아늑하게 감싸고 있는 기촌마을이다. 가탄리를 떠난 지 1시간 40분이 지나 계곡을 흐르는 강 위에 놓인 추봉교 다리를 지나는데 멀리 연곡사가 위치하고 있는 연곡천이다. 일명 피아골로 불리는 곳이다. 한국전쟁 당시 이곳이 피로 물들어 이름이 피아골로 전해진다고 한다. 다시 오르는 산길을 따라가니 녹차 밭과 밤나무가 지천이다. 산 위로 오르니 멀리 섬진강이 계곡 사이로 감추었다 드러났다 하면서 은빛으로 수를 놓으며 유유히 흘러가는 모습이 시간의 흐름을 잊게 할 만큼 여유롭다. 다시 이어진 소나무 숲길을 따라 맑은 피톤치드의 향기에 취하며 걷고 또 걸어 가탄을 출발한 지 3시간이 된다.

드디어 넓은 임도와 마주한 목아재다. 목아재에서 당재로 이어지는 둘레길 길목이다. 이곳을 지나면서 섬진강의 아름다운 풍광을 자주 목격하면서 지나게 된다.

계곡으로 산을 내려오기 직전에 산행으로 약해진 체력을 보충하기 위해 점심을 하는데 산행으로 지친 몸이라 그런지 맛이 일품이다. 아침에 길을 떠난 지 거의 다섯 시간이 다 되어 송정계곡으로 이어지고 맑은 물이 땀으로 얼룩진 얼굴을 닦아준다. 양쪽 산기슭에도 봄의 향연을 펼치고 있는 매화가 지천이다.

송정마을을 지난다. 가탄마을에서 여기까지 10.6km 구간이다. 거리는 짧지만 쉽지 않은 코스다. 계속 이어지는 산길을 따라 오르니 안타깝게도 수십 년을 커 온 소나무들이 산불에 타다 남은 지주가 되어 서

글프게 서 있다. 화를 면한 소나무 숲과 편백나무 숲을 지나고 물이 흐르는 개울을 지난다. 그런데 다시 화마가 훔치고 간 소나무 고사목이 즐비하다.

생명은 자신들은 비록 죽어가면서도 후세를 남겨야 하는 숙명을 가졌나 보다. 이곳에서 죽어간 목숨들이 남긴 어린 소나무들이 군락을 지어 자라고 있는 광경이 보이기 때문이다. 숲은 수십 년이 지나야 형성되지만 화재는 한순간인 것을 이곳에서 그 참담한 광경을 목격하고 있다.

자연은 참으로 묘하다. 울창했을 소나무들은 사라졌지만 숨겨두었던 자연의 아름다운 모습을 보여주기 때문이다. 그동안 소나무 숲에 가려져 있던 비경인 섬진강이 저 아래 유유히 흐르며 아름다운 본연의 모습을 드러내고 있는 것이다. 수십 년 시간이 흐른 뒤 어린 소나무 군락이 울창한 숲이 되면 이 자리에서만 볼 수 있는 이 광경은 사라질 것이다.

섬진강을 아래로 두고 위에 난 둘레길을 따라 계속 가다가 원송계곡을 지나고 드디어 지리산 둘레길 합류점이라 표시된 '남도 이순신길 조선 수군 재건로'라는 표지판을 만난다. 임진왜란이란 국난을 당하여 삼도수군통제사로서 왜군을 격멸하며 나라를 지키던 장군이 모함으로 죽음의 문턱에서 방면된다. 이후 정유재란이 발발하자 백의종군하며 순천까지 걸었던 길이 이곳이라 한다. 모진 고문의 후유증으로 고통을 당하였으면서도 오직 나라를 구하기 위한 구국의 충정으로 수백 리 길을 마다않고 걸어 여기까지 왔을 때 그 심정이 오죽하였을까 생각하게 된다. 장군의 애국정신을 범인으로서는 상상하기도 어렵다.

조선의 삼대 길지로 유명한 오미마을의 운조루. 조선 영조 삼수부사였던 류이주가 세운 것으로 풍수지리설에 의하면 금환낙지의 길지라고 한다. 진정한 노블리스 오블리제를 실천했던 타인능해(他人能解) 팻말이 보인다.

대장군으로서 백성들의 존경을 한 몸에 받았던 이순신 장군이 일반 병사로 말없이 걸었던 길을 따라 멀리 이어진 능선과 감나무 과수원을 지나고 다시 산길을 지나 문수댐에 이른다. 맑은 물이 가득한 곳을 지나고 보니 넓은 토지면의 들판이 한눈에 펼쳐진다.

드디어 오늘의 답사 종착지이자 조선의 삼대 길지로 유명하다는 오미마을의 운조루다. 마을 앞개울에는 지리산 1급수 맑은 물이 흐르고, 넓은 들이 그림같이 아늑하게 펼쳐진 풍요가 한눈에 보이는 곳이다. 안내 자료에 의하면 운조루는 조선 영조 때 삼수부사였던 류이주가 세운 것으로 조선 양반가의 대표적 구조라 한다. 풍수지리설에 따르면 이 집이 남한의 3대 길지의 하나인 금환낙지다. '타인능해'라는 안내문이 보인다. 이곳 주인은 쌀 두 가마니 반이 들어가는 나무 독에 구멍을 뚫어 주인과 마주치지 않는 헛간에 설치해 놓고, 마을에 양식이 떨어진 사람들이 밥을 굶지 않도록 누구나 퍼 갈 수 있도록 허용했다. 그리고 집 구조도 굴뚝을 섬돌 밑으로 내어 밥 짓는 연기가 멀리서 보이지 않게 배려했다. 쌀이 없어 밥을 지을 수 없는 사람들의 마음까지 배려한 일이다. 평소 이웃에게 아낌없이 베풀던 이런 후한 인심으로 동학이나, 여순사건, 6 · 25 등 어려운 역사를 지내오면서도 지금까지 건재했다고 하니 이곳 주인의 이웃을 사랑하는 타인능해(他人能解) 정신을 오늘에도 다시 새겨보게 된다.

오늘 몇 차례 산을 넘고 물을 건너는 21km의 힘든 길을 8시간 32분 동안 걸어서 답사했다. 몸은 비록 피곤하나 마음은 한없이 가벼움을 느낀다.

# 이순신 장군의 백의종군로

## 지리산 둘레길 19구간: 오미-난동

봄은 희망의 계절이다. 온갖 생명들이 힘찬 나래 짓을 하고 저마다 찾아온 따뜻한 봄의 온기에 오미마을 입구 둘레길 부근에 위치한 홍매화가 흐드러지게 피었다. 오미마을 앞 들에도 연두색 밀밭이 들판을 장식하고 있다. 오늘 둘레길은 섬진강을 따라 구례읍을 지나고 서시천과 광의면사무소, 구만저수지의 소수력발전소를 지나 난동마을까지 18.9km를 걷는 코스다. 들판과 하천을 따라 걸어야 하는 코스로 그리 힘든 구간을 없을 예감이다.

이번 둘레길은 약 420년 전 정유재란 당시 이순신 장군이 천안에서 공주·논산을 거쳐 임실·남원을 경유하여 구례를 지나 순천부까지 백의종군을 하면서 27일간을 걸으셨던 백의종군로의 일부를 걷는 길이다. 조선 선조 때 일어난 임진왜란 7년 전쟁으로 임금이 한양을 버리고 의주로 몽진을 가는 등 나라가 풍전등화의 어려운 처지에 있었을 때 이순신 장군의 수군이 있어 호남이 보전되고 나라의 명맥을 유지할 수 있었다. 하지만 장군을 모함하는 세력이 있어 관직이 삭탈되었을 뿐만 아니라 목숨까지 위태로웠다. 다행히 구명운동이 있어 방면되었으나 백

오미마을 홍매화. 봄은 희망의 계절이다. 오미마을 입구 둘레길에 홍매화가 흐드러지게 피었다.

의종군하라는 명이 떨어졌다. 갖은 고문과 모진 형벌에 장군의 몸은 매우 지쳐 있는 상태였다. 하지만 나라의 상태가 위급하여 장군의 힘이 절대적으로 필요한 시기라 비록 벼슬은 거두어지고 평민을 강등되어 아무런 보상이 없어도 나라를 위하는 마음에는 추호도 변함이 없었다. 왜군의 재침으로 나라의 방비는 한 시각이 급했고 그래서 걸어야만 했다. 하루만 걸어도 힘든 길을 이순신 장군은 27일간을 걸었다 하니 심신의 피곤함이야 말해서 무엇 하랴. 더구나 삼도수군통제사에서 일개 백성의 신분으로 격하된 몸이다. 무슨 말이 더 필요하겠는가마는 이순신 장군은 개의치 않았다. 오직 왜적을 쳐부숴야 한다는 일념 그것으로 여기를 거쳐 순천까지 강행군을 계속한 것이리라.

당시 장군의 인품과 애국심을 높이 받드는 구례 백성들과 현감의 따뜻한 배려에 힘을 얻은 이순신 장군이 백의종군 도중에 삼도수군통제사로 다시 임명을 받아 병선과 군인, 식량 무기를 수습하고 남은 12척의 배로 거의 10배나 되는 적선 100여 척을 대파하는 전과를 올린 것은 이들 백성과 나라를 위하는 위국 충정의 마음이 누구보다 간절했었기 때문이 아닌가 생각된다.

섬진강변 조선수군 재건로. 임진왜란 후 이순신 장군이 모함에 의해 관직이 삭탈된 상태에서 정유재란이 발발하자 백의종군의 명을 받고 순천까지 오로지 나라와 백성을 위한 마음 하나로 걸었던 길이다.

오미마을 앞 들판을 가로질러 섬진강 둑으로 길을 나선다. 강변길이 백의종군로다. 맑은 강은 수달 서식지가 될 만큼 환경이 잘 보존되어 있다. 용호정이란 정자는 경술국치 이후 일제

지리산 둘레길 구례센터. 둘레길 도보여행자들의 따뜻한 휴식처이다.

강점기 시대 이곳 유학자들이 항일사상을 고취하고 후진들을 양성하기 위하여 건립하였다고 한다. 구례읍 시가지로 향하는 다리를 건너 구례 실내체육관을 바라보며 지리산 둘레길 구례센터에 이른다. 여기서 잠시 휴식을 취하면서 따뜻한 차 한 잔을 마시니 마음이 가볍다.

강변길을 따라 가는데 벚꽃이 끝도 모르게 긴 터널을 이루면서 이어진다. 강에는 큰 고니 한 마리가 유유히 헤엄을 치고 많은 철새들이 먹이 사냥에 바쁘다. 천은사와 노고단 표지판이 지나가고 광의면 사무소 앞 수백 년 먹은 느티나무도 지나는데 백의종군로는 계속된다.

무심한 벚꽃은 이곳에서도 아름다움을 경쟁이나 하듯 끝도 없이 피어 있다. 구만리마을 앞 푸른 밀밭이 펼쳐진 들판은 바람에 고개를 흔들며 화답하고 벚꽃도 꽃잎을 날려 봄의 전령에 화답하고 있다.

겨울이 아무리 추워도 한때인 것을 자연은 알고 있었다. 나뭇잎들을 털어내고 온 겨울 동안 북풍에 시달리며 쥐 죽은 듯 지내던 수양버들도 연초록으로 모습을 드러내고 물 오른 마늘 줄기도 푸른 잎사귀가 제법 실하다. 작년 가을 심은 것이 삼동의 모진 추위를 용하게도 이겨내고 이제 자신의 세상이 된 듯 기세가 좋아 보인다. 봄은 부지런한 사람들을 밭으로 불러내고 있다. 밭을 갈고 씨를 뿌려 봄을 심는다. 토란도 심고, 눈치 빠른 농부가 일찍 심어 놓은 감자 밭에선 벌써 싹이 돋아 나오고 완두콩도 제 모습을 갖추며 신나게 자라나고 있다.

맑은 물이 흐르는 강변 언덕 세심정이다. 이곳 자료에 의하면 조선 명종 때 17세의 나이로 진사가 되었고 문과에 장원급제하였던 최립(1539~1612)이라는 선비가 머물며 "성인은 마음을 씻고 은밀한 곳에 물러나 은거"한다는 안빈낙도의 고고한 삶을 실천하였다고 하는 정자다.

  구만리 소수력발전소. 산동면 일대에서 흐르는 물이 구만리호수에서 머물다 흘러나오는 곳에 설치한 발전소다. 지리산의 자연은 넓은 들을 펼치게 하여 사람들을 깃들게 하고 물까지 풍족하게 공급하여 생명들을 살찌우게 하고 있다. 비록 국토는 좁지만 아기자기하면서도 오밀조밀 만들어진 이 자연이 우리가 살아가고, 살아가야 할 삶의 터전이자 행복의 기본, 우리의 국토이다.

구례 벚꽃. 아름다움을 경쟁이나 하듯 끝도 없이 피었다. 구만리마을 앞 푸른 밀밭이 펼쳐진 들판은 바람에 고개를 흔들며 화답하고 벚꽃도 꽃잎을 날려 봄의 전령에 화답한다.

마지막 둘레길 걷기도 봄철이라 시기가 잘 맞는다. 이곳 가로에도 벚꽃들이 줄이어 이어져 수를 놓고 있다. 바람이 불어 꽃잎이 흩날리는 아름다운 풍경은 봄이 아니면 볼 수 없는 행운이다. 따뜻한 물이 나왔다는 온당마을과 난동마을이 드디어 합쳐지는 순간이다.

오늘 둘레길 18.9km를 오전 8시 21분에 시작하여 13시 20분에 완료한다.

# 돌고 돌아 오르고 올라도 갈 길 먼
## 지리산 둘레길 20, 21구간: 오미-방광-난동-산동

지루하던 겨울이 지나고 섬진강에도 봄기운이 강물에 녹아들어 굽이 돌아 흐른다. 그 아름다운 강이 내려다보이는 곳에 위치한 구례 숲 게스트하우스에서의 아침 경치는 한 폭의 동양화 같다고 표현할 수밖에 없다. 강 건너 앞산 정상에서부터 밑으로 산을 감싸며 내려오는 안개와 유유히 흐르는 섬진강, 강변도로를 따라 끝도 없이 피어난 벚꽃들이 어우러내는 풍경은 그야말로 자연이 빚어낸 최고의 선물일 것이다.

오늘 지리산 둘레길 코스는 구례군 관내 4개 면을 경유하는 긴 구간이다. 먼저 운조루가 위치하고 있는 전남 구례군 토지면 오미마을을 출발, 화엄사가 위치한 마산면 황전마을을 지나서 천은사 길목인 방광마을의 구례군 광의면 그리고 구리재를 넘어 산수유로 유명한 산동면까지 25.5km 구간이다.

출발지인 운조루 앞 들은 한마디로 광활하다. 아울러 자연의 축복을 받은 땅이기도 하다. 이 넓은 들판을 지리산 노고단에서 발원한 심심산골의 1급수 맑은 물이 충분하게 공급한다. 계곡에서 흘러온 물을 모으는 곳이 오미마을 뒤 문수지다. 여기서 한동안 힘을 비축한 물이 오미

운조루 유물전시관. 운조루는 조선 영조 52년(1776년) 당시 삼수부사를 지낸 류이주가 99칸(현 73칸)으로 지은 품자형의 대규모 저택으로 조선 후기 건축양식을 따르고 있다. 풍수지리에서 말하는 명당 터에 위치한 것으로 유명하며 택호는 중국 도연명의 〈귀거래사〉에서 따왔다고 한다. 운조루 유물전시관은 운조루의 역사와 삶의 모습을 한눈에 살펴볼 수 있는 문화공간으로 150여점의 유물이 전시되어 있다.(출처 구례군청 홈페이지)

난동마을 소나무 보호수. 이곳의 산증인인 400년 된 보호수이다. 100년도 못 사는 인간에 비해 아직도 푸르름을 간직한 채 지나가는 길손을 말도 없이 묵묵히 내려다보고 있다.

화엄사. 지리산 천년 고찰. 국보 67호인 각황전을 비롯, 대웅전과 전각들이 즐비하고 스님과 신도들이 끊임없이 참배하는 참선도량이다.

마을을 감싸 돌고 흘러 넓은 들판을 넉넉하게 적신다. 이곳 마을 뒷산은 지리산이고 앞은 들판이다. 높은 산과 깊은 계곡의 혜택을 한 몸에 받아서 해마다 풍년가가 넘치고 있는 풍요의 고장이 된 것은 어쩌면 당연한 일이다. 온 마을에 운조루를 비롯한 넓은 기와집들이 즐비한 것은 이 자연이 베풀어 준 혜택 덕분이다.

도선국사의 풍수지리설의 발상지라는 하사마을과 상사마을 앞에도 넓은 들판에 인심도 넉넉하여 효자가 나고 사람들이 누리고 싶어 하는 오복의 하나인 장수마을로 이름이 높았다는 곳이다. 벚꽃이 꽃비처럼 하얗게 길을 덮으며 내리는 길과 맑은 물이 넘치는 계곡을 지나면 탐방안내소와 지리산의 천년 고찰인 화엄사로 통하는 길이 나온다.

지리산 화엄사는 국보 67호인 각황전을 비롯, 대웅전과 전각들이 즐비하고 스님들과 신도들이 끊임없이 참배하는 참선도량으로 역사를 이어오고 있다. 전각들만 아니라 국보로 지정된 석탑은 천년 고찰답게 면면히 이어져 내려오는 전통과 역사를 느낄 수 있고 봄철 사진 애호가들이 즐겨 찾는 홍매화 등이 있어 마음 수양하기에도 좋은 곳이다. 하지만 화엄사 밖 일반 대중들이 살아가는 시설 지구 내 각종 편의시설은 찾는 이가 예전만 못한지 퇴락한 광경이 여기저기 모습을 드러내어 안타까운 생각이 든다.

다시 지리산의 소나무가 숲을 이루는 계곡과 능선을 따라 가다가 임진왜란 당시 마을을 이루었다는 수한마을을 지나고, 천은사로 통하는 광의면 방광마을을 만난다. 오미에서 여기까지 12.3km로 둘레길의 한 구간에 속한다. 천천히 답사하면 이 한 구간으로도 넉넉하지만 갈 길이 멀어 여기서 다시 산동까지 13km를 더 답사하기로 오늘 하루 일정을 정했으니 기운을 낸다. 이곳 둘레길을 도는 구간마다 구례의 평야가 펼쳐지는데 구례평야는 이곳 4개 면의 전부가 아닌가 싶을 정도로 넓게 펼쳐져 있다.

방광마을을 지나고 당동마을에 이르기까지 감나무 과수원이 넓게 분포하고 있다. 어린 시절 감나무는 20여 미터의 높은 나무들이었는데, 현대인들은 감나무를 자르고 또 가지치기를 하여 관리하기에 편리하도록 높이 2m 내외의 낮은 나무로 개량하였다. 감나무도 하늘로 높이 크는 희망을 가지고 있지만 사람들이 톱과 가위로 자신의 몸을 자르고 더 이상 크지 않도록 간섭하니 스트레스가 여간 아닌 듯하다. 굵지도 않은 나무의 줄기가 벌써 고목의 모양을 하고 노년의 티가 나는 것을 보니 자신의 나이보다 빨리 늙는 게 안타깝다. 모두 인간의 이기적인 발상

탓이지만 여기서 터를 잡고 살아야 하는 사람의 입장에서는 어쩔 수 없는 일이라 생각된다.

예전에 따뜻한 물이 나왔다는 온당마을을 지나고, 예술인마을을 지나 난동마을에 이르니 이곳의 산증인 400년 된 보호수 소나무가 보인다. 100년도 못 사는 인간에 비해 아직도 푸르름을 간직한 채 지나가는 길손을 말도 없이 묵묵히 내려다보고 있다.

밤나무 단지를 지나고 길은 계곡으로 이어진다. 구불구불한 산길을 한 없이 오른다. 일명 구리재다. 돌고 돌고 돌아 올라가도 갈 길은 멀기만 한데 저 아래 구례의 넓디넓은 벌판이 한눈에 들어온다. 한참을 오르니 고개 위에 내려다보던 정자가 힘들게 올라오는 객들이 안쓰럽게 보였던지 지친 일행에게 자리를 내어준다.

다시 고개를 넘는다. 피톤치드가 많다는 편백나무 숲을 아래로 보면서 구례수목원을 지난다. 드디어 사람이 사는 동네 탑동다. 사람들이 구례 산수유를 보면서 구례온천을 찾는 길목이다. 오랜 시간 걸어 목도 마르고 힘이 빠져 있을 때 함께한 일행이 달콤하고 맛있는 아이스크림을 사서 주었다. 꿀맛이 따로 없다. 한 조각의 행복한 순간을 느껴본다.

뒤돌아보니 걸어온 저 높은 곳을 어떻게 넘었을까 하는 생각이 들어 구리재가 갑자기 아득하게만 느껴진다. 하지만 누가 시키지도 않은 길이다. 걷는 것이 즐겁고 좋아서 걷는 것이고 걷는다는 것은 살아 있다는 증거다. 걷고 싶어도 걸을 수 없는 사람들의 입장에서 보면 선택된 사람인 것이다. 더구나 대한민국의 가장 넓은 면적을 차지하는 지리산의 둘레길이다.

효동을 지나고 드디어 산수유의 본 고장인 산동면사무소 오늘의 종
착지다. 오전 8시 21분에 오미마을에서 출발하여 오후 4시 21분에 도착
했으니 8시간이 조금 더 소요되었다. 따뜻한 봄날 꽃향기에 취해도 보
고 아름다운 산천을 가슴에도 담는다.

# 구례 산수유 마을과 산수유 시목
## 지리산 둘레길 22구간: 산동-주천

아름다운 섬진강이 길 하나 건너면 바로 앞에 보이는 구례의 숲 게스트하우스에서 피곤한 몸을 따뜻하게 녹인 일행은 아침 일찍 광양 매화마을을 찾는다. 매화축제기간이라 평소 같았으면 붐볐을 이곳에서 일출을 보며 떠오르는 태양과 함께 조용하고 아름다운 풍경을 눈으로 보고 마음에도 담으며 감상할 수 있음에 감사하다.

모든 것은 때가 있다. 한겨울 눈 속에 묻혀 지내던 매화가 가지마다 가득 봄을 알리는 신호를 보내며 고고한 자태를 드러내고 있다. 온 천지가 매화꽃으로 장관을 이룬 정경도 이 시기를 놓치면 금년에는 볼 수 없다. 더구나 굽이돌아 흐르는 섬진강과 함께 하루를 시작하는 장엄한 일출까지 한꺼번에 맞이하는 행운을 누리게 된 것이니 얼마나 적절한 시기인가를 새삼 느끼게 된다. 이곳 매화는 홍쌍리 여사가 5만평의 산에다 46년간을 심고 가꾸었다고 하는데 이제 그 알뜰한 정성을 보기 위해 전국에서 찾아오는 유명한 매화마을이 되었다. 한 사람의 노력과 집념이 이렇게 감동적인 현실로 세상에 보여주는 위대함을 이곳에서 알게

계척마을 산수유 시목. 1천여 년 전 중국 산동성에서 건너왔다. 산동 일대에 심어져 있는 산수유나무의 원조 나무이다.

되었다.

매화마을을 다녀오고 아침을 먹은 후 다시 둘레길 답사에 나선다. 삼월 하순의 전남 구례는 봄의 전령사인 노오란 산수유가 온 동네를 뒤덮고 있다. 깨알같이 작은 꽃봉오리가 함께 무리지어 피어 있는 모습은 겨울에 지친 생명들에게 희망을 불러 주는 대명사이기도 하다.

지리산 둘레길 답사 2박 3일 중 마지막 날은 구례군 산동면사무소에서 시작한다. 도로를 지나고 현천마을에 도착하니 오래된 산수유가 집 안과 바깥에 마치 담장을 두르듯 온 마을을 뒤덮고 있고 밭에도 온통 산수유 천지다. 노오란 산수유가 이토록 많은 것은 처음이다. 연관마을

상위마을 산수유. 상위마을은 해발 500여 미터에 위치한 곳으로 내려다보이는 경치도 아름답지만 이곳에서 생산되는 산수유가 15톤에 달한다고 한다. 계곡 사이로 맑게 흐르는 물소리와 어울려 피어 있는 산수유 꽃이 장관이다.

상위마을 산수유

로 가는 길목에는 감나무 과수원이 반기고 있는 것을 보니 산동의 가을은 붉은 감과 산수유 열매가 서로 조화를 이루는 곳이리라.

계척마을에 이르자 지금부터 1천여 년 전에 중국 산동성에서 건너왔다는 산수유 시목이 위치해 있다. 산동 일대에 심어져 있는 산수유나무의 원조 나무다. 자료에 의하면 나무 높이가 7m, 둘레가 4.8m라고 기재되어 있다. 이 한 몸에서 전국적으로 자손들이 퍼져 나가 이제는 산동면뿐만 아니라 구례 일대가 산수유로 명성을 얻게 된 공로는 이곳 시목에서 비롯된 것임을 모르는 사람은 없을 일이다.

몸에 좋다는 편백나무 숲을 지나고 계곡으로 향한다. 깨끗한 물이 흘러내리는 계곡 사이로 도로와 나란히 하여 답사 길은 이어진다. 해발 490미터, 남원으로 통하는 밤재로 향하는 길이다. 밤재로 오르는 길에 임도가 잘 조성되어 있어 차량이 지나가도 손색 없을 정도다. 어느 정도 올라온 산 중턱, 아무도 살지 않을 것 같은 곳에도 사람들이 터전을 이루고 있다. 농토라고는 없는 이런 곳에도 사람이 집을 짓고 살고 있는 것을 보면 그들의 정신력과 생활력이 대단한 것처럼 느껴진다. 한참을 더 걸어 정자가 있는 밤재 정상에서 지친 몸을 잠시 쉬어 본다. 까마득한 저 아래 도로가 가물거리니 여기까지 오는데 힘이 들어야 했다. 그러나 아직도 갈 길은 먼데 그래도 가야만 하는 길이다. 그렇게 걷고 또 걸어서 이제 하산 길 임도를 따라가니 길은 다시 산 오솔길로 접어든다. 지리산 자락이라 계곡마다 겨울을 이겨낸 계곡물이 시원하다. 고개를 넘으니 보라색 현호색이 봄을 알린다. 겨울 동안 어디에 모습을 감추었다가 가냘픈 몸으로 자신만한 꽃을 달고 힘들게 서 있는지 조금 안쓰러워 보인다.

　맑은 물이 가득한 정문동저수지를 지나고 용궁마을 표지판도 지난다. 드디어 산을 벗어나 구릉지대가 전개되고 전원형 집들이 모습을 드러낸다. 원터를 지나니 드디어 지리산 둘레길을 처음 시작했던 첫 번째 코스가 나온다. 작년 가을부터 둘레길 답사를 시작한 길을 다시 만나는 중이다. 다시 시작점에 도착했다는 것에 기분이 남다르게 느껴진다. 오늘 15.9km 거리를 4시간 25분에 답사를 완료하고 산동 산수유가 만개한 상위마을로 향한다.

　상위마을은 해발 500여 미터에 위치한 곳으로 내려다보이는 경치도 아름다운데 이곳 명물인 산수유가 15톤이나 생산되고, 산약초, 한봉, 오미자, 더덕 등이 생산되는 곳이라 한다. 마을은 지리산의 묘봉치를 오르는 곳에 위치해 있고 역사도 400여 년 전으로 올라가 임진왜란 당시 5천 석의 풍요한 곳이라는 풍수지리설에 의해 생겼다고 이곳의 안내판이 전하고 있다.

　지금은 30여 가구 정도가 거주하고 있다고 하는데 오래된 고목의 산수유들이 노랗게 피어 온 동네를 꽃으로 장식하고 있다. 평일임에도 수백 대의 승용차와 관광버스들이 주차장이 비좁을 정도로 내방하고 있고, 골목마다 사람들로 넘쳐나고 있다. 계곡 사이로 맑게 흐르는 물소리와 어울려 피어 있는 산수유가 이곳을 찾는 사람들의 마음을 끌기에 충분하고도 남는다. 어느 곳보다 수량도 많고 면적도 넓어 전국적인 명물임에 손색이 없다. 아름답게 봄 한 철 피어나는 산수유 꽃에 반해서 저마다 사진으로 추억을 담으려 열중하는 모습이다.

산동은 산수유와 구례온천만 있는 곳이 아니었다. 면사무소에 들르니 책이 가득 쌓여 있다. 살펴보니 이곳 면 출신 문인들이 모여 시와 수필 등을 창작하고 산동 산수유 문학 문예지를 발간하고 있다. 반가운 마음에 한 권을 부탁하니 아낌없이 준다. 이곳 출신들이 산수유를 사랑하는 지극한 마음을 읽을 수 있는 소중한 글들이 실려 있다.

지리산 둘레길 답사는 목아재에서 당재 구간과 하동에서 서당까지 2개 구간이 남아 있기는 하지만 지리산 둘레길 순환코스에서 벗어난 구간이고 시간이 없어 이것으로 마감한다.

지리산 둘레길 7백리 중 2개 구간을 제외한 일주 전 구간을 6차례(1박 2일 3회, 2박 3일 3회) 15일간에 걸쳐 우정을 다지며 함께 걷던 길이다.

삶이란 모르는 것을 찾아가는 하나의 과정이라 생각한다. 알아간다는 것은 즐거움을 찾는 또 하나의 보람이기도 하다. 지리산 둘레길도 자신의 새로운 길을 찾아보는 즐거움의 한 과정이라 본다.

김재근 에세이

# 사람은 길을 내고 길은 역사를 쓴다

**인쇄** 2021년 8월 04일
**발행** 2021년 8월 14일

**지은이** 김재근
**발행인** 이노나
**펴낸곳** 인문엠앤비
**주소** 서울특별시 종로구 북촌로 135
**전화** 010-8208-6513
**이메일** inmoonmnb@hanmail.net
**출판등록** 제2020-000076호

저자와 협의, 인지는 생략합니다.
잘못된 책은 바꿔 드립니다.

ISBN 979-11-91478-03-7  03810

값 17,000원